ДУБРОВСКИЙ
ПОВЕСТИ ПОКОЙНОГО ИВАНА ПЕТРОВИЧА БЕЛКИНА
КАПИТАНСКАЯ ДОЧКА

А.С.ПУШКИН

АС Пушкин

ДУБРОВСКИЙ
ПОВЕСТИ ПОКОЙНОГО ИВАНА ПЕТРОВИЧА БЕЛКИНА
КАПИТАНСКАЯ ДОЧКА

ДУБРОВСКИЙ. ПОВЕСТИ ПОКОЙНОГО ИВАНА ПЕТРОВИЧА БЕЛКИНА. КАПИТАНСКАЯ ДОЧКА.

А.С.ПУШКИН

В сборник вошли самые известные прозаические произведения Александра Сергеевича Пушкина: «Дубровский», «Повести покойного Ивана Петровича Белкина» и «Капитанская Дочка».

ISBN: 978-1-7637136-8-0

ДУБРОВСКИЙ

Том первый

Глава I

Несколько лет тому назад в одном из своих поместий жил старинный русский барин Кирила Петрович Троекуров. Его богатство, знатный род и связи давали ему большой вес в губерниях, где находилось его имение. Соседи рады были угождать малейшим его прихотям; губернские чиновники трепетали при его имени; Кирила Петрович принимал знаки подобострастия как надлежащую дань; дом его всегда был полон гостями, готовыми тешить его барскую праздность, разделяя шумные, а иногда и буйные его увеселения.

Никто не дерзал отказываться от его приглашения или в известные дни не являться с должным почтением в село Покровское. В домашнем быту Кирила Петрович выказывал все пороки человека необразованного. Избалованный всем, что только окружало его, он привык давать полную волю всем порывам пылкого своего нрава и всем затеям довольно ограниченного ума. Несмотря на необыкновенную силу физических способностей, он раза два в неделю страдал от обжорства и каждый вечер бывал навеселе. В одном из флигелей его дома жили шестнадцать горничных, занимаясь рукоделиями, свойственными их полу. Окна во флигеле были загорожены деревянною решеткою; двери запирались замками, от коих ключи хранились у Кирила Петровича. Молодые затворницы в положенные часы сходили в сад и прогуливались под надзором двух старух. От времени до времени Кирила Петрович выдавал некоторых из них замуж, и новые поступали на их место.

С крестьянами и дворовыми обходился он строго и своенравно; но они тщеславились богатством и славою своего господина и в свою очередь позволяли себе многое в отношении к их соседям, надеясь на его сильное покровительство.

Всегдашние занятия Троекурова состояли в разъездах около пространных его владений, в продолжительных пирах и в проказах, ежедневно притом изобретаемых и жертвою коих бывал обыкновенно какой-нибудь новый знакомец; хотя и старинные приятели не всегда их избегали за исключением одного Андрея Гавриловича Дубровского. Сей Дубровский, отставной поручик гвардии, был ему ближайшим соседом и владел семидесятью душами. Троекуров, надменный в сношениях с людьми самого высшего звания, уважал Дубровского, несмотря на его смиренное состояние. Некогда были они товарищами по службе, и Троекуров знал по опыту нетерпеливость и решительность его характера. Обстоятельства разлучили их надолго. Дубровский с расстроенным состоянием принужден был выйти в отставку и поселиться в остальной своей деревне. Кирила Петрович, узнав о том, предлагал ему свое покровительство, но Дубровский благодарил его и остался беден и независим. Спустя несколько лет Троекуров, отставной генерал-аншеф, приехал в свое поместие; они свиделись и обрадовались друг другу. С тех пор они каждый день бывали вместе, и Кирила Петрович, отроду не удостоивавший никого своим посещением, заезжал запросто в домишко своего старого товарища. Будучи ровесниками, рожденные в одном сословии, воспитанные одинаково, они сходствовали отчасти и в характерах и в наклонностях. В некоторых отношениях и судьба их была одинакова: оба женились по любви, оба скоро овдовели, у обоих оставалось по ребенку. Сын Дубровского воспитывался в Петербурге, дочь Кирила Петровича росла в глазах родителя, и Троекуров часто говаривал Дубровскому: «Слушай, брат Андрей Гаврилович: коли в твоем Володьке будет путь, так отдам за него Машу; даром что он гол как сокол». Андрей Гаврилович качал головою и отвечал обыкновенно:

«Нет, Кирила Петрович: мой Володька не жених Марии Кириловне. Бедному дворянину, каков он, лучше жениться на бедной дворяночке, да быть главою в доме, чем сделаться приказчиком избалованной бабенки».

Все завидовали согласию, царствующему между надменным Троекуровым и бедным его соседом, и удивлялись смелости сего последнего, когда он за столом у Кирила Петровича прямо высказывал свое мнение, не заботясь о том, противуречило ли оно мнениям хозяина. Некоторые пытались было ему подражать и выйти из пределов должного повиновения, но Кирила Петрович так их пугнул, что навсегда отбил у них охоту к таковым покушениям, и Дубровский один остался вне общего закона. Нечаянный случай все расстроил и переменил.

Раз в начале осени Кирила Петрович собирался в отъезжее поле. Накануне был отдан приказ псарям и стремянным быть готовыми к пяти часам утра. Палатка и кухня отправлены были вперед на место, где Кирила Петрович должен был обедать. Хозяин и гости пошли на псарный двор, где более пятисот гончих и борзых жили в довольстве и тепле, прославляя щедрость Кирила Петровича на своем собачьем языке. Тут же находился и лазарет для больных собак, под присмотром штаб-лекаря Тимошки, и отделение, где благородные суки ощенялись и кормили своих щенят. Кирила Петрович гордился сим прекрасным заведением и никогда не упускал случая похвастаться оным перед своими гостями, из коих каждый осматривал его по крайней мере уже в двадцатый раз. Он расхаживал по псарне, окруженный своими гостями и сопровождаемый Тимошкой и главными псарями; останавливался пред некоторыми конурами, то расспрашивая о здоровии больных, то делая замечания более или менее строгие и справедливые, то подзывая к себе знакомых собак и ласково с ними разговаривая. Гости почитали обязанностию восхищаться псарнею Кирила Петровича. Один Дубровский молчал и хмурился. Он был горячий охотник. Его состояние позволяло ему держать только двух гончих и одну свору борзых; он не мог удержаться от некоторой зависти при виде сего великолепного заведения. «Что же ты хмуришься, брат, – спросил его Кирила Петрович, – или псарня моя тебе не нравится?» – «Нет, – отвечал он сурово, – псарня чудная, вряд людям вашим житье такое ж, как вашим собакам». Один из псарей обиделся. «Мы на свое житье, – сказал он, – благодаря Бога и барина не жалуемся, а что правда, то правда, иному и дворянину не худо бы променять усадьбу на любую здешнюю конурку. Ему было б и сытнее и теплее». Кирила Петрович громко засмеялся при дерзком замечании своего холопа, а гости вослед за ним захохотали, хотя и чувствовали, что шутка псаря могла отнестися и к ним. Дубровский побледнел и не сказал ни слова. В сие время поднесли в лукошке Кирилу Петровичу новорожденных щенят; он занялся ими, выбрал себе двух, прочих велел утопить. Между тем Андрей Гаврилович скрылся, и никто того не заметил.

Возвратясь с гостями со псарного двора, Кирила Петрович сел ужинать и тогда только, не видя Дубровского, хватился о нем. Люди отвечали, что Андрей Гаврилович уехал домой. Троекуров велел тотчас его догнать и воротить непременно. Отроду не выезжал он на охоту без Дубровского, опытного и тонкого ценителя псовых достоинств и безошибочного решителя всевозможных охотничьих споров. Слуга, поскакавший за ним, воротился, как еще сидели за столом, и доложил своему господину, что, дескать, Андрей Гаврилович не послушался и не хотел воротиться. Кирила Петрович, по обыкновению своему разгоряченный наливками, осердился и вторично послал того же слугу сказать Андрею Гавриловичу, что если он тотчас же не приедет ночевать в Покровское, то он, Троекуров, с ним навеки рассорится. Слуга снова поскакал, Кирила Петрович, встав из-за стола, отпустил гостей и отправился спать.

На другой день первый вопрос его был: здесь ли Андрей Гаврилович? Вместо ответа ему подали письмо, сложенное треугольником; Кирила Петрович приказал своему писарю читать его вслух и услышал следующее:

Государь мой премилостивый,

Я до тех пор не намерен ехать в Покровское, пока не вышлете Вы мне псаря Парамошку с повинною; а будет моя воля наказать его или помиловать, а я терпеть шутки от Ваших холопьев не намерен, да и от Вас их не стерплю, потому что я не шут, а старинный дворянин. За сим остаюсь покорным ко услугам

Андрей Дубровский.

По нынешним понятиям об этикете письмо сие было бы весьма неприличным, но оно рассердило Кирила Петровича не странным слогом и расположением, но только своею сущностью. «Как, – загремел Троекуров, вскочив с постели босой, – высылать к ему моих людей с повинной, он волен их миловать, наказывать! Да что он в самом деле задумал; да знает ли он, с кем связывается? Вот я ж его… Наплачется он у меня, узнает, каково идти на Троекурова!»

Кирила Петрович оделся и выехал на охоту с обыкновенной своею пышностию, но охота не удалась. Во весь день видели одного только зайца и того протравили. Обед в поле под палаткою также не удался, или по крайней мере был не по вкусу Кирила Петровича, который прибил повара, разбранил гостей и на возвратном пути со всею своей охотою нарочно поехал полями Дубровского.

Прошло несколько дней, и вражда между двумя соседями не унималась. Андрей Гаврилович не возвращался в Покровское, Кирила Петрович без него скучал, и досада его громко изливалась в самых оскорбительных выражениях, которые, благодаря усердию тамошних дворян, доходили до Дубровского исправленные и дополненные. Новое обстоятельство уничтожило и последнюю надежду на примирение.

Дубровский объезжал однажды малое свое владение; приближаясь к березовой роще, услышал он удары топора и через минуту треск повалившегося дерева. Он поспешил в рощу и наехал на покровских мужиков, спокойно ворующих у него лес. Увидя его, они бросились было бежать. Дубровский со своим кучером поймал из них двоих и привел их связанных к себе на двор. Три неприятельские лошади достались тут же в добычу победителю. Дубровский был отменно сердит: прежде сего никогда люди Троекурова, известные разбойники, не осмеливались шалить в пределах его владений, зная приятельскую связь его с их господином. Дубровский видел, что теперь пользовались они происшедшим разрывом, и решился, вопреки всем понятиям о праве войны, проучить своих пленников прутьями, коими запаслись они в его же роще, а лошадей отдать в работу, приписав к барскому скоту.

Слух о сем происшествии в тот же день дошел до Кирила Петровича. Он вышел из себя и в первую минуту гнева хотел было со всеми своими дворовыми учинить нападение на Кистеневку (так называлась деревня его соседа), разорить ее дотла и осадить самого помещика в его усадьбе. Таковые подвиги были ему не в диковину. Но мысли его вскоре приняли другое направление.

Расхаживая тяжелыми шагами взад и вперед по зале, он взглянул нечаянно в окно и увидел у ворот остановившуюся тройку; маленький человек в кожаном картузе и фризовой шинели вышел из телеги и пошел во флигель к приказчику; Троекуров узнал заседателя Шабашкина и велел его позвать. Через минуту Шабашкин уже стоял перед Кирилом Петровичем, отвешивая поклон за поклоном и с благоговением ожидая его приказаний.

– Здорово, как бишь тебя зовут, – сказал ему Троекуров, – зачем пожаловал?

– Я ехал в город, ваше превосходительство, – отвечал Шабашкин, – и зашел к Ивану Демьянову узнать, не будет ли какого приказания от вашего превосходительства.

– Очень кстати заехал, как бишь тебя зовут; мне до тебя нужда. Выпей водки да выслушай.

Таковой ласковый прием приятно изумил заседателя. Он отказался от водки и стал слушать Кирила Петровича со всевозможным вниманием.

– У меня сосед есть, – сказал Троекуров, – мелкопоместный грубиян; я хочу взять у него имение. Как ты про то думаешь?

– Ваше превосходительство, коли есть какие-нибудь документы или…

– Врешь, братец, какие тебе документы. На то указы. В том-то и сила, чтобы безо всякого права отнять имение. Постой, однако ж. Это имение принадлежало некогда нам, было куплено у какого-то Спицына и продано потом отцу Дубровского. Нельзя ли к этому придраться?

– Мудрено, ваше высокопревосходительство; вероятно, сия продажа совершена законным порядком.

– Подумай, братец, поищи хорошенько.

– Если бы, например, ваше превосходительство могли каким ни есть образом достать от вашего соседа запись или купчую, в силу которой владеет он своим имением, то конечно…

– Понимаю, да вот беда – у него все бумаги сгорели во время пожара.

– Как, ваше превосходительство, бумаги его сгорели! чего ж вам лучше? – в таком случае извольте действовать по законам, и без всякого сомнения получите ваше совершенное удовольствие.

– Ты думаешь? Ну, смотри же. Я полагаюсь на твое усердие, а в благодарности моей можешь быть уверен.

Шабашкин поклонился почти до земли, вышел вон, с того же дни стал хлопотать по замышленному делу, и благодаря его проворству ровно через две недели Дубровский получил из города приглашение доставить немедленно надлежащие объяснения насчет его владения сельцом Кистеневкою.

Андрей Гаврилович, изумленный неожиданным запросом, в тот же день написал в ответ довольно грубое отношение, в коем объявлял он, что сельцо Кистеневка досталось ему по смерти покойного его родителя, что он владеет им по праву наследства, что Троекурову до него дела никакого нет и что всякое постороннее притязание на сию его собственность есть ябеда и мошенничество.

Письмо сие произвело весьма приятное впечатление в душе заседателя Шабашкина. Он увидел, во-первых, что Дубровский мало знает толку в делах, во-вторых, что человека столь горячего и неосмотрительного нетрудно будет поставить в самое невыгодное положение. Андрей Гаврилович, рассмотрев хладнокровно запросы заседателя, увидел необходимость отвечать обстоятельнее. Он написал довольно дельную бумагу, но в последствии времени оказавшуюся недостаточной.

Дело стало тянуться. Уверенный в своей правоте Андрей Гаврилович мало о нем беспокоился, не имел ни охоты, ни возможности сыпать около себя деньги, и хоть он, бывало, всегда первый трунил над продажной совестью чернильного племени, но мысль соделаться жертвой ябеды не приходила ему в голову. С своей стороны Троекуров столь же мало заботился о выигрыше им затеянного дела. Шабашкин за него хлопотал, действуя от его имени, стращая и подкупая судей и толкуя вкривь и впрямь всевозможные указы. Как бы то ни было, 18... года, февраля 9 дня, Дубровский получил через городовую полицию приглашение явиться к ** земскому судии для выслушания решения оного по делу спорного имения между им, поручиком Дубровским, и генерал-аншефом Троекуровым, и для подписки своего удовольствия или неудовольствия. В тот же день Дубровский отправился в город; на дороге обогнал его Троекуров. Они гордо взглянули друг на друга, и Дубровский заметил злобную улыбку на лице своего противника.

Глава II

Приехав в город, Андрей Гаврилович остановился у знакомого купца, ночевал у него и на другой день утром явился в присутствие уездного суда. Никто не обратил на него внимания. Вслед за ним приехал и Кирила Петрович. Писаря встали и заложили перья за ухо. Члены встретили его с изъявлениями глубокого подобострастия, придвинули ему кресла из уважения к его чину, летам и дородности; он сел при открытых дверях. Андрей Гаврилович стоя прислонился к стенке. Настала глубокая тишина, и секретарь звонким голосом стал читать определение суда. Мы помещаем его вполне, полагая, что всякому приятно будет увидать один из способов, коими на Руси можем мы лишиться имения, на владение коим имеем неоспоримое право.

18... года октября 27 дня ** уездный суд рассматривал дело о неправильном владении гвардии поручиком Андреем Гавриловым сыном Дубровским имением, принадлежащим генерал-аншефу Кирилу Петрову сыну Троекурову, состоящим ** губернии в сельце Кистеневке, мужеска пола ** душами, да земли с лугами и угодьями ** десятин. Из коего дела видно: означенный генерал-аншеф Троекуров прошлого 18... года июня 9 дня взошел в сей суд с прошением в том, что покойный его отец, коллежский асессор и кавалер Петр Ефимов сын Троекуров в 17... году августа 14 дня, служивший в то время в ** наместническом правлении провинциальным секретарем, купил из дворян у канцеляриста Фадея Егорова сына Спицына имение, состоящее ** округи в помянутом сельце Кистеневке (которое селение тогда по ** ревизии называлось Кистеневскими выселками), всего значащихся по 4-й ревизии мужеска пола ** душ со всем их крестьянским имуществом, усадьбою, с пашенною и непашенною землею, лесами, сенными покосы, рыбными ловли по речке, называемой Кистеневке, и со всеми принадлежащими к оному имению угодьями и господским деревянным домом, и словом все без остатка, что ему после отца его, из дворян урядника Егора Терентьева сына Спицына по наследству досталось и во владении его было, не оставляя из людей ни единыя души, а из земли ни единого четверика, ценою за 2500 р., на что и купчая в тот же день в ** палате суда и расправы совершена, и отец его тогда же августа в 26-й день ** земским судом введен был во владение и учинен за него отказ. – А наконец 17... года сентября 6-го дня отец его волею Божиею помер, а между тем, он, проситель генерал-аншеф Троекуров, с 17... года почти с малолетства находился в военной службе и по большой части был в походах за границами, почему он и не мог иметь сведения как о смерти отца его, равно и об оставшемся после его имении. Ныне же по выходе совсем из той службы в отставку и по возвращении в имения отца его, состоящие ** и ** губерниях **, ** и ** уездах, в разных селениях, всего до 3000 душ, находит, что из числа таковых имений ** вышеописанными ** душами (коих по нынешней ** ревизии значится в том сельце всего ** душ) с землею и со всеми угодьями владеет без всяких укреплений вышеписанный гвардии поручик Андрей Дубровский, почему, представляя при оном прошении ту подлинную купчую, данную отцу его продавцом Спицыным, просит, отобрав помянутое имение из неправильного владения Дубровского, отдать по принадлежности в полное его, Троекурова, распоряжение. А за несправедливое оного присвоение, с коего он пользовался получаемыми доходами, по учинении об оных надлежащего дознания, положить с него, Дубровского, следующее по законам взыскание и оным его, Троекурова, удовлетворить.

По учинении ж ** земским судом сему прошению исследований открылось: что помянутый нынешний владелец спорного имения гвардии поручик Дубровский дал на месте дворянскому заседателю объяснение, что владеемое им ныне имение, состоящее в означенном сельце Кистеневке, ** душ с землею и угодьями, досталось ему по наследству после смерти отца его, артиллерии подпоручика Гаврила Евграфова сына Дубровского, а ему дошедшее по покупке от отца сего просителя, прежде бывшего провинциального секретаря, а потом коллежского асессора Троекурова, по доверенности, данной от него в 17... году августа 30 дня, засвидетельствованной в ** уездном суде, титулярному советнику Григорию Васильеву сыну Соболеву, по которой должна быть от него на имение сие отцу его купчая, потому что во оной именно сказано, что он, Троекуров, все доставшееся ему по купчей от канцеляриста Спицына имение, ** душ с землею, продал отцу его, Дубровского, и следующие по договору деньги, 3200 рублей, все сполна с отца его без возврата получил и просил оного доверенного Соболева выдать отцу его указную крепость. А между тем отцу его в той же доверенности по случаю заплаты всей суммы владеть тем покупным у него имением и распоряжаться впредь до совершения оной крепости, как настоящему владельцу, и ему, продавцу Троекурову, впредь и никому в то имение уже не вступаться.

Но когда именно и в каком присутственном месте таковая купчая от поверенного Соболева дана его отцу, – ему, Андрею Дубровскому, неизвестно, ибо он в то время был в совершенном малолетстве, и после смерти его отца таковой крепости отыскать не мог, а полагает, что не сгорела ли с прочими бумагами и имением во время бывшего в 17... году в доме их пожара, о чем известно было и жителям того селения. А что оным имением со дня продажи Троекуровым или выдачи Соболеву доверенности, то есть с 17... года, а по смерти отца его с 17... года и поныне, они, Дубровские, бесспорно владели, в том свидетельствуется на окольных жителей, которые, всего 52 человека, на опрос под присягою показали, что действительно, как они могут запомнить, означенным спорным имением начали владеть помянутые гг. Дубровские назад сему лет 70 без всякого от кого-либо спора, но по какому именно акту или крепости, им неизвестно. – Упомянутый же по сему делу прежний покупчик сего имения, бывший провинциальный секретарь Петр Троекуров, владел ли сим имением, они не запомнят. Дом же гг. Дубровских назад сему лет 30 от случившегося в их селении в ночное время пожара сгорел, причем сторонние люди допускали, что доходу означенное спорное имение может приносить, полагая с того времени в сложности, ежегодно не менее как до 2000 р.

Напротив же сего генерал-аншеф Кирила Петров сын Троекуров 3-го генваря сего года взошел в сей суд с прошением, что хотя помянутый гвардии поручик Андрей Дубровский и представил при учиненном следствии к делу сему выданную покойным его отцом Гаврилом Дубровским титулярному советнику Соболеву доверенность на запроданное ему имение, но по оной не только подлинной купчей, но даже и на совершение когда-либо оной никаких ясных доказательств по силе генерального регламента 19 главы и указа 1752 года ноября 29 дня не представил. Следовательно, самая доверенность ныне, за смертию самого дателя оной, отца его, по указу 1818 года маия ... дня, совершенно уничтожается. – А сверх сего – велено спорные имения отдавать во владения – крепостные по крепостям, а некрепостные по розыску.

На каковое имение, принадлежащее отцу его, представлен уже от него в доказательство крепостной акт, по которому и следует, на основании означенных узаконений, из неправильного владения помянутого Дубровского отобрав, отдать ему по праву наследства. А как означенные помещики, имея во владении не принадлежащего им имения и без всякого укрепления, и пользовались с оного неправильно и им не принадлежащими доходами, то по исчислении, сколько таковых будет причитаться по силе... взыскать с помещика Дубровского и его, Троекурова, оными удовлетворить. – По рассмотрении какового дела и учиненной из оного и из законов выписки в ** уездном суде ОПРЕДЕЛЕНО:

Как из дела сего видно, что генерал-аншеф Кирила Петров сын Троекуров на означенное спорное имение, находящееся ныне во владении у гвардии поручика Андрея Гаврилова сына Дубровского, состоящее в сельце Кистеневке, по нынешней... ревизии всего мужеска пола ** душ, с землею и угодьями, представил подлинную купчую на продажу оного покойному отцу его, провинциальному секретарю, который потом был коллежским асессором, в 17... году из дворян канцеляристом Фадеем Спицыным, и что сверх сего сей покупщик, Троекуров, как из учиненной на той купчей надписи видно, был в том же году ** земским судом введен во владение, которое имение уже и за него отказано, и хотя напротив сего со стороны гвардии поручика Андрея Дубровского и представлена доверенность, данная тем умершим покупщиком Троекуровым титулярному советнику Соболеву для совершения купчей на имя отца его, Дубровского, но по таковым сделкам не только утверждать крепостные недвижимые имения, но даже и временно владеть по указу... воспрещено, к тому ж и самая доверенность смертию дателя оной совершенно уничтожается. Но чтоб сверх сего действительно была по оной доверенности совершена где и когда на означенное спорное имение купчая, со стороны Дубровского никаких ясных доказательств к делу с начала производства, то есть с 18... года, и по сие время не представлено. А потому сей суд и полагает: означенное имение, ** душ, с землею и угодьями, в каком ныне положении тое окажется, утвердить по представленной на оное купчей за генерал-аншефа Троекурова; о удалении от распоряжения оным гвардии поручика Дубровского и о надлежащем вводе во владение за него, г. Троекурова, и об отказе за него, как дошедшего ему по наследству, предписать ** земскому суду. – А хотя сверх сего генерал-аншеф Троекуров и просит о взыскании с гвардии поручика Дубровского за неправое владение наследственным его имением воспользовавшихся с оного доходов. – Но как оное имение, по показанию старожилых людей, было у гг. Дубровских несколько лет в бесспорном владении, и из дела сего не видно, чтоб со стороны г. Троекурова были какие-либо до сего времени прошения о таковом неправильном владении Дубровскими оного имения, к тому по уложению велено, ежели кто чужую землю засеет или усадьбу загородит, и на того о неправильном завладении станут бити челом, и про то сыщется допрямо, тогда правому отдавать тую землю и с посеянным хлебом, и городьбою, и строением, а посему генерал-аншефу Троекурову в изъявленном на гвардии поручика Дубровского иске отказать, ибо принадлежащее ему имение возвращается в его владение, не изъемля из оного ничего. А что при вводе за него оказаться может все без остатка, предоставя между тем генерал-аншефу Троекурову, буде он имеет о таковой своей претензии какие-либо ясные и законные доказательства, может просить где следует особо. Каковое решение напред объявить как истцу, равно и ответчику, на законном основании, апелляционным порядком, коих и вызвать в сей суд для выслушания сего решения и подписки удовольствия или неудовольствия чрез полицию.

Каковое решение подписали все присутствующие того суда.

Секретарь умолкнул, заседатель встал и с низким поклоном обратился к Троекурову, приглашая его подписать предлагаемую бумагу, и торжествующий Троекуров, взяв от него перо, подписал под *решением* суда совершенное свое удовольствие.

Очередь была за Дубровским. Секретарь поднес ему бумагу. Но Дубровский стал неподвижен, потупя голову.

Секретарь повторил ему свое приглашение подписать свое полное и совершенное удовольствие или явное неудовольствие, если паче чаяния чувствует по совести, что дело его есть правое, и намерен в положенное законами время просить по апелляции куда следует. Дубровский молчал... Вдруг он поднял голову, глаза его засверкали, он топнул ногою, оттолкнул секретаря с такою силою, что тот упал, и, схватив чернильницу, пустил ею в заседателя. Все пришли в ужас. «Как! не почитать церковь Божию! прочь, хамово племя!» Потом, обратясь к Кирилу Петровичу: «Слыхано дело, ваше превосходительство, – продолжал он, – псари вводят собак в Божию церковь! собаки бегают по церкви. Я вас ужо проучу...» Сторожа сбежались на шум и насилу им овладели. Его вывели и усадили в сани. Троекуров вышел вслед за ним, сопровождаемый всем судом. Внезапное сумасшествие Дубровского сильно подействовало на его воображение и отравило его торжество.

Судии, надеявшиеся на его благодарность, не удостоились получить от него ни единого приветливого слова. Он в тот же день отправился в Покровское. Дубровский между тем лежал в постеле; уездный лекарь, по счастию не совершенный невежда, успел пустить ему кровь, приставить пиявки и шпанские мухи. К вечеру ему стало легче, больной пришел в память. На другой день повезли его в Кистеневку, почти уже ему не принадлежащую.

Глава III

Прошло несколько времени, а здоровье бедного Дубровского все еще было плохо. Правда, припадки сумасшествия уже не возобновлялись, но силы его приметно ослабевали. Он забывал свои прежние занятия, редко выходил из своей комнаты и задумывался по целым суткам. Егоровна, добрая старуха, некогда ходившая за его сыном, теперь сделалась и его нянькою. Она смотрела за ним, как за ребенком, напоминала ему о времени пищи и сна, кормила его, укладывала спать. Андрей Гаврилович тихо повиновался ей и кроме ее не имел ни с кем сношения. Он был не в состоянии думать о своих делах, хозяйственных распоряженьях, и Егоровна увидела необходимость уведомить обо всем молодого Дубровского, служившего в одном из гвардейских пехотных полков и находящегося в то время в Петербурге. Итак, отодрав лист от расходной книги, она продиктовала повару Харитону, единственному кистеневскому грамотею, письмо, которое в тот же день и отослала в город на почту.

Но пора читателя познакомить с настоящим героем нашей повести.

Владимир Дубровский воспитывался в Кадетском корпусе и выпущен был корнетом в гвардию; отец не щадил ничего для приличного его содержания, и молодой человек получал из дому более, нежели должен был ожидать. Будучи расточителен и честолюбив, он позволял себе роскошные прихоти, играл в карты и входил в долги, не заботясь о будущем и предвидя себе рано или поздно богатую невесту, мечту бедной молодости.

Однажды вечером, когда несколько офицеров сидели у него, развалившись по диванам и куря из его янтарей, Гриша, его камердинер, подал ему письмо, коего надпись и печать тотчас поразили молодого человека. Он поспешно его распечатал и прочел следующее:

Государь ты наш, Владимир Андреевич, я, твоя старая нянька, решилась тебе доложить о здоровье папенькином! Он очень плох, иногда заговаривается и весь день сидит как дитя глупое, а в животе и смерти Бог волен. Приезжай ты к нам, соколик мой ясный, мы тебе и лошадей вышлем на Песочное. Слышно, земский суд к нам едет отдать нас под начал Кирилу Петровичу Троекурову, потому что мы - дескать ихние, а мы искони ваши, и отроду того не слыхивали. Ты бы мог, живя в Петербурге, доложить о том царю-батюшке, а он бы не дал нас в обиду. Остаюсь твоя верная раба, нянька

Орина Егоровна Бузырева.

Посылаю мое материнское благословение Грише, хорошо ли он тебе служит? У нас дожди идут вот ужо друга неделя и пастух Родя помер около Миколина дня.

Владимир Дубровский несколько раз сряду перечитал сии довольно бестолковые строки с необыкновенным волнением. Он лишился матери с малолетства и, почти не зная отца своего, был привезен в Петербург на восьмом году своего возраста; со всем тем он романтически был к нему привязан и тем более любил семейственную жизнь, чем менее успел насладиться ее тихими радостями.

Мысль потерять отца своего тягостно терзала его сердце, а положение бедного больного, которое угадывал он из письма своей няни, ужасало его. Он воображал отца, оставленного в глухой деревне, на руках глупой старухи и дворни, угрожаемого каким-то бедствием и угасающего без помощи в мучениях телесных и душевных. Владимир упрекал себя в преступном небрежении. Долго не получал он от отца писем и не подумал о нем осведомиться, полагая его в разъездах или хозяйственных заботах.

Он решился к нему ехать и даже выйти в отставку, если болезненное состояние отца потребует его присутствия. Товарищи, заметя его беспокойство, ушли. Владимир, оставшись один, написал просьбу об отпуске, закурил трубку и погрузился в глубокие размышления.

Тот же день стал он хлопотать об отпуске и через три дня был уж на большой дороге.

Владимир Андреевич приближался к той станции, с которой должен он был своротить на Кистеневку. Сердце его исполнено было печальных предчувствий, он боялся уже не застать отца в живых, он воображал грустный образ жизни, ожидающий его в деревне, глушь, безлюдие, бедность и хлопоты по делам, в коих он не знал никакого толку. Приехав на станцию, он вошел к смотрителю и спросил вольных лошадей. Смотритель осведомился, куда надобно было ему ехать, и объявил, что лошади, присланные из Кистеневки, ожидали его уже четвертые сутки. Вскоре явился к Владимиру Андреевичу старый кучер Антон, некогда водивший его по конюшне и смотревший за его маленькой лошадкою. Антон прослезился, увидя его, поклонился ему до земли, сказал ему, что старый его барин еще жив, и побежал запрягать лошадей. Владимир Андреевич отказался от предлагаемого завтрака и спешил отправиться. Антон повез его проселочными дорогами, и между ими завязался разговор.

– Скажи, пожалуйста, Антон, какое дело у отца моего с Троекуровым?

– А бог их ведает, батюшка Владимир Андреевич… Барин, слышь, не поладил с Кирилом Петровичем, а тот и подал в суд, хотя почасту он сам себе судия. Не наше холопье дело разбирать барские воли, а ей-богу, напрасно батюшка ваш пошел на Кирила Петровича, плетью обуха не перешибешь.

– Так, видно, этот Кирила Петрович у вас делает что хочет?

– И вестимо, барин: заседателя, слышь, он и в грош не ставит, исправник у него на посылках. Господа съезжаются к нему на поклон, и то сказать, было бы корыто, а свиньи-то будут.

– Правда ли, что отымает он у нас имение?

– Ох, барин, слышали так и мы. На днях покровский пономарь сказал на крестинах у нашего старосты: полно вам гулять; вот ужо приберет вас к рукам Кирила Петрович. Микита-кузнец и сказал ему: и, полно, Савельич, не печаль кума, не мути гостей – Кирила Петрович сам по себе, а Андрей Гаврилович сам по себе, – а все мы Божии да государевы; да ведь на чужой рот пуговицы не нашьешь.

– Стало быть, вы не желаете перейти во владение Троекурову?

– Во владение Кирилу Петровичу! Господь упаси и избави: у него часом и своим плохо приходится, а достанутся чужие, так он с них не только шкурку, да и мясо-то отдерет. Нет, дай Бог долго здравствовать Андрею Гавриловичу, а коли уж Бог его приберет, так не надо нам никого, кроме тебя, наш кормилец. Не выдавай ты нас, а мы уж за тебя станем. – При сих словах Антон размахнул кнутом, тряхнул вожжами, и лошади его побежали крупной рысью.

Тронутый преданностью старого кучера, Дубровский замолчал и предался снова размышлениям. Прошло более часа, вдруг Гриша пробудил его восклицанием: *«Вот Покровское!»* Дубровский поднял голову. Он ехал берегом широкого озера, из которого вытекала речка и вдали извивалась между холмами; на одном из них над густою зеленью рощи возвышалась зеленая кровля и бельведер огромного каменного дома, на другом – пятиглавая церковь и старинная колокольня; около разбросаны были деревенские избы с их огородами и колодезями. Дубровский узнал сии места; он вспомнил, что на сем самом холму играл он с маленькой Машей Троекуровой, которая была двумя годами его моложе и тогда уже обещала быть красавицей. Он хотел об ней осведомиться у Антона, но какая-то застенчивость удержала его. Подъехав к господскому дому, он увидел белое платье, мелькающее между деревьями сада. В это время Антон ударил по лошадям и, повинуясь честолюбию, общему и деревенским кучерам, как и извозчикам, пустился во весь дух через мост и мимо села. Выехав из деревни, поднялись они на гору, и Владимир увидел березовую рощу и влево на открытом месте серенький домик с красной кровлею; сердце в нем забилось. Перед собою видел он Кистеневку и бедный дом своего отца.

Через десять минут въехал он на барский двор. Он смотрел вокруг себя с волнением неописанным. Двенадцать лет не видал он своей родины. Березки, которые при нем только что были посажены около забора, выросли и стали теперь высокими ветвистыми деревьями. Двор, некогда украшенный тремя правильными цветниками, меж коими шла широкая дорога, тщательно выметаемая, обращен был в некошеный луг, на котором паслась опутанная лошадь. Собаки было залаяли, но, узнав Антона, умолкли и замахали косматыми хвостами. Дворня высыпала из людских изоб и окружила молодого барина с шумными изъявлениями радости. Насилу мог он продраться сквозь их усердную толпу и взбежал на ветхое крыльцо; в сенях встретила его Егоровна и с плачем обняла своего воспитанника. «Здорово, здорово, няня, – повторял он, прижимая к сердцу добрую старуху, – что батюшка, где он? каков он?»

В эту минуту в залу вошел, насилу передвигая ноги, старик высокого роста, бледный и худой, в халате и колпаке.

– Здравствуй, Володька! – сказал он слабым голосом, и Владимир с жаром обнял отца своего. Радость произвела в больном слишком сильное потрясение, он ослабел, ноги под ним подкосились, и он бы упал, если бы сын не поддержал его.

– Зачем ты встал с постели, – говорила ему Егоровна, – на ногах не стоишь, а туда же норовишь, куда и люди.

Старика отнесли в спальню. Он силился с ним разговаривать, но мысли мешались в его голове, и слова не имели никакой связи. Он замолчал и впал в усыпление. Владимир поражен был его состоянием. Он расположился в его спальне и просил оставить его наедине с отцом. Домашние повиновались, и тогда все обратились к Грише и повели в людскую, где и угостили его по-деревенскому, со всевозможным радушием, измучив его вопросами и приветствиями.

Глава IV

Где стол был яств, там гроб стоит.

Несколько дней спустя после своего приезда молодой Дубровский хотел заняться делами, но отец его был не в состоянии дать ему нужные объяснения; у Андрея Гавриловича не было поверенного. Разбирая его бумаги, нашел он только первое письмо заседателя и черновой ответ на оное; из того не мог он получить ясное понятие о тяжбе и решился ожидать последствий, надеясь на правоту самого дела.

Между тем здоровье Андрея Гавриловича час от часу становилось хуже. Владимир предвидел его скорое разрушение и не отходил от старика, впадшего в совершенное детство.

Между тем положенный срок прошел, и апелляция не была подана. Кистеневка принадлежала Троекурову. Шабашкин явился к нему с поклонами и поздравлениями и просьбою назначить, когда угодно будет его высокопревосходительству вступить во владение новоприобретенным имением – самому или кому изволит он дать на то доверенность. Кирила Петрович смутился. От природы не был он корыстолюбив, желание мести завлекло его слишком далеко, совесть его роптала. Он знал, в каком состоянии находился его противник, старый товарищ его молодости, и победа не радовала его сердце. Он грозно взглянул на Шабашкина, ища к чему привязаться, чтоб его выбранить, но не нашед достаточного к тому предлога, сказал ему сердито: «Пошел вон, не до тебя».

Шабашкин, видя, что он не в духе, поклонился и спешил удалиться. А Кирила Петрович, оставшись наедине, стал расхаживать взад и вперед, насвистывая: «Гром победы раздавайся», что всегда означало в нем необыкновенное волнение мыслей.

Наконец он велел запрячь себе беговые дрожки, оделся потеплее (это было уже в конце сентября) и, сам правя, выехал со двора.

Вскоре завидел он домик Андрея Гавриловича, и противуположные чувства наполнили душу его. Удовлетворенное мщение и властолюбие заглушали до некоторой степени чувства более благородные, но последние наконец восторжествовали. Он решился помириться с старым своим соседом, уничтожить и следы ссоры, возвратив ему его достояние. Облегчив душу сим благим намерением, Кирила Петрович пустился рысью к усадьбе своего соседа и въехал прямо на двор.

В это время больной сидел в спальной у окна. Он узнал Кирила Петровича, и ужасное смятение изобразилось на лице его: багровый румянец заступил место обыкновенной бледности, глаза засверкали, он произносил невнятные звуки. Сын его, сидевший тут же за хозяйственными книгами, поднял голову и поражен был его состоянием. Больной указывал пальцем на двор с видом ужаса и гнева. Он торопливо подбирал полы своего халата, собираясь встать с кресел, приподнялся… и вдруг упал. Сын бросился к нему, старик лежал без чувств и без дыхания, паралич его ударил. «Скорей, скорей в город за лекарем!» – кричал Владимир. «Кирила Петрович спрашивает вас», – сказал вошедший слуга. Владимир бросил на него ужасный взгляд.

– Скажи Кирилу Петровичу, чтоб он скорее убирался, пока я не велел его выгнать со двора… пошел! – Слуга радостно побежал исполнить приказание своего барина; Егоровна всплеснула руками. «Батюшка ты наш, – сказала она пискливым голосом, – погубишь ты свою головушку! Кирила Петрович съест нас». – «Молчи, няня, – сказал с сердцем Владимир, – сейчас пошли Антона в город за лекарем». – Егоровна вышла.

В передней никого не было, все люди сбежались на двор смотреть на Кирила Петровича. Она вышла на крыльцо и услышала ответ слуги, доносящего от имени молодого барина. Кирила Петрович выслушал его сидя на дрожках. Лицо его стало мрачнее ночи, он с презрением улыбнулся, грозно взглянул на дворню и поехал шагом около двора. Он взглянул и в окошко, где за минуту перед сим сидел Андрей Гаврилович, но где уж его не было. Няня стояла на крыльце, забыв о приказании барина. Дворня шумно толковала о сем происшествии. Вдруг Владимир явился между людьми и отрывисто сказал: «Не надобно лекаря, батюшка скончался».

Сделалось смятение. Люди бросились в комнату старого барина. Он лежал в креслах, на которые перенес его Владимир; правая рука его висела до полу, голова опущена была на грудь, не было уж и признака жизни в сем теле, еще не охладелом, но уже обезображенном кончиною. Егоровна взвыла, слуги окружили труп, оставленный на их попечение, вымыли его, одели в мундир, сшитый еще в 1797 году, и положили на тот самый стол, за которым столько лет они служили своему господину.

Глава V

Похороны совершились на третий день. Тело бедного старика лежало на столе, покрытое саваном и окруженное свечами. Столовая полна была дворовых. Готовились к выносу. Владимир и трое слуг подняли гроб. Священник пошел вперед, дьячок сопровождал его, воспевая погребальные молитвы. Хозяин Кистеневки в последний раз перешел за порог своего дома. Гроб понесли рощею. Церковь находилась за нею. День был ясный и холодный. Осенние листья падали с дерев.

При выходе из рощи увидели кистеневскую деревянную церковь и кладбище, осененное старыми липами. Там покоилось тело Владимировой матери; там подле могилы ее накануне вырыта была свежая яма.

Церковь полна была кистеневскими крестьянами, пришедшими отдать последнее поклонение господину своему. Молодой Дубровский стал у клироса; он не плакал и не молился, но лицо его было страшно.

Печальный обряд кончился. Владимир первый пошел прощаться с телом, за ним и все дворовые. Принесли крышку и заколотили гроб. Бабы громко выли; мужики изредка утирали слезы кулаком. Владимир и тех же трое слуг понесли его на кладбище в сопровождении всей деревни. Гроб опустили в могилу, все присутствующие бросили в нее по горсти песку, яму засыпали, поклонились ей и разошлись. Владимир поспешно удалился, всех опередил и скрылся в Кистеневскую рощу.

Егоровна от имени его пригласила попа и весь причет церковный на похоронный обед, объявив, что молодой барин не намерен на оном присутствовать, и таким образом отец Антон, попадья Федотовна и дьячок пешком отправились на барский двор, рассуждая с Егоровной о добродетелях покойника и о том, что, по-видимому, ожидало его наследника. Приезд Троекурова и прием, ему оказанный, были уже известны всему околодку, и тамошние политики предвещали важные оному последствия.

– Что будет, то будет, – сказала попадья, – а жаль, если не Владимир Андреевич будет нашим господином. Молодец, нечего сказать.

– А кому же как не ему и быть у нас господином, – прервала Егоровна. – Напрасно Кирила Петрович и горячится. Не на робкого напал: мой соколик и сам за себя постоит, да и, Бог даст, благодетели его не оставят. Больно спесив Кирила Петрович! а небось поджал хвост, когда Гришка мой закричал ему: вон, старый пес! долой со двора!

– Ахти, Егоровна, – сказал дьячок, – да как у Григорья-то язык повернулся; я скорее соглашусь, кажется, лаять на владыку, чем косо взглянуть на Кирила Петровича. Как увидишь его, страх и трепет и клонят ниц, а спина-то сама так и гнется, так и гнется…

– Суета сует, – сказал священник, – и Кирилу Петровичу отпоют вечную память, все как ныне и Андрею Гавриловичу, разве похороны будут побогаче да гостей созовут побольше, а Богу не все ли равно!

– Ах, батька! и мы хотели зазвать весь околодок, да Владимир Андреевич не захотел. Небось у нас всего довольно, есть чем угостить, да что прикажешь делать. По крайней мере, коли нет людей, так уж хоть вас употчую, дорогие гости наши.

Сие ласковое обещание и надежда найти лакомый пирог ускорили шаги собеседников, и они благополучно прибыли в барский дом, где стол был уже накрыт и водка подана.

Между тем Владимир углублялся в чащу дерев, движением и усталостию стараясь заглушать душевную скорбь. Он шел, не разбирая дороги; сучья поминутно задевали и царапали его, ноги его поминутно вязли в болоте, он ничего не замечал. Наконец достигнул он маленькой лощины, со всех сторон окруженной лесом; ручеек извивался молча около деревьев, полуобнаженных осенью. Владимир остановился, сел на холодный дерн, и мысли одна другой мрачнее стеснились в душе его... Сильно чувствовал он свое одиночество. Будущее для него являлось покрытым грозными тучами. Вражда с Троекуровым предвещала ему новые несчастия. Бедное его достояние могло отойти от него в чужие руки; в таком случае нищета ожидала его. Долго сидел он неподвижно на том же месте, взирая на тихое течение ручья, уносящего несколько поблеклых листьев и живо представлявшего ему верное подобие жизни – подобие столь обыкновенное. Наконец заметил он, что начало смеркаться; он встал и пошел искать дороги домой, но еще долго блуждал по незнакомому лесу, пока не попал на тропинку, которая и привела его прямо к воротам его дома.

Навстречу Дубровскому попался поп со всем причетом. Мысль о несчастливом предзнаменовании пришла ему в голову. Он невольно пошел стороною и скрылся за деревом. Они его не заметили и с жаром говорили между собою, проходя мимо его.

– Удались от зла и сотвори благо, – говорил поп попадье, – нечего нам здесь оставаться. Не твоя беда, чем бы дело ни кончилось. – Попадья что-то отвечала, но Владимир не мог ее расслышать.

Приближаясь, увидел он множество народа – крестьяне и дворовые люди толпились на барском дворе. Издали услышал Владимир необыкновенный шум и говор. У сарая стояли две тройки. На крыльце несколько незнакомых людей в мундирных сертуках, казалось, о чем-то толковали.

– Что это значит? – спросил он сердито у Антона, который бежал ему навстречу. – Это кто такие и что им надобно?

– Ах, батюшка Владимир Андреевич, – отвечал старик задыхаясь. – Суд приехал. Отдают нас Троекурову, отымают нас от твоей милости!..

Владимир потупил голову, люди его окружили несчастного своего господина. «Отец ты наш, – кричали они, целуя ему руки, – не хотим другого барина, кроме тебя, прикажи, осударь, с судом мы управимся. Умрем, а не выдадим». Владимир смотрел на них, и странные чувства волновали его. «Стойте смирно, – сказал он им, – а я с приказными переговорю». – «Переговори, батюшка, – закричали ему из толпы, – да усовести окаянных».

Владимир подошел к чиновникам. Шабашкин, с картузом на голове, стоял подбочась и гордо взирал около себя. Исправник, высокий и толстый мужчина лет пятидесяти с красным лицом и в усах, увидя приближающегося Дубровского, крякнул и произнес охриплым голосом: «Итак, я вам повторяю то, что уже сказал: по решению уездного суда отныне принадлежите вы Кирилу Петровичу Троекурову, коего лицо представляет здесь г. Шабашкин. Слушайтесь его во всем, что ни прикажет, а вы, бабы, любите и почитайте его, а он до вас большой охотник». При сей острой шутке исправник захохотал, а Шабашкин и прочие члены ему последовали. Владимир кипел от негодования. «Позвольте узнать, что это значит», – спросил он с притворным холоднокровием у веселого исправника. – «А это то значит, – отвечал замысловатый чиновник, – что мы приехали вводить во владение сего Кирила Петровича Троекурова и просить *иных прочих* убираться подобру-поздорову». – «Но вы могли бы, кажется, отнестися ко мне, прежде чем к моим крестьянам, и объявить помещику отрешение от власти...» – «А ты кто такой, – сказал Шабашкин с дерзким взором. – Бывший помещик Андрей Гаврилов сын Дубровский волею Божиею помре, мы вас не знаем, да и знать не хотим».

– Владимир Андреевич наш молодой барин, – сказал голос из толпы.

– Кто там смел рот разинуть, – сказал грозно исправник, – какой барин, какой Владимир Андреевич? барин ваш Кирила Петрович Троекуров, слышите ли, олухи.

– Как не так, – сказал тот же голос.

– Да это бунт! – закричал исправник. – Гей, староста, сюда!

Староста выступил вперед.

– Отыщи сей же час, кто смел со мною разговаривать, я его!

Староста обратился к толпе, спрашивая, кто говорил? Но все молчали; вскоре в задних рядах поднялся ропот, стал усиливаться и в одну минуту превратился в ужаснейшие вопли. Исправник понизил голос и хотел было их уговаривать. «Да что на него смотреть, – закричали дворовые, – ребята! долой их!» – и вся толпа двинулась. Шабашкин и другие члены поспешно бросились в сени и заперли за собою дверь.

«Ребята, вязать», – закричал тот же голос, – и толпа стала напирать... «Стойте, – крикнул Дубровский. – Дураки! что вы это? вы губите и себя, и меня. Ступайте по дворам и оставьте меня в покое. Не бойтесь, государь милостив, я буду просить его. Он нас не обидит. Мы все его дети. А как ему за вас будет заступиться, если вы станете бунтовать и разбойничать».

Речь молодого Дубровского, его звучный голос и величественный вид произвели желаемое действие. Народ утих, разошелся, двор опустел. Члены сидели в сенях. Наконец Шабашкин тихонько отпер двери, вышел на крыльцо и с униженными поклонами стал благодарить Дубровского за его милостивое заступление. Владимир слушал его с презрением и ничего не отвечал. «Мы решили, – продолжал заседатель, – с вашего дозволения остаться здесь ночевать; а то уж темно, и ваши мужики могут напасть на нас на дороге. Сделайте такую милость: прикажите постлать нам хоть сена в гостиной; чем свет, мы отправимся восвояси».

– Делайте, что хотите, – отвечал им сухо Дубровский, – я здесь уже не хозяин.

С этим словом он удалился в комнату отца своего и запер за собою дверь.

Глава VI

«Итак, все кончено, – сказал он сам себе; – еще утром имел я угол и кусок хлеба. Завтра должен я буду оставить дом, где я родился и где умер мой отец, виновнику его смерти и моей нищеты». И глаза его неподвижно остановились на портрете его матери. Живописец представил ее облокоченною на перила, в белом утреннем платье с алой розою в волосах. «И портрет этот достанется врагу моего семейства, – подумал Владимир, – он заброшен будет в кладовую вместе с изломанными стульями или повешен в передней, предметом насмешек и замечаний его псарей, а в ее спальной, в комнате, где умер отец, поселится его приказчик или поместится его гарем. Нет! нет! пускай же и ему не достанется печальный дом, из которого он выгоняет меня». Владимир стиснул зубы, страшные мысли рождались в уме его. Голоса подьячих доходили до него, они хозяйничали, требовали то того, то другого и неприятно развлекали его среди печальных его размышлений. Наконец все утихло.

Владимир отпер комоды и ящики, занялся разбором бумаг покойного. Они большею частию состояли из хозяйственных счетов и переписки по разным делам. Владимир разорвал их, не читая. Между ими попался ему пакет с надписью: *Письма моей жены* . С сильным движением чувства Владимир принялся за них: они писаны были во время турецкого похода и были адресованы в армию из Кистеневки. Она описывала ему свою пустынную жизнь, хозяйственные занятия, с нежностию сетовала на разлуку и призывала его домой, в объятия доброй подруги; в одном из них она изъявляла ему свое беспокойство насчет здоровья маленького Владимира; в другом она радовалась его ранним способностям и предвидела для него счастливую и блестящую будущность. Владимир зачитался и позабыл все на свете, погрузясь душою в мир семейственного счастия, и не заметил, как прошло время. Стенные часы пробили одиннадцать. Владимир положил письма в карман, взял свечу и вышел из кабинета. В зале приказные спали на полу. На столе стояли стаканы, ими опорожненные, и сильный дух рома слышался по всей комнате. Владимир с отвращением прошел мимо их в переднюю. – Двери были заперты; не нашед ключа, Владимир возвратился в залу – ключ лежал на столе, Владимир отворил дверь и наткнулся на человека, прижавшегося в угол; топор блестел у него, и, обратясь к нему со свечою, Владимир узнал Архипа-кузнеца. «Зачем ты здесь?» – спросил он. «Ах, Владимир Андреевич, это вы, – отвечал Архип пошепту, – Господь помилуй и спаси! хорошо, что вы шли со свечою!» Владимир глядел на него с изумлением. «Что ты здесь притаился?» – спросил он кузнеца.

– Я хотел... я пришел... было проведать, все ли дома, – тихо отвечал Архип запинаясь.

– А зачем с тобою топор?

– Топор-то зачем? Да как же без топора нонече и ходить. Эти приказные такие, вишь, озорники – того и гляди...

– Ты пьян, брось топор, поди выспись.

– Я пьян? Батюшка Владимир Андреевич, Бог свидетель, ни единой капли во рту не было... да и пойдет ли вино на ум, слыхано ли дело, подьячие задумали нами владеть, подьячие гонят наших господ с барского двора... Эк они храпят, окаянные; всех бы разом, так и концы в воду.

Дубровский нахмурился.

– Послушай, Архип, – сказал он, немного помолчав, – не дело ты затеял. Не приказные виноваты. Засвети-ко фонарь ты, ступай за мною.

Архип взял свечку из рук барина, отыскал за печкою фонарь, засветил его, и оба тихо сошли с крыльца и пошли около двора. Сторож начал бить в чугунную доску, собаки залаяли. «Кто сторожа?» – спросил Дубровский. «Мы, батюшка, – отвечал тонкий голос, – Василиса да Лукерья». – «Подите по дворам, – сказал им Дубровский, – вас не нужно». – «Шабаш», – примолвил Архип. «Спасибо, кормилец», – отвечали бабы и тотчас отправились домой.

Дубровский пошел далее. Два человека приблизились к нему; они его окликали. Дубровский узнал голос Антона и Гриши. «Зачем вы не спите?» – спросил он их. «До сна ли нам, – отвечал Антон. – До чего мы дожили, кто бы подумал…»

– Тише! – прервал Дубровский. – Где Егоровна?

– В барском доме, в своей светелке, – отвечал Гриша.

– Поди, приведи ее сюда да выведи из дому всех наших людей, чтоб ни одной души в нем не оставалось, кроме приказных, а ты, Антон, запряги телегу.

Гриша ушел и через минуту явился с своею матерью. Старуха не раздевалась в эту ночь; кроме приказных, никто в доме не смыкал глаза.

– Все ли здесь? – спросил Дубровский. – Не осталось ли никого в доме?

– Никого, кроме подьячих, – отвечал Гриша.

– Давайте сюда сена или соломы, – сказал Дубровский.

Люди побежали в конюшню и возвратились, неся в охапках сено.

– Подложите под крыльцо. Вот так. Ну, ребята, огню!

Архип открыл фонарь, Дубровский зажег лучину.

– Постой, – сказал он Архипу, – кажется, второпях я запер двери в переднюю, поди скорей отопри их.

Архип побежал в сени – двери были отперты. Архип запер их на ключ, примолвя вполголоса: *«Как не так, отопри!»* – и возвратился к Дубровскому.

Дубровский приблизил лучину, сено вспыхнуло, пламя взвилось и осветило весь двор.

– Ахти, – жалобно закричала Егоровна, – Владимир Андреевич, что ты делаешь?

– Молчи, – сказал Дубровский. – Ну, дети, прощайте, иду, куда Бог поведет; будьте счастливы с новым вашим господином.

– Отец наш, кормилец, – отвечали люди, – умрем, не оставим тебя, идем с тобою.

Лошади были поданы; Дубровский сел с Гришею в телегу и назначил им местом свидания Кистеневскую рощу. Антон ударил по лошадям, и они выехали со двора.

Поднялся ветер. В одну минуту пламя обхватило весь дом. Красный дым вился над кровлею. Стеклы трещали, сыпались, пылающие бревна стали падать, раздался жалобный вопль и крики: «Горим, помогите, помогите».

– *Как не так* , – сказал Архип, с злобной улыбкой взирающий на пожар.

– Архипушка, – говорила ему Егоровна, – спаси их, окаянных, Бог тебя наградит.

– Как не так, – отвечал кузнец.

В сию минуту приказные показались в окно, стараясь выломать двойные рамы. Но тут кровля с треском рухнула, и вопли утихли.

Вскоре вся дворня высыпала на двор. Бабы с криком спешили спасти свою рухлядь, ребятишки прыгали, любуясь на пожар. Искры полетели огненной метелью, избы загорелись.

– Теперь все ладно, – сказал Архип, – каково горит, а? чай, из Покровского славно смотреть.

В сию минуту новое явление привлекло его внимание; кошка бегала по кровле пылающего сарая, недоумевая, куда спрыгнуть – со всех сторон окружало ее пламя. Бедное животное жалким мяуканием призывало на помощь. Мальчишки помирали со смеху, смотря на ее отчаяние. «Чему смеетеся, бесенята, – сказал им сердито кузнец. –

Бога вы не боитесь: Божия тварь погибает, а вы сдуру радуетесь», – и, поставя лестницу на загоревшуюся кровлю, он полез за кошкою. Она поняла его намерение и с видом торопливой благодарности уцепилась за его рукав. Полуобгорелый кузнец с своей добычей полез вниз. «Ну, ребята, прощайте, – сказал он смущенной дворне, – мне здесь делать нечего. Счастливо, не поминайте меня лихом».

Кузнец ушел; пожар свирепствовал еще несколько времени. Наконец унялся, и груды углей без пламени ярко горели в темноте ночи, и около них бродили погорелые жители Кистеневки.

Глава VII

На другой день весть о пожаре разнеслась по всему околодку. Все толковали о нем с различными догадками и предположениями. Иные уверяли, что люди Дубровского, напившись пьяны на похоронах, зажгли дом из неосторожности, другие обвиняли приказных, подгулявших на новоселии, многие уверяли, что он сам сгорел с земским судом и со всеми дворовыми. Некоторые догадывались об истине и утверждали, что виновником сего ужасного бедствия был сам Дубровский, движимый злобой и отчаянием. Троекуров приезжал на другой же день на место пожара и сам производил следствие. Оказалось, что исправник, заседатель земского суда, стряпчий и писарь, так же как Владимир Дубровский, няня Егоровна, дворовый человек Григорий, кучер Антон и кузнец Архип пропали неизвестно куда. Все дворовые показали, что приказные сгорели в то время, как повалилась кровля; обгорелые кости их были отрыты. Бабы Василиса и Лукерья сказали, что Дубровского и Архипа-кузнеца видели они за несколько минут перед пожаром. Кузнец Архип, по всеобщему показанию, был жив и, вероятно, главный, если не единственный, виновник пожара. На Дубровском лежали сильные подозрения. Кирила Петрович послал губернатору подробное описание всему происшествию, и новое дело завязалось.

Вскоре другие вести дали другую пищу любопытству и толкам. В ** появились разбойники и распространили ужас по всем окрестностям. Меры, принятые противу них правительством, оказались недостаточными. Грабительства, одно другого замечательнее, следовали одно за другим. Не было безопасности ни по дорогам, ни по деревням. Несколько троек, наполненных разбойниками, разъезжали днем по всей губернии, останавливали путешественников и почту, приезжали в села, грабили помещичьи дома и предавали их огню. Начальник шайки славился умом, отважностью и каким-то великодушием. Рассказывали о нем чудеса; имя Дубровского было во всех устах, все были уверены, что он, а не кто другой, предводительствовал отважными злодеями. Удивлялись одному: поместия Троекурова были пощажены; разбойники не ограбили у него ни единого сарая, не остановили ни одного воза. С обыкновенной своей надменностию Троекуров приписывал сие исключение страху, который умел он внушить всей губернии, также и отменно хорошей полиции, им заведенной в его деревнях. Сначала соседи смеялись между собою над высокомерием Троекурова и каждый день ожидали, чтоб незваные гости посетили Покровское, где было им чем поживиться, но наконец принуждены были с ним согласиться и сознаться, что и разбойники оказывали ему непонятное уважение… Троекуров торжествовал и при каждой вести о новом грабительстве Дубровского рассыпался в насмешках насчет губернатора, исправников и ротных командиров, от коих Дубровский уходил всегда невредимо.

Между тем наступило 1-е октября – день храмового праздника в селе Троекурова. Но прежде чем приступим к описанию сего торжества и дальнейших происшествий, мы должны познакомить читателя с лицами для него новыми, или о коих мы слегка только упомянули в начале нашей повести.

Глава VIII

Читатель, вероятно, уже догадался, что дочь Кирила Петровича, о которой сказали мы еще только несколько слов, есть героиня нашей повести. В эпоху, нами описываемую, ей было 17 лет, и красота ее была в полном цвете. Отец любил ее до безумия, но обходился с нею со свойственным ему своенравием, то стараясь угождать малейшим ее прихотям, то пугая ее суровым, а иногда и жестоким обращением. Уверенный в ее привязанности, никогда не мог он добиться ее доверенности. Она привыкла скрывать от него свои чувства и мысли, ибо никогда не могла знать наверно, каким образом будут они приняты. Она не имела подруг и выросла в уединении. Жены и дочери соседей редко езжали к Кирилу Петровичу, коего обыкновенные разговоры и увеселения требовали товарищества мужчин, а не присутствия дам. Редко наша красавица являлась посреди гостей, пирующих у Кирила Петровича. Огромная библиотека, составленная большею частию из сочинений французских писателей XVIII века, была отдана в ее распоряжение. Отец ее, никогда не читавший ничего, кроме «Совершенной поварихи», не мог руководствовать ее в выборе книг, и Маша, естественным образом, перерыв сочинения всякого рода, остановилась на романах. Таким образом совершила она свое воспитание, начатое некогда под руководством мамзель Мими, которой Кирила Петрович оказывал большую доверенность и благосклонность и которую принужден он был наконец выслать тихонько в другое поместие, когда следствия сего дружества оказались слишком явными. Мамзель Мими оставила по себе память довольно приятную. Она была добрая девушка и никогда во зло не употребляла влияния, которое, видимо, имела над Кирилом Петровичем, в чем отличалась она от других наперсниц, поминутно им сменяемых. Сам Кирила Петрович, казалось, любил ее более прочих, и черноглазый мальчик, шалун лет девяти, напоминающий полуденные черты m-lle Мими, воспитывался при нем и признан был его сыном, несмотря на то, что множество босых ребятишек, как две капли воды похожих на Кирила Петровича, бегали перед его окнами и считались дворовыми. Кирила Петрович выписал из Москвы для своего маленького Саши француза-учителя, который и прибыл в Покровское во время происшествий, нами теперь описываемых.

Сей учитель понравился Кирилу Петровичу своей приятной наружностию и простым обращением. Он представил Кирилу Петровичу свои аттестаты и письмо от одного из родственников Троекурова, у которого четыре года жил он гувернером. Кирила Петрович все это пересмотрел и был недоволен одною молодостью своего француза – не потому, что полагал бы сей любезный недостаток несовместным с терпением и опытностию, столь нужными в несчастном звании учителя, но у него были свои сомнения, которые тотчас и решился ему объяснить. Для сего велел он позвать к себе Машу (Кирила Петрович по-французски не говорил, и она служила ему переводчиком).

– Подойди сюда, Маша; скажи ты этому мусье, что так и быть, принимаю его; только с тем, чтоб он у меня за моими девушками не осмелился волочиться, не то я его, собачьего сына... переведи это ему, Маша.

Маша покраснела и, обратясь к учителю, сказала ему по-французски, что отец ее надеется на его скромность и порядочное поведение.

Француз ей поклонился и отвечал, что он надеется заслужить уважение, даже если откажут ему в благосклонности.

Маша слово в слово перевела его ответ.

– Хорошо, хорошо, – сказал Кирила Петрович, – не нужно для него ни благосклонности, ни уважения. Дело его ходить за Сашей и учить грамматике да географии, переведи это ему.

Марья Кириловна смягчила в своем переводе грубые выражения отца, и Кирила Петрович отпустил своего француза во флигель, где назначена была ему комната.

Маша не обратила никакого внимания на молодого француза, воспитанная в аристократических предрассудках, учитель был для нее род слуги или мастерового, а слуга иль мастеровой не казался ей мужчиною. Она не заметила и впечатления, ею произведенного на m-r Дефоржа, ни его смущения, ни его трепета, ни изменившегося голоса. Несколько дней сряду потом она встречала его довольно часто, не удостоивая большей внимательности. Неожиданным образом получила она о нем совершенно новое понятие.

На дворе у Кирила Петровича воспитывались обыкновенно несколько медвежат и составляли одну из главных забав покровского помещика. В первой своей молодости медвежата приводимы были ежедневно в гостиную, где Кирила Петрович по целым часам возился с ними, стравливая их с кошками и щенятами. Возмужав, они бывали посажены на цепь, в ожидании настоящей травли. Изредка выводили пред окна барского дома и подкатывали им порожнюю винную бочку, утыканную гвоздями; медведь обнюхивал ее, потом тихонько до нее дотрогивался, колол себе лапы, осердясь толкал ее сильнее, и сильнее становилась боль. Он входил в совершенное бешенство, с ревом бросался на бочку, покамест не отымали у бедного зверя предмета тщетной его ярости. Случалось, что в телегу впрягали пару медведей, волею и неволею сажали в нее гостей и пускали их скакать на волю Божию. Но лучшею шуткою почиталась у Кирила Петровича следующая.

Проглодавшегося медведя запрут, бывало, в пустой комнате, привязав его веревкою за кольцо, ввинченное в стену. Веревка была длиною почти во всю комнату, так что один только противуположный угол мог быть безопасным от нападения страшного зверя. Приводили обыкновенно новичка к дверям этой комнаты, нечаянно вталкивали его к медведю, двери запирались, и несчастную жертву оставляли наедине с косматым пустынником. Бедный гость, с оборванной полою и до крови оцарапанный, скоро отыскивал безопасный угол, но принужден был иногда целых три часа стоять, прижавшись к стене, и видеть, как разъяренный зверь в двух шагах от него ревел, прыгал, становился на дыбы, рвался и силился до него дотянуться. Таковы были благородные увеселения русского барина! Несколько дней спустя после приезда учителя, Троекуров вспомнил о нем и вознамерился угостить его в медвежьей комнате: для сего, призвав его однажды утром, повел он его с собою темными коридорами; вдруг боковая дверь отворилась – двое слуг вталкивают в нее француза и запирают ее на ключ. Опомнившись, учитель увидел привязанного медведя, зверь начал фыркать, издали обнюхивая своего гостя, и вдруг, поднявшись на задние лапы, пошел на него... Француз не смутился, не побежал и ждал нападения. Медведь приблизился, Дефорж вынул из кармана маленький пистолет, вложил его в ухо голодному зверю и выстрелил. Медведь повалился. Всё сбежалось, двери отворились, Кирила Петрович вошел, изумленный развязкою своей шутки. Кирила Петрович хотел непременно объяснения всему делу: кто предварил Дефоржа о шутке, для него предуготовленной, или зачем у него в кармане был заряженный пистолет. Он послал за Машей, Маша прибежала и перевела французу вопросы отца.

– Я не слыхивал о медведе, – отвечал Дефорж, – но я всегда ношу при себе пистолеты, потому что не намерен терпеть обиду, за которую, по моему званью, не могу требовать удовлетворения.

Маша смотрела на него с изумлением и перевела слова его Кирилу Петровичу. Кирила Петрович ничего не отвечал, велел вытащить медведя и снять с него шкуру; потом, обратясь к своим людям, сказал: «Каков молодец! не струсил, ей-богу, не струсил». С той минуты он Дефоржа полюбил и не думал уж его пробовать.

Но случай сей произвел еще большее впечатление на Марью Кириловну. Воображение ее было поражено: она видела мертвого медведя и Дефоржа, спокойно стоящего над ним и спокойно с нею разговаривающего. Она увидела, что храбрость и гордое самолюбие не исключительно принадлежат одному сословию, и с тех пор стала оказывать молодому учителю уважение, которое час от часу становилось внимательнее. Между ими основались некоторые сношения. Маша имела прекрасный голос и большие музыкальные способности; Дефорж вызвался давать ей уроки. После того читателю уже не трудно догадаться, что Маша в него влюбилась, сама еще в том себе не признаваясь.

Том второй

Глава IX

Накануне праздника гости начали съезжаться, иные останавливались в господском доме и во флигелях, другие у приказчика, третьи у священника, четвертые у зажиточных крестьян. Конюшни полны были дорожных лошадей, дворы и сараи загромождены разными экипажами. В девять часов утра заблаговестили к обедне, и все потянулось к новой каменной церкви, построенной Кирилом Петровичем и ежегодно украшаемой его приношениями. Собралось такое множество почетных богомольцев, что простые крестьяне не могли поместиться в церкви и стояли на паперти и в ограде. Обедня не начиналась – ждали Кирила Петровича. Он приехал в коляске шестернею – и торжественно пошел на свое место, сопровождаемый Мариею Кириловной. Взоры мужчин и женщин обратились на нее; первые удивлялись ее красоте, вторые со вниманием осмотрели ее наряд. Началась обедня, домашние певчие пели на крылосе, Кирила Петрович сам подтягивал, молился, не смотря ни направо, ни налево, и с гордым смирением поклонился в землю, когда дьякон громогласно упомянул и *о зиждителе храма сего.*

Обедня кончилась. Кирила Петрович первый подошел ко кресту. Все двинулись за ним, потом соседи подошли к нему с почтением. Дамы окружили Машу. Кирила Петрович, выходя из церкви, пригласил всех к себе обедать, сел в коляску и отправился домой. Все поехали вслед за ним. Комнаты наполнились гостями. Поминутно входили новые лица и насилу могли пробраться до хозяина. Барыни сели чинным полукругом, одетые по запоздалой моде, в поношенных и дорогих нарядах, все в жемчугах и бриллиантах, мужчины толпились около икры и водки, с шумным разногласием разговаривая между собою. В зале накрывали стол на 80 приборов. Слуги суетились, расставляя бутылки и графины и прилаживая скатерти. Наконец дворецкий провозгласил: «Кушание поставлено», – и Кирила Петрович первый пошел садиться за стол, за ним двинулись дамы и важно заняли свои места, наблюдая некоторое старшинство, барышни стеснились между собою, как робкое стадо козочек, и выбрали себе места одна подле другой. Против них поместились мужчины. На конце стола сел учитель подле маленького Саши.

Слуги стали разносить тарелки по чинам, в случае недоумения руководствуясь лафатерскими догадками, и почти всегда безошибочно. Звон тарелок и ложек слился с шумным говором гостей, Кирила Петрович весело обозревал свою трапезу и вполне наслаждался счастием хлебосола. В это время въехала на двор коляска, запряженная шестью лошадьми. «Это кто?» – спросил хозяин. «Антон Пафнутьич», – отвечали несколько голосов. Двери отворились, и Антон Пафнутьич Спицын, толстый мужчина лет пятидесяти с круглым и рябым лицом, украшенным тройным подбородком, ввалился в столовую, кланяясь, улыбаясь и уже собираясь извиниться… «Прибор сюда, – закричал Кирила Петрович, – милости просим, Антон Пафнутьич, садись, да скажи нам, что это значит: не был у моей обедни и к обеду опоздал. Это на тебя не похоже: ты и богомолен и покушать любишь». – «Виноват, – отвечал Антон Пафнутьич, привязывая салфетку в петлицу горохового кафтана, – виноват, батюшка Кирила Петрович, я было рано пустился в дорогу, да не успел отъехать и десяти верст, вдруг шина у переднего колеса пополам – что прикажешь? К счастию, недалеко было от деревни; пока до нее дотащились, да отыскали кузнеца, да все кое-как уладили, прошли ровно три часа, делать было нечего. Ехать ближним путем через Кистеневский лес я не осмелился, а пустился в объезд…»

– Эге! – прервал Кирила Петрович, – да ты, знать, не из храброго десятка; чего ты боишься?

– Как чего боюсь, батюшка Кирила Петрович, а Дубровского-то; того и гляди попадешься ему в лапы. Он малый не промах, никому не спустит, а с меня, пожалуй, и две шкуры сдерет.

– За что же, братец, такое отличие?

– Как за что, батюшка Кирила Петрович? а за тяжбу-то покойника Андрея Гавриловича. Не я ли в удовольствие ваше, т. е. по совести и по справедливости, показал, что Дубровские владеют Кистеневкой безо всякого на то права, а единственно по снисхождению вашему. И покойник (царство ему небесное) обещал со мною по-свойски переведаться, а сынок, пожалуй, сдержит слово батюшкино. Доселе Бог миловал. Всего-на-всё разграбили у меня один анбар, да того и гляди до усадьбы доберутся.

– А в усадьбе-то будет им раздолье, – заметил Кирила Петрович, – я чай, красная шкатулочка полным-полна…

– Куда, батюшка Кирила Петрович. Была полна, а нынче совсем опустела!

– Полно врать, Антон Пафнутьич. Знаем мы вас; куда тебе деньги тратить, дома живешь свинья свиньей, никого не принимаешь, своих мужиков обдираешь, знай копишь да и только.

– Вы всё изволите шутить, батюшка Кирила Петрович, – пробормотал с улыбкою Антон Пафнутьич, – а мы, ей-богу, разорились, – и Антон Пафнутьич стал заедать барскую шутку хозяина жирным куском кулебяки. Кирила Петрович оставил его и обратился к новому исправнику, в первый раз к нему в гости приехавшему и сидящему на другом конце стола подле учителя.

– А что, господин исправник, поймаете хоть вы Дубровского?

Исправник струсил, поклонился, улыбнулся, заикнулся и произнес наконец:

– Постараемся, ваше превосходительство.

– Гм, постараемся. Давно, давно стараются, а проку все-таки нет. Да правда, зачем и ловить его. Разбои Дубровского благодать для исправников: разъезды, следствия, подводы, а деньга в карман. Как такого благодетеля извести? Не правда ли, господин исправник?

– Сущая правда, ваше превосходительство, – отвечал совершенно смутившийся исправник.

Гости захохотали.

– Люблю молодца за искренность, – сказал Кирила Петрович, – а жаль покойного нашего исправника Тараса Алексеевича; кабы не сожгли его, так в околодке было бы тише. А что слышно про Дубровского? где его видели в последний раз?

– У меня, Кирила Петрович, – пропищал толстый дамский голос, – в прошлый вторник обедал он у меня...

Все взоры обратились на Анну Савишну Глобову, довольно простую вдову, всеми любимую за добрый и веселый нрав. Все с любопытством приготовились услышать ее рассказ.

– Надобно знать, что тому три недели послала я приказчика на почту с деньгами для моего Ванюши. Сына я не балую, да и не в состоянии баловать, хоть бы и хотела; однако сами изволите знать: офицеру гвардии нужно содержать себя приличным образом, и я с Ванюшей делюсь, как могу, своими доходишками. Вот и послала ему 2000 рублей, хоть Дубровский не раз приходил мне в голову, да думаю: город близко, всего семь верст, авось Бог пронесет. Смотрю: вечером мой приказчик возвращается, бледен, оборван и пеш – я так и ахнула. – «Что такое? что с тобою сделалось?» Он мне: «Матушка Анна Савишна, разбойники ограбили; самого чуть не убили, сам Дубровский был тут, хотел повесить меня, да сжалился и отпустил, зато всего обобрал, отнял и лошадь, и телегу». Я обмерла; Царь мой небесный, что будет с моим Ванюшею? Делать нечего: написала я сыну письмо, рассказала все и послала ему свое благословение без гроша денег.

Прошла неделя, другая – вдруг въезжает ко мне на двор коляска. Какой-то генерал просит со мною увидеться: милости просим; входит ко мне человек лет 35-ти, смуглый, черноволосый, в усах, в бороде, сущий портрет Кульнева, рекомендуется мне как друг и сослуживец покойного мужа Ивана Андреевича; он-де ехал мимо и не мог не заехать к его вдове, зная, что я тут живу. Я угостила его чем бог послал, разговорились о том о сем, наконец и о Дубровском. Я рассказала ему свое горе. Генерал мой нахмурился. «Это странно, – сказал он, – я слыхал, что Дубровский нападает не на всякого, а на известных богачей, но и тут делится с ними, а не грабит дочиста, а в убийствах никто его не обвиняет; нет ли тут плутни, прикажите-ка позвать вашего приказчика». Пошли за приказчиком, он явился; только увидел генерала, он так и остолбенел. «Расскажи-ка мне, братец, каким образом Дубровский тебя ограбил и как он хотел тебя повесить». Приказчик мой задрожал и повалился генералу в ноги. «Батюшка, виноват – грех попутал – солгал». – «Коли так, – отвечал генерал, – так изволь же рассказать барыне, как все дело случилось, а я послушаю». Приказчик не мог опомниться. «Ну что же, – продолжал генерал, – рассказывай: где ты встретился с Дубровским?» – «У двух сосен, батюшка, у двух сосен». – «Что же сказал он тебе?» – «Он спросил у меня, чей ты, куда едешь и зачем?» – «Ну, а после?» – «А после потребовал он письмо и деньги». – «Ну». – «Я отдал ему письмо и деньги». – «А он?.. Ну, а он?» – «Батюшка, виноват». – «Ну, что же он сделал?..» – «Он возвратил мне деньги и письмо да сказал: ступай себе с богом, отдай это на почту». – «Ну, а ты?» – «Батюшка, виноват». – «Я с тобою, голубчик, управлюсь, – сказал грозно генерал, – а вы, сударыня, прикажите обыскать сундук этого мошенника и отдайте его мне на руки, а я его проучу. Знайте, что Дубровский сам был гвардейским офицером, он не захочет обидеть товарища». Я догадывалась, кто был его превосходительство, нечего мне было с ним толковать. Кучера привязали приказчика к козлам коляски – деньги нашли; генерал у меня отобедал, потом тотчас уехал и увез с собою приказчика. Приказчика моего нашли на другой день в лесу, привязанного к дубу и ободранного как липку.

Все слушали молча рассказ Анны Савишны, особенно барышни. Многие из них втайне ему доброжелательствовали, видя в нем героя романического, особенно Марья Кириловна, пылкая мечтательница, напитанная таинственными ужасами Радклиф.

– И ты, Анна Савишна, полагаешь, что у тебя был сам Дубровский, – спросил Кирила Петрович. – Очень же ты ошиблась. Не знаю, кто был у тебя в гостях, а только не Дубровский.

– Как, батюшка, не Дубровский, да кто же, как не он, выедет на дорогу и станет останавливать прохожих да их осматривать.

– Не знаю, а уж верно не Дубровский. Я помню его ребенком; не знаю, почернели ль у него волоса, а тогда был он кудрявый белокуренький мальчик, но знаю наверное, что Дубровский пятью годами старше моей Маши и что, следственно, ему не 35 лет, а около 23-х.

– Точно так, ваше превосходительство, – провозгласил исправник, – у меня в кармане и приметы Владимира Дубровского. В них точно сказано, что ему от роду 23-й год.

– А! – сказал Кирила Петрович. – Кстати: прочти-ка, а мы послушаем; не худо нам знать его приметы; авось в глаза попадется, так не вывернется.

Исправник вынул из кармана довольно замаранный лист бумаги, развернул его с важностию и стал читать нараспев.

«Приметы Владимира Дубровского, составленные по сказкам бывших его дворовых людей.

От роду 23 года, *роста* середнего, *лицом* чист, *бороду* бреет, *глаза* имеет карие, *волосы* русые, *нос* прямой. *Приметы особые* : таковых не оказалось».

– И только? – сказал Кирила Петрович.

– Только, – отвечал исправник, складывая бумагу.

– Поздравляю, г-н исправник. Ай да бумага! по этим приметам немудрено будет вам отыскать Дубровского. Да кто ж не среднего роста, у кого не русые волосы, не прямой нос, да не карие глаза! Бьюсь об заклад, три часа сряду будешь говорить с самим Дубровским, а не догадаешься, с кем бог тебя свел. Нечего сказать, умные головушки приказные!

Исправник смиренно положил в карман свою бумагу и молча принялся за гуся с капустой. Между тем слуги успели уже несколько раз обойти гостей, наливая каждому его рюмку. Несколько бутылок горского и цимлянского громко были уже откупорены и приняты благосклонно под именем шампанского, лица начинали рдеть, разговоры становились звонче, несвязнее и веселее.

– Нет, – продолжал Кирила Петрович, – уж не видать нам такого исправника, каков был покойник Тарас Алексеевич! Этот был не промах, не разиня. Жаль, что сожгли молодца, а то бы от него не ушел ни один человек изо всей шайки. Он бы всех до единого переловил, да и сам Дубровский не вывернулся б и не откупился. Тарас Алексеевич деньги с него взять-то бы взял, да и самого не выпустил: таков был обычай у покойника. Делать нечего, видно, мне вступиться в это дело да пойти на разбойников с моими домашними. На первый случай отряжу человек двадцать, так они и очистят воровскую рощу; народ не трусливый, каждый в одиночку на медведя ходит, от разбойников не попятятся.

– Здоров ли ваш медведь, батюшка Кирила Петрович, – сказал Антон Пафнутьич, вспомня при сих словах о своем косматом знакомце и о некоторых шутках, коих и он был когда-то жертвою.

– Миша приказал долго жить, – отвечал Кирила Петрович. – Умер славною смертью, от руки неприятеля. Вон его победитель, – Кирила Петрович указывал на Дефоржа; – выменяй образ моего француза. Он отомстил за твою… с позволения сказать… Помнишь?

– Как не помнить, – сказал Антон Пафнутьич почесываясь, – очень помню. Так Миша умер. Жаль Миши, ей-богу жаль! какой был забавник! какой умница! эдакого медведя другого не сыщешь. Да зачем мусье убил его?

Кирила Петрович с великим удовольствием стал рассказывать подвиг своего француза, ибо имел счастливую способность тщеславиться всем, что только ни окружало его. Гости со вниманием слушали повесть о Мишиной смерти и с изумлением посматривали на Дефоржа, который, не подозревая, что разговор шел о его храбрости, спокойно сидел на своем месте и делал нравственные замечания резвому своему воспитаннику.

Обед, продолжавшийся около трех часов, кончился; хозяин положил салфетку на стол, все встали и пошли в гостиную, где ожидал их кофей, карты и продолжение попойки, столь славно начатой в столовой.

Глава X

Около семи часов вечера некоторые гости хотели ехать, но хозяин, развеселенный пуншем, приказал запереть ворота и объявил, что до следующего утра никого со двора не выпустит. Скоро загремела музыка, двери в залу отворились, и бал завязался. Хозяин и его приближенные сидели в углу, выпивая стакан за стаканом и любуясь веселостию молодежи. Старушки играли в карты. Кавалеров, как и везде, где не квартирует какой-нибудь уланской бригады, было менее, нежели дам, все мужчины, годные на то, были завербованы. Учитель между всеми отличался, он танцевал более всех, все барышни выбирали его и находили, что с ним очень ловко вальсировать. Несколько раз кружился он с Марьей Кириловною, и барышни насмешливо за ними примечали. Наконец около полуночи усталый хозяин прекратил танцы, приказал давать ужинать, а сам отправился спать.

Отсутствие Кирила Петровича придало обществу более свободы и живости. Кавалеры осмелились занять место подле дам. Девицы смеялись и перешептывались со своими соседами; дамы громко разговаривали через стол. Мужчины пили, спорили и хохотали, – словом, ужин был чрезвычайно весел и оставил по себе много приятных воспоминаний.

Один только человек не участвовал в общей радости: Антон Пафнутьич сидел пасмурен и молчалив на своем месте, ел рассеянно и казался чрезвычайно беспокоен. Разговоры о разбойниках взволновали его воображение. Мы скоро увидим, что он имел достаточную причину их опасаться.

Антон Пафнутьич, призывая Господа в свидетели в том, что красная шкатулка его была пуста, не лгал и не согрешал: красная шкатулка точно была пуста, деньги, некогда в ней хранимые, перешли в кожаную суму, которую носил он на груди под рубашкой. Сею только предосторожностию успокоивал он свою недоверчивость ко всем и вечную боязнь. Будучи принужден остаться ночевать в чужом доме, он боялся, чтоб не отвели ему ночлега где-нибудь в уединенной комнате, куда легко могли забраться воры, он искал глазами надежного товарища и выбрал наконец Дефоржа. Его наружность, обличающая силу, а пуще храбрость, им оказанная при встрече с медведем, о коем бедный Антон Пафнутьич не мог вспомнить без содрогания, решили его выбор. Когда встали из-за стола, Антон Пафнутьич стал вертеться около молодого француза, покрякивая и откашливаясь, и наконец обратился к нему с изъяснением.

– Гм, гм, нельзя ли, мусье, переночевать мне в вашей конурке, потому что извольте видеть…

– Que désire monsieur? [1] – спросил Дефорж, учтиво ему поклонившись.

– Эк беда, ты, мусье, по-русски еще не выучился. Же ве, муа, шё ву куше[2], понимаешь ли?

– Monsieur, tres volontiers, – отвечал Дефорж, – veuillez donner des ordres en conséquence[3].

Антон Пафнутьич, очень довольный своими сведениями во французском языке, пошел тотчас распоряжаться.

---

[1] Чего изволите? (*франц.*)

[2] Я хочу спать у вас (*франц.*).

[3] Сделайте одолжение, сударь, извольте соответственно распорядиться (*франц.*).

Гости стали прощаться между собою и каждый отправился в комнату, ему назначенную. А Антон Пафнутьич пошел с учителем во флигель. Ночь была темная. Дефорж освещал дорогу фонарем, Антон Пафнутьич шел за ним довольно бодро, прижимая изредка к груди потаенную суму, дабы удостовериться, что деньги его еще при нем.

Пришед во флигель, учитель засветил свечу, и оба стали раздеваться; между тем Антон Пафнутьич похаживал по комнате, осматривая замки и окна и качая головою при сем неутешительном смотре. Двери запирались одною задвижкою, окна не имели еще двойных рам. Он попытался было жаловаться на то Дефоржу, но знания его во французском языке были слишком ограничены для столь сложного объяснения; француз его не понял, и Антон Пафнутьич принужден был оставить свои жалобы. Постели их стояли одна против другой, оба легли, и учитель потушил свечу.

– Пуркуа ву туше, пуркуа ву туше [4], – закричал Антон Пафнутьич, спрягая с грехом пополам русский глагол *тушу* на французский лад. – Я не могу дормир[5] в потемках!

Дефорж не понял его восклицания и пожелал ему доброй ночи.

– Проклятый басурман, – проворчал Спицын, закутываясь в одеяло. – Нужно ему было свечку тушить. Ему же хуже. Я спать не могу без огня. – Мусье, мусье, – продолжал он, – же ве авек ву парле[6]. – Но француз не отвечал и вскоре захрапел.

«Храпит бестия француз, – подумал Антон Пафнутьич, – а мне так сон и в ум нейдет. Того и гляди, воры войдут в открытые двери или влезут в окно, а его, бестию, и пушками не добудишься».

– Мусье! а, мусье! дьявол тебя побери.

---

[4] Зачем вы тушите, зачем вы тушите (*франц.*).

[5] Спать (*франц.*).

[6] Я хочу с вами говорить (*франц.*).

Антон Пафнутьич замолчал, усталость и винные пары мало-помалу превозмогли его боязливость, он стал дремать, и вскоре глубокий сон овладел им совершенно.

Странное готовилось ему пробуждение. Он чувствовал сквозь сон, что кто-то тихонько дергал его за ворот рубашки. Антон Пафнутьич открыл глаза и при бледном свете осеннего утра увидел перед собою Дефоржа: француз в одной руке держал карманный пистолет, а другою отстегивал заветную суму. Антон Пафнутьич обмер.

– Кесь ке се, мусье, кесь ке се[7], – произнес он трепещущим голосом.

– Тише, молчать, – отвечал учитель чистым русским языком, – молчать или вы пропали. Я Дубровский.

Глава XI

Теперь попросим у читателя позволения объяснить последние происшествия повести нашей предыдущими обстоятельствами, кои не успели мы еще рассказать.

На станции ** в доме смотрителя, о коем уже мы упомянули, сидел в углу проезжий с видом смиренным и терпеливым, обличающим разночинца или иностранца, т. е. человека, не имеющего голоса на почтовом тракте. Бричка его стояла на дворе, ожидая подмазки. В ней лежал маленький чемодан, тощее доказательство не весьма достаточного состояния. Проезжий не спрашивал себе ни чаю, ни кофию, поглядывал в окно и посвистывал, к великому неудовольствию смотрительши, сидевшей за перегородкою.

– Вот Бог послал свистуна, – говорила она вполголоса. – Эк посвистывает, чтоб он лопнул, окаянный басурман.

---

[7] Что это, сударь, что это (*франц.*).

– А что? – сказал смотритель. – Что за беда, пускай себе свищет.

– Что за беда? – возразила сердитая супруга. – А разве не знаешь приметы?

– Какой приметы? что свист деньгу выживает. И! Пахомовна, у нас что свисти, что нет: а денег все нет как нет.

– Да отпусти ты его, Сидорыч. Охота тебе его держать. Дай ему лошадей, да провались он к черту.

– Подождет, Пахомовна; на конюшне всего три тройки, четвертая отдыхает. Того и гляди, подоспеют хорошие проезжие; не хочу своею шеей отвечать за француза. Чу! так и есть! вон скачут. Э-ге-ге, да как шибко; уж не генерал ли?

Коляска остановилась у крыльца. Слуга соскочил с козел, отпер дверцы, и через минуту молодой человек в военной шинели и в белой фуражке вошел к смотрителю; вслед за ним слуга внес шкатулку и поставил ее на окошко.

– Лошадей, – сказал офицер повелительным голосом.

– Сейчас, – отвечал смотритель. – Пожалуйте подорожную.

– Нет у меня подорожной. Я еду в сторону... Разве ты меня не узнаешь?

Смотритель засуетился и кинулся торопить ямщиков. Молодой человек стал расхаживать взад и вперед по комнате, зашел за перегородку и спросил тихо у смотрительши: кто такой проезжий.

– Бог его ведает, – отвечала смотрительша, – какой-то француз. Вот уже пять часов как дожидается лошадей да свищет. Надоел, проклятый.

Молодой человек заговорил с проезжим по-французски.

– Куда изволите вы ехать? – спросил он его.

– В ближний город, – отвечал француз, – оттуда отправляюсь к одному помещику, который нанял меня за глаза в учители. Я думал сегодня быть уже на месте, но г-н смотритель, кажется, судил иначе. В этой земле трудно достать лошадей, г-н офицер.

– А к кому из здешних помещиков определились вы? – спросил офицер.

– К г-ну Троекурову, – отвечал француз.

– К Троекурову? кто такой этот Троекуров?

– Ma foi, mon officier…[8] я слыхал о нем мало доброго. Сказывают, что он барин гордый и своенравный, жестокий в обращении со своими домашними, что никто не может с ним ужиться, что все трепещут при его имени, что с учителями (avec les outchitels) он не церемонится и уже двух засек до смерти.

– Помилуйте! и вы решились определиться к такому чудовищу.

– Что же делать, г-н офицер. Он предлагает мне хорошее жалование, 3000 р. в год и всё готовое. Быть может, я буду счастливее других. У меня старушка-мать, половину жалования буду отсылать ей на пропитание, из остальных денег в пять лет могу скопить маленький капитал, достаточный для будущей моей независимости, и тогда bonsoir[9], еду в Париж и пускаюсь в коммерческие обороты.

– Знает ли вас кто-нибудь в доме Троекурова? – спросил он.

– Никто, – отвечал учитель. – Меня он выписал из Москвы чрез одного из своих приятелей, коего повар, мой соотечественник, меня рекомендовал. Надобно вам знать, что я готовился было не в учителя, а в кондитеры, но мне сказали, что в вашей земле звание учительское не в пример выгоднее…

Офицер задумался.

– Послушайте, – прервал он француза, – что если бы вместо этой будущности предложили вам 10 000 чистыми деньгами, с тем чтоб сей же час отправились обратно в Париж.

---

[8] Право, господин офицер (*франц.*).

[9] Прощайте (*франц.*).

Француз посмотрел на офицера с изумлением, улыбнулся и покачал головою.

– Лошади готовы, – сказал вошедший смотритель.

Слуга подтвердил то же самое.

– Сейчас, – отвечал офицер, – выдьте вон на минуту. – Смотритель и слуга вышли. – Я не шучу, – продолжал он по-французски, – 10 000 могу я вам дать, мне нужно только ваше отсутствие и ваши бумаги. – При сих словах он отпер шкатулку и вынул несколько кип ассигнаций.

Француз вытаращил глаза. Он не знал, что и думать.

– Мое отсутствие… мои бумаги, – повторял он с изумлением. – Вот мои бумаги… Но вы шутите: зачем вам мои бумаги?

– Вам дела нет до того. Спрашиваю, согласны вы или нет?

Француз, все еще не веря своим ушам, протянул бумаги свои молодому офицеру, который быстро их пересмотрел.

– Ваш пашпорт… хорошо. Письмо рекомендательное, посмотрим. Свидетельство о рождении, прекрасно. Ну вот же вам ваши деньги, отправляйтесь назад. Прощайте.

Француз стоял как вкопанный.

Офицер воротился.

– Я было забыл самое важное. Дайте мне честное слово, что все это останется между нами, честное ваше слово.

– Честное мое слово, – отвечал француз. – Но мои бумаги, что мне делать без них?

– В первом городе объявите, что вы были ограблены Дубровским. Вам поверят и дадут нужные свидетельства. Прощайте, дай бог вам скорее доехать до Парижа и найти матушку в добром здоровье.

Дубровский вышел из комнаты, сел в коляску и поскакал.

Смотритель смотрел в окошко, и когда коляска уехала, обратился к жене с восклицанием: «Пахомовна, знаешь ли ты что? ведь это был Дубровский».

Смотрительша опрометью кинулась к окошку, но было уже поздно: Дубровский был уж далеко. Она принялась бранить мужа:

– Бога ты не боишься, Сидорыч. Зачем ты не сказал мне того прежде, я бы хоть взглянула на Дубровского, а теперь жди, чтоб он опять завернул. Бессовестный ты, право, бессовестный!

Француз стоял как вкопанный. Договор с офицером, деньги, всё казалось ему сновидением. Но кипы ассигнаций были тут, у него в кармане, и красноречиво твердили ему о существенности удивительного происшествия.

Он решился нанять лошадей до города. Ямщик повез его шагом, и ночью дотащился он до города.

Не доезжая до заставы, у которой вместо часового стояла развалившаяся будка, француз велел остановиться, вылез из брички и пошел пешком, объяснив знаками ямщику, что бричку и чемодан дарит ему на водку. Ямщик был в таком же изумлении от его щедрости, как и сам француз от предложения Дубровского. Но, заключив из того, что немец сошел с ума, ямщик поблагодарил его усердным поклоном и, не рассудив за благо въехать в город, отправился в известное ему увеселительное заведение, коего хозяин был весьма ему знаком. Там провел он целую ночь, а на другой день утром на порожней тройке отправился восвояси – без брички и без чемодана, с пухлым лицом и красными глазами.

Дубровский, овладев бумагами француза, смело явился, как мы уже видели, к Троекурову и поселился в его доме. Каковы ни были его тайные намерения (мы их узнаем после), но в его поведении не оказалось ничего предосудительного. Правда, он мало занимался воспитанием маленького Саши, давал ему полную свободу повесничать и не строго взыскивал за уроки, задаваемые только для формы, зато с большим прилежанием следовал за музыкальными успехами своей ученицы и часто по целым часам сиживал с нею за фортепьяно. Все любили молодого учителя, Кирила Петрович – за его смелое проворство на охоте, Марья Кириловна – за неограниченное усердие и робкую внимательность, Саша – за снисходительность к его шалостям, домашние – за доброту и за щедрость, по-видимому, несовместную с его состоянием. Сам он, казалось, привязан был ко всему семейству и почитал уже себя членом оного.

Прошло около месяца от его вступления в звание учительское до достопамятного празднества, и никто не подозревал, что в скромном молодом французе таился грозный разбойник, коего имя наводило ужас на всех окрестных владельцев. Во все это время Дубровский не отлучался из Покровского, но слух о разбоях его не утихал благодаря изобретательному воображению сельских жителей, но могло статься и то, что шайка его продолжала свои действия и в отсутствие начальника.

Ночуя в одной комнате с человеком, коего мог он почесть личным своим врагом и одним из главных виновников его бедствия, Дубровский не мог удержаться от искушения. Он знал о существовании сумки и решился ею завладеть. Мы видели, как изумил он бедного Антона Пафнутьича неожиданным своим превращением из учителей в разбойники.

В девять часов утра гости, ночевавшие в Покровском, собралися один за другим в гостиной, где кипел уже самовар, перед которым в утреннем платье сидела Марья Кириловна, а Кирила Петрович в байковом сертуке и в туфлях выпивал свою широкую чашку, похожую на полоскательную. Последним явился Антон Пафнутьич; он был так бледен и казался так расстроен, что вид его всех поразил и что Кирила Петрович осведомился о его здоровии. Спицын отвечал безо всякого смысла и с ужасом поглядывал на учителя, который тут же сидел, как ни в чем не бывало. Через несколько минут слуга вошел и объявил Спицыну, что коляска его готова; Антон Пафнутьич спешил откланяться и, несмотря на увещания хозяина, вышел поспешно из комнаты и тотчас уехал. Не понимали, что с ним сделалось, и Кирила Петрович решил, что он объелся. После чаю и прощального завтрака прочие гости начали разъезжаться, вскоре Покровское опустело, и все вошло в обыкновенный порядок.

Глава XII

Прошло несколько дней, и не случилось ничего достопримечательного. Жизнь обитателей Покровского была однообразна. Кирила Петрович ежедневно выезжал на охоту; чтение, прогулки и музыкальные уроки занимали Марью Кириловну, особенно музыкальные уроки. Она начинала понимать собственное сердце и признавалась, с невольной досадою, что оно не было равнодушно к достоинствам молодого француза. Он с своей стороны не выходил из пределов почтения и строгой пристойности и тем успокоивал ее гордость и боязливые сомнения. Она с большей и большей доверчивостию предавалась увлекательной привычке. Она скучала без Дефоржа, в его присутствии поминутно занималась им, обо всем хотела знать его мнение и всегда с ним соглашалась. Может быть, она не была еще влюблена, но при первом случайном препятствии или незапном гонении судьбы пламя страсти должно было вспыхнуть в ее сердце.

Однажды, пришед в залу, где ожидал ее учитель, Марья Кириловна с изумлением заметила смущение на бледном его лице. Она открыла фортепьяно, пропела несколько нот, но Дубровский под предлогом головной боли извинился, прервал урок и, закрывая ноты, подал ей украдкою записку. Марья Кириловна, не успев одуматься, приняла ее и раскаялась в ту же минуту, но Дубровского не было уже в зале. Марья Кириловна пошла в свою комнату, развернула записку и прочла следующее:

«Будьте сегодня в 7 часов в беседке у ручья. Мне необходимо с вами говорить».

Любопытство ее было сильно возбуждено. Она давно ожидала признания, желая и опасаясь его. Ей приятно было бы услышать подтверждение того, о чем она догадывалась, но она чувствовала, что ей было бы неприлично слышать таковое объяснение от человека, который по состоянию своему не мог надеяться когда-нибудь получить ее руку. Она решилась идти на свидание, но колебалась в одном: каким образом примет она признание учителя, с аристократическим ли негодованием, с увещаниями ли дружбы, с веселыми шутками, или с безмолвным участием. Между тем она поминутно поглядывала на часы. Смерклось, подали свечи, Кирила Петрович сел играть в бостон с приезжими соседями. Столовые часы пробили третью четверть седьмого, и Марья Кириловна тихонько вышла на крыльцо, огляделась во все стороны и побежала в сад.

Ночь была темна, небо покрыто тучами, в двух шагах от себя нельзя было ничего видеть, но Марья Кириловна шла в темноте по знакомым дорожкам и через минуту очутилась у беседки; тут остановилась она, дабы перевести дух и явиться перед Дефоржем с видом равнодушным и неторопливым. Но Дефорж стоял уже перед нею.

– Благодарю вас, – сказал он ей тихим и печальным голосом, – что вы не отказали мне в моей просьбе. Я был бы в отчаянии, если б вы на то не согласились.

Марья Кириловна отвечала заготовленною фразой:

– Надеюсь, что вы не заставите меня раскаяться в моей снисходительности.

Он молчал и, казалося, собирался с духом.

– Обстоятельства требуют... я должен вас оставить, – сказал он наконец. – Вы скоро, может быть, услышите... Но перед разлукой я должен с вами сам объясниться...

Марья Кириловна не отвечала ничего. В этих словах видела она предисловие к ожидаемому признанию.

– Я не то, что вы предполагаете, – продолжал он, потупя голову, – я не француз Дефорж, я Дубровский.

Марья Кириловна вскрикнула.

– Не бойтесь, ради бога, вы не должны бояться моего имени. Да, я тот несчастный, которого ваш отец лишил куска хлеба, выгнал из отеческого дома и послал грабить на больших дорогах. Но вам не надобно меня бояться – ни за себя, ни за него. Все кончено. Я ему простил. Послушайте, вы спасли его. Первый мой кровавый подвиг должен был свершиться над ним. Я ходил около его дома, назначая, где вспыхнуть пожару, откуда войти в его спальню, как пресечь ему все пути к бегству, в ту минуту вы прошли мимо меня, как небесное видение, и сердце мое смирилось. Я понял, что дом, где обитаете вы, священ, что ни единое существо, связанное с вами узами крови, не подлежит моему проклятию. Я отказался от мщения, как от безумства. Целые дни я бродил около садов Покровского в надежде увидеть издали ваше белое платье. В ваших неосторожных прогулках я следовал за вами, прокрадываясь от куста к кусту, счастливый мыслию, что вас охраняю, что для вас нет опасности там, где я присутствую тайно. Наконец случай представился. Я поселился в вашем доме. Эти три недели были для меня днями счастия. Их воспоминание будет отрадою печальной моей жизни… Сегодня я получил известие, после которого мне невозможно долее здесь оставаться. Я расстаюсь с вами сегодня… сей же час… Но прежде я должен был вам открыться, чтоб вы не проклинали меня, не презирали. Думайте иногда о Дубровском, знайте, что он рожден был для иного назначения, что душа его умела вас любить, что никогда…

Тут раздался легкий свист, и Дубровский умолк. Он схватил ее руку и прижал к пылающим устам. Свист повторился.

– Простите, – сказал Дубровский, – меня зовут, минута может погубить меня.

Он отошел, Марья Кириловна стояла неподвижно. Дубровский воротился и снова взял ее руку.

– Если когда-нибудь, – сказал он ей нежным и трогательным голосом, – если когда-нибудь несчастие вас постигнет и вы ни от кого не будете ждать ни помощи, ни покровительства, в таком случае обещаетесь ли вы прибегнуть ко мне, требовать от меня всего для вашего спасения? Обещаетесь ли вы не отвергнуть моей преданности?

Марья Кириловна плакала молча. Свист раздался в третий раз.

– Вы меня губите! – закричал Дубровский. – Я не оставлю вас, пока не дадите мне ответа. Обещаетесь ли вы или нет?

– Обещаюсь, – прошептала бедная красавица.

Взволнованная свиданием с Дубровским, Марья Кириловна возвращалась из саду. Ей показалось, что все люди разбегались, дом был в движении, на дворе было много народа, у крыльца стояла тройка, издали услышала она голос Кирила Петровича и спешила войти в комнаты, опасаясь, чтоб отсутствие ее не было замечено. В зале встретил ее Кирила Петрович, гости окружали исправника, нашего знакомца, и осыпали его вопросами. Исправник в дорожном платье, вооруженный с ног до головы, отвечал им с видом таинственным и суетливым.

– Где ты была, Маша, – спросил Кирила Петрович, – не встретила ли ты m-r Дефоржа? – Маша насилу могла отвечать отрицательно.

– Вообрази, – продолжал Кирила Петрович, – исправник приехал его схватить и уверяет меня, что это сам Дубровский.

– Все приметы, ваше превосходительство, – сказал почтительно исправник.

– Эх, братец, – прервал Кирила Петрович, – убирайся, знаешь куда, со своими приметами. Я тебе моего француза не выдам, покамест сам не разберу дела. Как можно верить на слово Антону Пафнутьичу, трусу и лгуну: ему пригрезилось, что учитель хотел ограбить его. Зачем он в то же утро не сказал мне о том ни слова?

– Француз застращал его, ваше превосходительство, – отвечал исправник, – и взял с него клятву молчать...

– Вранье, – решил Кирила Петрович, – сейчас я все выведу на чистую воду. – Где же учитель? – спросил он у вошедшего слуги.

– Нигде не найдут-с, – отвечал слуга.

– Так сыскать его, – закричал Троекуров, начинающий сумневаться. – Покажи мне твои хваленые приметы, – сказал он исправнику, который тотчас и подал ему бумагу. – Гм, гм, 23 года... Оно так, да это еще ничего не доказывает. Что же учитель?

– Не найдут-с, – был опять ответ.

Кирила Петрович начинал беспокоиться, Марья Кириловна была ни жива ни мертва.

– Ты бледна, Маша, – заметил ей отец, – тебя перепугали.

– Нет, папенька, – отвечала Маша, – у меня голова болит.

– Поди, Маша, в свою комнату и не беспокойся.

Маша поцеловала у него руку и ушла скорее в свою комнату, там она бросилась на постелю и зарыдала в истерическом припадке. Служанки сбежались, раздели ее, насилу-насилу успели ее успокоить холодной водой и всевозможными спиртами, ее уложили, и она впала в усыпление.

Между тем француза не находили. Кирила Петрович ходил взад и вперед по зале, грозно насвистывая «Гром победы раздавайся». Гости шептались между собою, исправник казался в дураках, француза не нашли. Вероятно, он успел скрыться, быв предупрежден. Но кем и как? это оставалось тайною.

Било одиннадцать, и никто не думал о сне. Наконец Кирила Петрович сказал сердито исправнику:

– Ну что? ведь не до свету же тебе здесь оставаться, дом мой не харчевня, не с твоим проворством, братец, поймать Дубровского, если уж это Дубровский. Отправляйся-ка восвояси да вперед будь расторопнее. Да и вам пора домой, – продолжал он, обратясь к гостям. – Велите закладывать, а я хочу спать.

Так немилостиво расстался Троекуров со своими гостями!

Глава XIII

Прошло несколько времени без всякого замечательного случая. Но в начале следующего лета произошло много перемен в семейном быту Кирила Петровича.

В тридцати верстах от него находилось богатое поместие князя Верейского. Князь долгое время находился в чужих краях, всем имением его управлял отставной майор, и никакого сношения не существовало между Покровским и Арбатовым. Но в конце мая месяца князь возвратился из-за границы и приехал в свою деревню, которой отроду еще не видал. Привыкнув к рассеянности, он не мог вынести уединения и на третий день по своем приезде отправился обедать к Троекурову, с которым был некогда знаком.

Князю было около пятидесяти лет, но он казался гораздо старее. Излишества всякого рода изнурили его здоровие и положили на нем свою неизгладимую печать. Несмотря на то, наружность его была приятна, замечательна, а привычка быть всегда в обществе придавала ему некоторую любезность, особенно с женщинами. Он имел непрестанную нужду в рассеянии и непрестанно скучал. Кирила Петрович был чрезвычайно доволен его посещением, приняв оное знаком уважения от человека, знающего свет; он по обыкновению своему стал угощать его смотром своих заведений и повел на псарный двор. Но князь чуть не задохся в собачьей атмосфере и спешил выйти вон, зажимая нос платком, опрысканным духами. Старинный сад с его стрижеными липами, четвероугольным прудом и правильными аллеями ему не понравился; он любил английские сады и так называемую природу, но хвалил и восхищался; слуга пришел доложить, что кушание поставлено. Они пошли обедать. Князь прихрамывал, устав от своей прогулки и уже раскаиваясь в своем посещении.

Но в зале встретила их Марья Кириловна, и старый волокита был поражен ее красотой. Троекуров посадил гостя подле ее. Князь был оживлен ее присутствием, был весел и успел несколько раз привлечь ее внимание любопытными своими рассказами. После обеда Кирила Петрович предложил ехать верхом, но князь извинился, указывая на свои бархатные сапоги и шутя над своею подагрой; он предпочел прогулку в линейке, с тем чтоб не разлучаться с милою своей соседкою. Линейку заложили. Старики и красавица сели втроем и поехали. Разговор не прерывался. Марья Кириловна с удовольствием слушала льстивые и веселые приветствия светского человека, как вдруг Верейский, обратясь к Кирилу Петровичу, спросил у него, что значит это погорелое строение и ему ли оно принадлежит?.. Кирила Петрович нахмурился; воспоминания, возбуждаемые в нем погорелой усадьбою, были ему неприятны. Он отвечал, что земля теперь его и что прежде принадлежала она Дубровскому.

– Дубровскому, – повторил Верейский, – как, этому славному разбойнику?..

– Отцу его, – отвечал Троекуров, – да и отец-то был порядочный разбойник.

– Куда же девался наш Ринальдо? жив ли он, схвачен ли он?

– И жив и на воле, и покамест у нас будут исправники заодно с ворами, до тех пор не будет он пойман; кстати, князь, Дубровский побывал ведь у тебя в Арбатове?

– Да, прошлого году он, кажется, что-то сжег или разграбил... Не правда ли, Марья Кириловна, что было бы любопытно познакомиться покороче с этим романтическим героем?

– Чего любопытно! – сказал Троекуров. – Она знакома с ним: он целые три недели учил ее музыке, да слава богу, не взял ничего за уроки. – Тут Кирила Петрович начал рассказывать повесть о своем французе-учителе. Марья Кириловна сидела как на иголках. Верейский выслушал с глубоким вниманием, нашел все это очень странным и переменил разговор. Возвратясь, он велел подавать свою карету и, несмотря на усильные просьбы Кирила Петровича остаться ночевать, уехал тотчас после чаю. Но прежде просил Кирила Петоовича приехать к нему в гости с Марьей Кириловной, и гордый

Троекуров обещался, ибо, взяв в уважение княжеское достоинство, две звезды и 3000 душ родового имения, он до некоторой степени почитал князя Верейского себе равным.

Два дня спустя после сего посещения Кирила Петрович отправился с дочерью в гости к князю Верейскому. Подъезжая к Арбатову, он не мог не любоваться чистыми и веселыми избами крестьян и каменным господским домом, выстроенным во вкусе английских замков. Перед домом расстилался густо-зеленый луг, на коем паслись швейцарские коровы, звеня своими колокольчиками. Пространный парк окружал дом со всех сторон. Хозяин встретил гостей у крыльца и подал руку молодой красавице. Они вошли в великолепную залу, где стол был накрыт на три прибора. Князь подвел гостей к окну, и им открылся прелестный вид. Волга протекала перед окнами, по ней шли нагруженные барки под натянутыми парусами и мелькали рыбачьи лодки, столь выразительно прозванные душегубками. За рекою тянулись холмы и поля, несколько деревень оживляли окрестность. Потом они занялись рассмотрением галереи картин, купленных князем в чужих краях. Князь объяснял Марье Кириловне их различное содержание, историю живописцев, указывал на достоинство и недостатки. Он говорил о картинах не на условленном языке педантического знатока, но с чувством и воображением. Марья Кириловна слушала его с удовольствием. Пошли за стол. Троекуров отдал полную справедливость винам своего Амфитриона и искусству его повара, а Марья Кириловна не чувствовала ни малейшего замешательства или принуждения в беседе с человеком, которого видела она только во второй раз отроду. После обеда хозяин предложил гостям пойти в сад. Они пили кофей в беседке на берегу широкого озера, усеянного островами. Вдруг раздалась духовая музыка, и шестивесельная лодка причалила к самой беседке. Они поехали по озеру, около островов, посещали некоторые из них, на одном находили мраморную статую, на другом уединенную пещеру, на третьем памятник с таинственной надписью, возбуждавшей в Марье Кириловне девическое любопытство, не вполне удовлетворенное учтивыми недомолвками князя; время прошло незаметно, начало смеркаться. Князь под предлогом свежести и росы спешил возвратиться домой; самовар их ожидал. Князь просил Марью Кириловну хозяйничать в доме старого холостяка. Она разливала чай, слушая неистощимые рассказы любезного говоруна; вдруг раздался выстрел, и ракетка осветила небо. Князь подал Марье Кириловне шаль и позвал ее и Троекурова на балкон. Перед домом в темноте разноцветные огни вспыхнули, завертелись, поднялись вверх колосьями, пальмами, фонтанами, посыпались дождем, звездами, угасали и снова вспыхивали. Марья Кириловна веселилась как дитя. Князь Верейский радовался ее восхищению, а Троекуров был чрезвычайно им доволен, ибо принимал tous les frais[10] князя как знаки уважения и желания ему угодить.

Ужин в своем достоинстве ничем не уступал обеду. Гости отправились в комнаты, для них отведенные, и на другой день поутру расстались с любезным хозяином, дав друг другу обещание вскоре снова увидеться.

Глава XIV

Марья Кириловна сидела в своей комнате, вышивая в пяльцах, перед открытым окошком. Она не путалась шелками, подобно любовнице Конрада, которая в любовной рассеянности вышила розу зеленым шелком. Под ее иглой канва повторяла безошибочно узоры подлинника, несмотря на то ее мысли не следовали за работой, они были далеко.

Вдруг в окошко тихонько протянулась рука, кто-то положил на пяльцы письмо и скрылся, прежде чем Марья Кириловна успела образумиться. В это самое время слуга к ней вошел и позвал ее к Кирилу Петровичу. Она с трепетом спрятала письмо за косынку и поспешила к отцу в кабинет.

---

[10] Все старания (*франц.*).

Кирила Петрович был не один. Князь Верейский сидел у него. При появлении Марьи Кириловны князь встал и молча поклонился ей с замешательством для него необыкновенным.

– Подойди сюда, Маша, – сказал Кирила Петрович, – скажу тебе новость, которая, надеюсь, тебя обрадует. Вот тебе жених, князь тебя сватает.

Маша остолбенела, смертная бледность покрыла ее лицо. Она молчала. Князь к ней подошел, взял ее руку и с видом тронутым спросил: согласна ли она сделать его счастие. Маша молчала.

– Согласна, конечно, согласна, – сказал Кирила Петрович, – но знаешь, князь: девушке трудно выговорить это слово. Ну, дети, поцелуйтесь и будьте счастливы.

Маша стояла неподвижно, старый князь поцеловал ее руку, вдруг слезы побежали по ее бледному лицу. Князь слегка нахмурился.

– Пошла, пошла, пошла, – сказал Кирила Петрович, – осуши свои слезы и воротись к нам веселешенька. Они все плачут при помолвке, – продолжал он, обратясь к Верейскому, – это у них уж так заведено… Теперь, князь, поговорим о деле, т. е. о приданом.

Марья Кириловна жадно воспользовалась позволением удалиться. Она побежала в свою комнату, заперлась и дала волю своим слезам, воображая себя женою старого князя; он вдруг показался ей отвратительным и ненавистным… брак пугал ее, как плаха, как могила… «Нет, нет, – повторяла она в отчаянии, – лучше умереть, лучше в монастырь, лучше пойду за Дубровского». Тут она вспомнила о письме и с жадностию бросилась его читать, предчувствуя, что оно было от него. В самом деле оно было писано им и заключало только следующие слова: «Вечером в 10 часов на прежнем месте».

Глава XV

Луна сияла, июльская ночь была тиха, изредка подымался ветерок, и легкий шорох пробегал по всему саду.

Как легкая тень, молодая красавица приблизилась к месту назначенного свидания. Еще никого не было видно, вдруг из-за беседки очутился Дубровский перед нею.

– Я все знаю, – сказал он ей тихим и печальным голосом. – Вспомните ваше обещание.

– Вы предлагаете мне свое покровительство, – отвечала Маша, – но не сердитесь: оно пугает меня. Каким образом окажете вы мне помочь?

– Я бы мог избавить вас от ненавистного человека.

– Ради бога, не трогайте его, не смейте его тронуть, если вы меня любите. Я не хочу быть виною какого-нибудь ужаса...

– Я не трону его, воля ваша для меня священна. Вам обязан он жизнию. Никогда злодейство не будет совершено во имя ваше. Вы должны быть чисты даже и в моих преступлениях. Но как же спасу вас от жестокого отца?

– Еще есть надежда. Я надеюсь тронуть его моими слезами и отчаянием. Он упрям, но он так меня любит.

– Не надейтесь по-пустому: в этих слезах увидит он только обыкновенную боязливость и отвращение, общее всем молодым девушкам, когда идут они замуж не по страсти, а из благоразумного расчета; что, если возьмет он себе в голову сделать счастие ваше вопреки вас самих; если насильно повезут вас под венец, чтоб навеки предать судьбу вашу во власть старого мужа?

– Тогда, тогда делать нечего, явитесь за мною, я буду вашей женой.

Дубровский затрепетал, бледное лицо покрылось багровым румянцем и в ту же минуту стало бледнее прежнего. Он долго молчал, потупя голову.

– Соберитесь с всеми силами души, умоляйте отца, бросьтесь к его ногам, представьте ему весь ужас будущего, вашу молодость, увядающую близ хилого и развратного старика, решитесь на жестокое объяснение: скажите, что если он останется неумолим, то... то вы найдете ужасную защиту... скажите, что богатство не доставит вам и одной минуты счастия; роскошь утешает одну бедность, и то с непривычки на одно мгновение; не отставайте от него, не пугайтесь ни его гнева, ни угроз, пока останется хоть тень надежды, ради бога, не отставайте. Если же не будет уже другого средства...

Тут Дубровский закрыл лицо руками, он, казалось, задыхался. Маша плакала...

– Бедная, бедная моя участь, – сказал он, горько вздохнув. – За вас отдал бы я жизнь, видеть вас издали, коснуться руки вашей было для меня упоением. И когда открывается для меня возможность прижать вас к волнуемому сердцу и сказать: ангел, умрем! бедный, я должен остерегаться от блаженства, я должен отдалять его всеми силами. Я не смею пасть к вашим ногам, благодарить небо за непонятную незаслуженную награду. О, как должен я ненавидеть того... но чувствую, теперь в сердце моем нет места ненависти.

Он тихо обнял стройный ее стан и тихо привлек ее к своему сердцу. Доверчиво склонила она голову на плечо молодого разбойника. Оба молчали.

Время летело. «Пора», – сказала наконец Маша. Дубровский как будто очнулся от усыпления. Он взял ее руку и надел ей на палец кольцо.

– Если решитесь прибегнуть ко мне, – сказал он, – то принесите кольцо сюда, опустите его в дупло этого дуба. Я буду знать, что делать.

Дубровский поцеловал ее руку и скрылся между деревьями.

Глава XVI

Сватовство князя Верейского не было уже тайною для соседства. Кирила Петрович принимал поздравления, свадьба готовилась. Маша день ото дня отлагала решительное объявление. Между тем обращение ее со старым женихом было холодно и принужденно. Князь о том не заботился. Он о любви не хлопотал, довольный ее безмолвным согласием.

Но время шло. Маша наконец решилась действовать и написала письмо князю Верейскому; она старалась возбудить в его сердце чувство великодушия, откровенно признавалась, что не имела к нему ни малейшей привязанности, умоляла его отказаться от ее руки и самому защитить ее от власти родителя. Она тихонько вручила письмо князю Верейскому, тот прочел его наедине и нимало не был тронут откровенностию своей невесты. Напротив, он увидел необходимость ускорить свадьбу и для того почел нужным показать письмо будущему тестю.

Кирила Петрович взбесился; насилу князь мог уговорить его не показывать Маше и виду, что он уведомлен о ее письме. Кирила Петрович согласился ей о том не говорить, но решился не тратить времени и назначил быть свадьбе на другой же день. Князь нашел сие весьма благоразумным, пошел к своей невесте, сказал ей, что письмо очень его опечалило, но что он надеется со временем заслужить ее привязанность, что мысль ее лишиться слишком для него тяжела и что он не в силах согласиться на свой смертный приговор. За сим он почтительно поцеловал ее руку и уехал, не сказав ей ни слова о решении Кирила Петровича.

Но едва успел он выехать со двора, как отец ее вошел и напрямик велел ей быть готовой на завтрашний день. Марья Кириловна, уже взволнованная объяснением князя Верейского, залилась слезами и бросилась к ногам отца.

– Папенька, – закричала она жалобным голосом, – папенька, не губите меня, я не люблю князя, я не хочу быть его женою…

– Это что значит, – сказал грозно Кирила Петрович, – до сих пор ты молчала и была согласна, а теперь, когда все решено, ты вздумала капризничать и отрекаться. Не изволь дурачиться; этим со мною ты ничего не выиграешь.

– Не губите меня, – повторяла бедная Маша, – за что гоните меня от себя прочь и отдаете человеку нелюбимому? разве я вам надоела? я хочу остаться с вами по-прежнему. Папенька, вам без меня будет грустно, еще грустнее, когда подумаете, что я несчастлива, папенька: не принуждайте меня, я не хочу идти замуж…

Кирила Петрович был тронут, но скрыл свое смущение и, оттолкнув ее, сказал сурово:

– Все это вздор, слышишь ли. Я знаю лучше твоего, что нужно для твоего счастия. Слезы тебе не помогут, послезавтра будет твоя свадьба.

– Послезавтра! – вскрикнула Маша. – Боже мой! Нет, нет, невозможно, этому не быть. Папенька, послушайте, если уже вы решились погубить меня, то я найду защитника, о котором вы и не думаете, вы увидите, вы ужаснетесь, до чего вы меня довели.

– Что? что? – сказал Троекуров, – угрозы! мне угрозы, дерзкая девчонка! Да знаешь ли ты, что я с тобою сделаю то, чего ты и не воображаешь. Ты смеешь меня стращать защитником. Посмотрим, кто будет этот защитник.

– Владимир Дубровский, – отвечала Маша в отчаянии.

Кирила Петрович подумал, что она сошла с ума, и глядел на нее с изумлением.

– Добро, – сказал он ей после некоторого молчания. – Жди себе кого хочешь в избавители, а покамест сиди в этой комнате, ты из нее не выйдешь до самой свадьбы. – С этим словом Кирила Петрович вышел и запер за собою двери.

Долго плакала бедная девушка, воображая все, что ожидало ее, но бурное объяснение облегчило ее душу, и она спокойнее могла рассуждать о своей участи и о том, что надлежало ей делать. Главное было для нее: избавиться от ненавистного брака; участь супруги разбойника казалась для нее раем в сравнении со жребием, ей уготовленным. Она взглянула на кольцо, оставленное ей Дубровским. Пламенно желала она с ним увидеться наедине и еще раз перед решительной минутой долго посоветоваться. Предчувствие сказывало ей, что вечером найдет она Дубровского в саду близ беседки; она решилась пойти ожидать его там, как только станет смеркаться. Смерклось. Маша приготовилась, но дверь ее заперта на ключ. Горничная отвечала ей из-за двери, что Кирила Петрович не приказал ее выпускать. Она была под арестом. Глубоко оскорбленная, она села под окошко и до глубокой ночи сидела не раздеваясь, неподвижно глядя на темное небо. На рассвете она задремала, но тонкий сон ее был встревожен печальными видениями, и лучи восходящего солнца уже разбудили ее.

Глава XVII

Она проснулась, и с первой мыслью представился ей весь ужас ее положения. Она позвонила, девка вошла и на вопросы ее отвечала, что Кирила Петрович вечером ездил в Арбатово и возвратился поздно, что он дал строгое приказание не выпускать ее из ее комнаты и смотреть за тем, чтоб никто с нею не говорил, что, впрочем, не видно никаких особенных приготовлений к свадьбе, кроме того, что велено было попу не отлучаться из деревни ни под каким предлогом. После сих известий девка оставила Марью Кириловну и снова заперла двери.

Ее слова ожесточили молодую затворницу, голова ее кипела, кровь волновалась, она решилась дать знать обо всем Дубровскому и стала искать способа отправить кольцо в дупло заветного дуба; в это время камушек ударился в окно ее, стекло зазвенело, и Марья Кириловна взглянула на двор и увидела маленького Сашу, делающего ей тайные знаки. Она знала его привязанность и обрадовалась ему. Она отворила окно.

– Здравствуй, Саша, – сказала она, – зачем ты меня зовешь?

– Я пришел, сестрица, узнать от вас, не надобно ли вам чего-нибудь. Папенька сердит и запретил всему дому вас слушаться, но велите мне сделать, что вам угодно, и я для вас все сделаю.

– Спасибо, милый мой Сашенька, слушай: ты знаешь старый дуб с дуплом, что у беседки?

– Знаю, сестрица.

– Так если ты меня любишь, сбегай туда поскорей и положи в дупло вот это кольцо, да смотри же, чтоб никто тебя не видал.

С этим словом она бросила ему кольцо и заперла окошко.

Мальчик поднял кольцо, во весь дух пустился бежать и в три минуты очутился у заветного дерева. Тут он остановился задыхаясь, оглянулся во все стороны и положил колечко в дупло. Окончив дело благополучно, хотел он тот же час донести о том Марье Кириловне, как вдруг оборванный мальчишка, рыжий и косой, мелькнул из-за беседки, кинулся к дубу и запустил руку в дупло.

Саша быстрее белки бросился к нему и зацепился за его обеими руками.

– Что ты здесь делаешь? – сказал он грозно.

– Тебе како дело? – отвечал мальчишка, стараясь от него освободиться.

– Оставь это кольцо, рыжий заяц, – кричал Саша, – или я проучу тебя по-свойски.

Вместо ответа тот ударил его кулаком по лицу, но Саша его не выпустил и закричал во все горло: «Воры, воры, сюда, сюда…»

Мальчишка силился от него отделаться. Он был, по-видимому, двумя годами старее Саши и гораздо его сильнее, но Саша был увертливее. Они боролись несколько минут, наконец рыжий мальчик одолел. Он повалил Сашу наземь и схватил его за горло.

Но в это время сильная рука вцепилась в его рыжие и щетинистые волосы, и садовник Степан приподнял его на пол-аршина от земли.

– Ах ты, рыжая бестия, – говорил садовник, – да как ты смеешь бить маленького барина...

Саша успел вскочить и оправиться.

– Ты меня схватил под силки, – сказал он, – а то бы никогда меня не повалил. Отдай сейчас кольцо и убирайся.

– Как не так, – отвечал рыжий и, вдруг перевернувшись на одном месте, освободил свои щетины от руки Степановой.

Тут он пустился было бежать, но Саша догнал его, толкнул в спину, и мальчишка упал со всех ног; садовник снова его схватил и связал кушаком.

– Отдай кольцо! – кричал Саша.

– Погоди, барин, – сказал Степан, – мы сведем его на расправу к приказчику.

Садовник повел пленника на барский двор, а Саша его сопровождал, с беспокойством поглядывая на свои шаровары, разорванные и замаранные зеленью. Вдруг все трое очутились перед Кирилом Петровичем, идущим осматривать свою конюшню.

– Это что? – спросил он Степана.

Степан в коротких словах описал все происшествие.

Кирила Петрович выслушал его со вниманием.

– Ты, повеса, – сказал он, обратясь к Саше, – за что ты с ним связался?

– Он украл из дупла кольцо, папенька, прикажите отдать кольцо.

– Какое кольцо, из какого дупла?

– Да мне Марья Кириловна... да то кольцо...

Саша смутился, спутался. Кирила Петрович нахмурился и сказал, качая головою:

– Тут замешалась Марья Кириловна. Признавайся во всем, или так отдеру тебя розгою, что ты и своих не узнаешь.

– Ей-богу, папенька, я, папенька... Мне Марья Кириловна ничего не приказывала, папенька.

– Степан, ступай-ка да срежь мне хорошенькую, свежую березовую розгу…

– Постойте, папенька, я все вам расскажу. Я сегодня бегал по двору, а сестрица Марья Кириловна открыла окошко, и я подбежал, и сестрица не нарочно уронила кольцо, и я спрятал его в дупло. И… и… этот рыжий мальчик хотел кольцо украсть…

– Не нарочно уронила, а ты хотел спрятать… Степан, ступай за розгами.

– Папенька, погодите, я все расскажу. Сестрица Марья Кириловна велела мне сбегать к дубу и положить кольцо в дупло, я и сбегал и положил кольцо, а этот скверный мальчик…

Кирила Петрович обратился к скверному мальчику и спросил его грозно: «Чей ты?»

– Я дворовый человек господ Дубровских, – отвечал рыжий мальчик.

Лицо Кирила Петровича омрачилось.

– Ты, кажется, меня господином не признаешь, добро, – отвечал он. – А что ты делал в моем саду?

– Малину крал, – отвечал мальчик с большим равнодушием.

– Ага, слуга в барина, каков поп, таков и приход, а малина разве растет у меня на дубах?

Мальчик ничего не отвечал.

– Папенька, прикажите ему отдать кольцо, – сказал Саша.

– Молчи, Александр, – отвечал Кирила Петрович, – не забудь, что я собираюсь с тобою разделаться. Ступай в свою комнату. Ты, косой, ты мне кажешься малый не промах. Отдай кольцо и ступай домой.

Мальчик разжал кулак и показал, что в его руке не было ничего.

– Если ты мне во всем признаешься, так я тебя не высеку, а дам еще пятак на орехи. Не то я с тобою сделаю то, чего ты не ожидаешь. Ну!

Мальчик не отвечал ни слова и стоял, потупя голову и приняв на себя вид настоящего дурачка.

– Добро, – сказал Кирила Петрович, – запереть его куда-нибудь да смотреть, чтоб он не убежал, или со всего дома шкуру спущу.

Степан отвел мальчишку на голубятню, запер его там и приставил смотреть за ним старую птичницу Агафию.

– Сейчас ехать в город за исправником, – сказал Кирила Петрович, проводив мальчика глазами, – да как можно скорее.

«Тут нет никакого сомнения. Она сохранила сношения с проклятым Дубровским. Но ужели и в самом деле она звала его на помощь? – думал Кирила Петрович, расхаживая по комнате и сердито насвистывая «Гром победы». – Может быть, я наконец нашел на его горячие следы, и он от нас не увернется. Мы воспользуемся этим случаем. Чу! колокольчик, слава богу, это исправник».

– Гей, привести сюда мальчишку пойманного.

Между тем тележка въехала на двор, и знакомый уже нам исправник вошел в комнату весь запыленный.

– Славная весть, – сказал ему Кирила Петрович, – я поймал Дубровского.

– Слава богу, ваше превосходительство, – сказал исправник с видом обрадованным, – где же он?

– То есть не Дубровского, а одного из его шайки. Сейчас его приведут. Он пособит нам поймать самого атамана. Вот его и привели.

Исправник, ожидавший грозного разбойника, был изумлен, увидев тринадцатилетнего мальчика, довольно слабой наружности. Он с недоумением обратился к Кирилу Петровичу и ждал объяснения. Кирила Петрович стал тут же рассказывать утреннее происшествие, не упоминая однако ж о Марье Кириловне.

Исправник выслушал его со вниманием, поминутно взглядывая на маленького негодяя, который, прикинувшись дурачком, казалось, не обращал никакого внимания на все, что делалось около него.

– Позвольте, ваше превосходительство, переговорить с вами наедине, – сказал наконец исправник.

Кирила Петрович повел его в другую комнату и запер за собою дверь.

Через полчаса они вышли опять в залу, где невольник ожидал решения своей участи.

– Барин хотел, – сказал ему исправник, – посадить тебя в городской острог, выстегать плетьми и сослать потом на поселение, но я вступился за тебя и выпросил тебе прощение. Развязать его.

Мальчика развязали.

– Благодари же барина, – сказал исправник.

Мальчик подошел к Кирилу Петровичу и поцеловал у него руку.

– Ступай себе домой, – сказал ему Кирила Петрович, – да вперед не крадь малины по дуплам.

Мальчик вышел, весело спрыгнул с крыльца и пустился бегом, не оглядываясь, через поле в Кистеневку. Добежав до деревни, он остановился у полуразвалившейся избушки, первой с края, и постучал в окошко; окошко поднялось, и старуха показалась.

– Бабушка, хлеба, – сказал мальчик, – я с утра ничего не ел, умираю с голоду.

– Ах, это ты, Митя, да где ж ты пропадал, бесенок, – отвечала старуха.

– После расскажу, бабушка, ради бога, хлеба.

– Да войди ж в избу.

– Некогда, бабушка, мне надо сбегать еще в одно место. Хлеба, ради Христа, хлеба.

– Экой непосед, – проворчала старуха, – на вот тебе ломотик, – и сунула в окно ломоть черного хлеба. Мальчик жадно его прикусил и жуя мигом отправился далее.

Начинало смеркаться. Митя пробирался овинами и огородами в Кистеневскую рощу. Дошедши до двух сосен, стоящих передовыми стражами рощи, он остановился, оглянулся во все стороны, свистнул свистом пронзительным и отрывисто и стал слушать; легкий и продолжительный свист послышался ему в ответ, кто-то вышел из рощи и приблизился к нему.

Глава XVIII

Кирила Петрович ходил взад и вперед по зале, громче обыкновенного насвистывая свою песню; весь дом был в движении, слуги бегали, девки суетились, в сарае кучера закладывали карету, на дворе толпился народ. В уборной барышни, перед зеркалом дама, окруженная служанками, убирала бледную, неподвижную Марью Кириловну, голова ее томно клонилась под тяжестью бриллиантов, она слегка вздрагивала, когда неосторожная рука укалывала ее, но молчала, бессмысленно глядясь в зеркало.

– Скоро ли? – раздался у дверей голос Кирила Петровича.

– Сию минуту, – отвечала дама. – Марья Кириловна, встаньте, посмотритесь, хорошо ли?

Марья Кириловна встала и не отвечала ничего. Двери отворились.

– Невеста готова, – сказала дама Кирилу Петровичу, – прикажите садиться в карету.

– С богом, – отвечал Кирила Петрович и, взяв со стола образ, – подойди ко мне, Маша, – сказал он ей тронутым голосом, – благословляю тебя…

Бедная девушка упала ему в ноги и зарыдала.

– Папенька… папенька… – говорила она в слезах, и голос ее замирал.

Кирила Петрович спешил ее благословить, ее подняли и почти понесли в карету. С нею села посаженая мать и одна из служанок. Они поехали в церковь. Там жених уж их ожидал. Он вышел навстречу невесты и был поражен ее бледностию и странным видом. Они вместе вошли в холодную, пустую церковь; за ними заперли двери.

Священник вышел из алтаря и тотчас же начал. Марья Кириловна ничего не видала, ничего не слыхала, думала об одном, с самого утра она ждала Дубровского, надежда ни на минуту ее не покидала, но когда священник обратился к ней с обычными вопросами, она содрогнулась и обмерла, но еще медлила, еще ожидала; священник, не дождавшись ее ответа, произнес невозвратимые слова.

Обряд был кончен. Она чувствовала холодный поцелуй немилого супруга, она слышала веселые поздравления присутствующих и все еще не могла поверить, что жизнь ее была навеки окована, что Дубровский не прилетел освободить ее. Князь обратился к ней с ласковыми словами, она их не поняла, они вышли из церкви, на паперти толпились крестьяне из Покровского. Взор ее быстро их обежал и снова оказал прежнюю бесчувственность. Молодые сели вместе в карету и поехали в Арбатово; туда уже отправился Кирила Петрович, дабы встретить там молодых. Наедине с молодою женой князь нимало не был смущен ее холодным видом. Он не стал докучать ей приторными изъяснениями и смешными восторгами, слова его были просты и не требовали ответов. Таким образом проехали они около десяти верст, лошади неслись быстро по кочкам проселочной дороги, и карета почти не качалась на своих английских рессорах. Вдруг раздались крики погони, карета остановилась, толпа вооруженных людей окружила ее, и человек в полумаске, отворив дверцы со стороны, где сидела молодая княгиня, сказал ей: «Вы свободны, выходите». – «Что это значит, – закричал князь, – кто ты такой?..» – «Это Дубровский», – сказала княгиня. Князь, не теряя присутствия духа, вынул из бокового кармана дорожный пистолет и выстрелил в маскированного разбойника. Княгиня вскрикнула и с ужасом закрыла лицо обеими руками. Дубровский был ранен в плечо, кровь показалась. Князь, не теряя ни минуты, вынул другой пистолет, но ему не дали времени выстрелить, дверцы растворились, и несколько сильных рук вытащили его из кареты и вырвали у него пистолет. Над ним засверкали ножи.

– Не трогать его! – закричал Дубровский, и мрачные его сообщники отступили.

– Вы свободны, – продолжал Дубровский, обращаясь к бледной княгине.

– Нет, – отвечала она. – Поздно, я обвенчана, я жена князя Верейского.

– Что вы говорите, – закричал с отчаянием Дубровский, – нет, вы не жена его, вы были приневолены, вы никогда не могли согласиться…

– Я согласилась, я дала клятву, – возразила она с твердостию, – князь мой муж, прикажите освободить его и оставьте меня с ним. Я не обманывала. Я ждала вас до последней минуты… Но теперь, говорю вам, теперь поздно. Пустите нас.

Но Дубровский уже ее не слышал, боль раны и сильные волнения души лишили его силы. Он упал у колеса, разбойники окружили его.

Он успел сказать им несколько слов, они посадили его верхом, двое из них его поддерживали, третий взял лошадь под уздцы, и все поехали в сторону, оставя карету посреди дороги, людей связанных, лошадей отпряженных, но не разграбя ничего и не пролив ни единой капли крови в отмщение за кровь своего атамана.

Глава XIX

Посреди дремучего леса на узкой лужайке возвышалось маленькое земляное укрепление, состоящее из вала и рва, за коими находилось несколько шалашей и землянок.

На дворе множество людей, коих по разнообразию одежды и по общему вооружению можно было тотчас признать за разбойников, обедало, сидя без шапок, около братского котла. На валу подле маленькой пушки сидел караульный, поджав под себя ноги; он вставлял заплатку в некоторую часть своей одежды, владея иголкою с искусством, обличающим опытного портного, и поминутно посматривал во все стороны.

Хотя некоторый ковшик несколько раз переходил из рук в руки, странное молчание царствовало в сей толпе; разбойники отобедали, один после другого вставал и молился Богу, некоторые разошлись по шалашам, а другие разбрелись по лесу или прилегли соснуть по русскому обыкновению.

Караульщик кончил свою работу, встряхнул свою рухлядь, полюбовался заплатою, приколол к рукаву иголку, сел на пушку верхом и запел во все горло меланхолическую старую песню:

Не шуми, мати зеленая
дубровушка,
Не мешай мне молодцу думу
думати.

В это время дверь одного из шалашей отворилась, и старушка в белом чепце, опрятно и чопорно одетая, показалась у порога. «Полно тебе, Степка, – сказала она сердито, – барин почивает, а ты знай горланишь: нет у вас ни совести, ни жалости». – «Виноват, Егоровна, – отвечал Степка, – ладно, больше не буду, пусть он себе, наш батюшка, почивает да выздоравливает». Старушка ушла, а Степка стал расхаживать по валу.

В шалаше, из которого вышла старуха, за перегородкою раненый Дубровский лежал на походной кровати. Перед ним на столике лежали его пистолеты, а сабля висела в головах. Землянка устлана и обвешана была богатыми коврами, в углу находился женский серебряный туалет и трюмо. Дубровский держал в руке открытую книгу, но глаза его были закрыты. И старушка, поглядывающая на него из-за перегородки, не могла знать, заснул ли он или только задумался.

Вдруг Дубровский вздрогнул: в укреплении сделалась тревога, и Степка просунул к нему голову в окошко. «Батюшка, Владимир Андреевич, – закричал он, – наши знак подают, нас ищут». Дубровский вскочил с кровати, схватил оружие и вышел из шалаша. Разбойники с шумом толпились на дворе; при его появлении настало глубокое молчание. «Все ли здесь?» – спросил Дубровский. «Все, кроме дозорных», – отвечали ему. «По местам!» – закричал Дубровский. И разбойники заняли каждый определенное место. В сие время трое дозорных прибежали к воротам. Дубровский пошел к ним навстречу. «Что такое?» – спросил он их. «Солдаты в лесу, – отвечали они, – нас окружают». Дубровский велел запереть ворота и сам пошел освидетельствовать пушечку. По лесу раздалось несколько голосов и стали приближаться; разбойники ожидали в безмолвии. Вдруг три или четыре солдата показались из лесу и тотчас подались назад, выстрелами дав знать товарищам. «Готовиться к бою», – сказал Дубровский, и между разбойниками сделался шорох, снова все утихло. Тогда услышали шум приближающейся команды, оружия блеснули между деревьями, человек полтораста солдат высыпало из лесу и с криком устремились на вал. Дубровский приставил фитиль, выстрел был удачен: одному оторвало голову, двое были ранены. Между солдатами произошло смятение, но офицер бросился вперед, солдаты за ним последовали и сбежали в ров; разбойники выстрелили в них из ружей и пистолетов и стали с топорами в руках защищать вал, на который лезли остервенелые солдаты, оставя во рву человек двадцать раненых товарищей. Рукопашный бой завязался, солдаты уже были на валу, разбойники начали уступать, но Дубровский, подошед к офицеру, приставил ему пистолет ко груди и выстрелил, офицер грянулся навзничь. Несколько солдат подхватили его на руки и спешили унести в лес, прочие, лишась начальника, остановились. Ободренные разбойники воспользовались сей минутою недоумения, смяли их, стеснили в ров, осаждающие побежали, разбойники с криком устремились за ними. Победа была решена. Дубровский, полагаясь на совершенное расстройство неприятеля, остановил своих и заперся в крепости, приказав подобрать раненых, удвоив караулы и никому не велев отлучаться.

Последние происшествия обратили уже не на шутку внимание правительства на дерзновенные разбои Дубровского. Собраны были сведения о его местопребывании. Отправлена была рота солдат, дабы взять его мертвого или живого. Поймали несколько человек из его шайки и узнали от них, что уж Дубровского между ими не было.

Несколько дней после…….[11] он собрал всех своих сообщников, объявил им, что намерен навсегда их оставить, советовал и им переменить образ жизни. «Вы разбогатели под моим начальством, каждый из вас имеет вид, с которым безопасно может пробраться в какую-нибудь отдаленную губернию и там провести остальную жизнь в честных трудах и в изобилии. Но вы все мошенники и, вероятно, не захотите оставить ваше ремесло». После сей речи он оставил их, взяв с собою одного **. Никто не знал, куда он девался. Сначала сумневались в истине сих показаний: приверженность разбойников к атаману была известна. Полагали, что они старались о его спасении. Но последствия их оправдали; грозные посещения, пожары и грабежи прекратились. Дороги стали свободны. По другим известиям узнали, что Дубровский скрылся за границу.

1832–1836

---

[11] Далее пропуск в рукописи.

ПОВЕСТИ ПОКОЙНОГО ИВАНА ПЕТРОВИЧА БЕЛКИНА

Г-ж а П р о с т а к о в а. То, мой батюшка, он еще сызмала к историям охотник.

С к о т и н и н. Митрофан по мне.

«Недоросль»

От издателя

Взявшись хлопотать об издании Повестей И. П. Белкина, предлагаемых ныне публике, мы желали к оным присовокупить хотя краткое жизнеописание покойного автора и тем отчасти удовлетворить справедливому любопытству любителей отечественной словесности. Для сего обратились было мы к Марье Алексеевне Трафилиной, ближайшей родственнице и наследнице Ивана Петровича Белкина; но, к сожалению, ей невозможно было нам доставить никакого о нем известия, ибо покойник вовсе не был ей знаком. Она советовала нам отнестись по сему предмету к одному почтенному мужу, бывшему другом Ивану Петровичу. Мы последовали сему совету и на письмо наше получили нижеследующий желаемый ответ. Помещаем его безо всяких перемен и примечаний, как драгоценный памятник благородного образа мнений и трогательного дружества, а вместе с тем как и весьма достаточное биографическое известие.

Милостивый государь мой ** **!

Почтеннейшее письмо ваше от 15-го сего месяца получить имел я честь 23 сего же месяца, в коем вы изъявляете мне свое желание иметь подробное известие о времени рождения и смерти, о службе, о домашних обстоятельствах, также и о занятиях и нраве покойного Ивана Петровича Белкина, бывшего моего искреннего друга и соседа по поместьям. С великим моим удовольствием исполняю сие ваше желание и препровождаю к вам, милостивый государь мой, всё, что из его разговоров, а также из собственных моих наблюдений запомнить могу.

Иван Петрович Белкин родился от честных и благородных родителей в 1798 году в селе Горюхине. Покойный отец его, секунд-майор Петр Иванович Белкин, был женат на девице Пелагее Гавриловне из дому Трафилиных. Он был человек не богатый, но умеренный, и по части хозяйства весьма смышленый. Сын их получил первоначальное образование от деревенского дьячка. Сему-то почтенному мужу был он, кажется, обязан охотою к чтению и занятиям по части русской словесности. В 1815 году вступил он в службу в пехотный егерский полк (числом не упомню), в коем и находился до самого 1823 года. Смерть его родителей, почти в одно время приключившаяся, понудила его подать в отставку и приехать в село Горюхино, свою отчину.

Вступив в управление имения, Иван Петрович, по причине своей неопытности и мягкосердия, в скором времени запустил хозяйство и ослабил строгий порядок, заведенный покойным его родителем. Сменив исправного и расторопного старосту, коим крестьяне его (по их привычке) были недовольны, поручил он управление села старой своей ключнице, приобретшей его доверенность искусством рассказывать истории. Сия глупая старуха не умела никогда различить двадцатипятирублевой ассигнации от пятидесятирублевой; крестьяне, коим она всем была кума, ее вовсе не боялись; ими выбранный староста до того им потворствовал, плутуя заодно, что Иван Петрович принужден был отменить барщину и учредить весьма умеренный оброк; но и тут крестьяне, пользуясь его слабостию, на первый год выпросили себе нарочитую льготу, а в следующие более двух третей оброка платили орехами, брусникою и тому подобным; и тут были недоимки.

Быв приятель покойному родителю Ивана Петровича, я почитал долгом предлагать и сыну свои советы и неоднократно вызывался восстановить прежний, им упущенный, порядок. Для сего, приехав однажды к нему, потребовал я хозяйственные книги, призвал плута старосту и в присутствии Ивана Петровича занялся рассмотрением оных. Молодой хозяин сначала стал следовать за мною со всевозможным вниманием и прилежностию; но как по счетам оказалось, что в последние два года число крестьян умножилось, число же дворовых птиц и домашнего скота нарочито уменьшилось, то Иван Петрович довольствовался сим первым сведением и далее меня не слушал, и в ту самую минуту, как я своими разысканиями и строгими допросами плута старосту в крайнее замешательство привел и к совершенному безмолвию принудил, с великою моею досадою услышал я Ивана Петровича крепко храпящего на своем стуле. С тех пор перестал я вмешиваться в его хозяйственные распоряжения и предал его дела (как и он сам) распоряжению Всевышнего.

Сие дружеских наших сношений нисколько, впрочем, не расстроило; ибо я, соболезнуя его слабости и пагубному нерадению, общему молодым нашим дворянам, искренно любил Ивана Петровича; да нельзя было и не любить молодого человека столь кроткого и честного. С своей стороны Иван Петрович оказывал уважение к моим летам и сердечно был ко мне привержен. До самой кончины своей он почти каждый день со мною виделся, дорожа простою моею беседою, хотя ни привычками, ни образом мыслей, ни нравом мы большею частию друг с другом не сходствовали.

Иван Петрович вел жизнь самую умеренную, избегал всякого рода излишеств; никогда не случалось мне видеть его на́веселе (что в краю нашем за неслыханное чудо почесться может); к женскому же полу имел он великую склонность, но стыдливость была в нем истинно девическая[12].

Кроме повестей, о которых в письме вашем упоминать изволите, Иван Петрович оставил множество рукописей, которые частию у меня находятся, частию употреблены его ключницею на разные домашние потребы. Таким образом прошлою зимою все окна

---

[12] Следует анекдот, коего мы не помещаем, полагая его излишним; впрочем, уверяем читателя, что он ничего предосудительного памяти Ивана Петровича Белкина в себе не заключает.

ее флигеля заклеены были первою частию романа, которого он не кончил. Вышеупомянутые повести были, кажется, первым его опытом. Они, как сказывал Иван Петрович, большею частию справедливы и слышаны им от разных особ[13]. Однако ж имена в них почти все вымышлены им самим, а названия сел и деревень заимствованы из нашего околодка, отчего и моя деревня где-то упомянута. Сие произошло не от злого какого-либо намерения, но единственно от недостатка воображения.

Иван Петрович осенью 1828 года занемог простудною лихорадкою, обратившеюся в горячку, и умер, несмотря на неусыпные старания уездного нашего лекаря, человека весьма искусного, особенно в лечении закоренелых болезней, как-то мозолей и тому подобного. Он скончался на моих руках на 30-м году от рождения и похоронен в церкви села Горюхина близ покойных его родителей.

Иван Петрович был росту среднего, глаза имел серые, волоса русые, нос прямой; лицом был бел и худощав.

Вот, милостивый государь мой, всё, что мог я припомнить касательно образа жизни, занятий, нрава и наружности покойного соседа и приятеля моего. Но в случае, если заблагорассудите сделать из сего моего письма какое-либо употребление, всепокорнейше прошу никак имени моего не упоминать; ибо хотя я весьма уважаю и люблю сочинителей, но в сие звание вступить полагаю излишним и в мои лета неприличным. С истинным моим почтением и проч.

1830 году ноября 16.

Село Ненарадово.

---

[13] В самом деле, в рукописи г. Белкина над каждой повестию рукою автора надписано: слышано мною от *такой-то особы* (чин или звание и заглавные буквы имени и фамилии). Выписываем для любопытных изыскателей: «Смотритель» рассказан был ему титулярным советником А. Г. Н., «Выстрел» подполковником И. Л. П., «Гробовщик» приказчиком Б. В., «Метель» и «Барышня» девицею К. И. Т.

Почитая долгом уважить волю почтенного друга автора нашего, приносим ему глубочайшую благодарность за доставленные нам известия и надеемся, что публика оценит их искренность и добродушие.

А. П.

Выстрел

Стрелялись мы.
Баратынский

Я поклялся застрелить его по праву дуэли (за ним остался еще мой выстрел).
«Вечер на бивуаке»

I

Мы стояли в местечке ***. Жизнь армейского офицера известна. Утром ученье, манеж; обед у полкового командира или в жидовском трактире; вечером пунш и карты. В *** не было ни одного открытого дома, ни одной невесты; мы собирались друг у друга, где, кроме своих мундиров, не видали ничего.

Один только человек принадлежал нашему обществу, не будучи военным. Ему было около тридцати пяти лет, и мы за то почитали его стариком. Опытность давала ему перед нами многие преимущества; к тому же его обыкновенная угрюмость, крутой нрав и злой язык имели сильное влияние на молодые наши умы. Какая-то таинственность окружала его судьбу; он казался русским, а носил иностранное имя. Некогда он служил в гусарах, и даже счастливо; никто не знал причины, побудившей его выйти в отставку и поселиться в бедном местечке, где жил он вместе и бедно и расточительно: ходил вечно пешком, в изношенном черном сертуке, а держал открытый стол для всех офицеров нашего полка. Правда, обед его состоял из двух или трех блюд, изготовленных отставным солдатом, но шампанское лилось притом рекою. Никто не знал ни его состояния, ни его доходов, и никто не осмеливался о том его спрашивать. У него водились книги, большею частию военные да романы. Он охотно давал их читать, никогда не требуя их назад; зато никогда не возвращал хозяину книги, им занятой. Главное упражнение его состояло в стрельбе из пистолета. Стены его комнаты были все источены пулями, все в скважинах, как соты пчелиные. Богатое собрание пистолетов было единственной роскошью бедной мазанки, где он жил. Искусство, до коего достиг он, было неимоверно, и если б он вызвался пулей сбить грушу с фуражки кого б то ни было, никто б в нашем полку не усумнился подставить ему своей головы. Разговор между нами касался часто поединков; Сильвио (так назову его) никогда в него не вмешивался. На вопрос, случалось ли ему драться, отвечал он сухо, что случалось, но в подробности не входил, и видно было, что таковые вопросы были ему неприятны. Мы полагали, что на совести его лежала какая-нибудь несчастная жертва его ужасного искусства. Впрочем, нам и в голову не приходило подозревать в нем что-нибудь похожее на робость. Есть люди, коих одна наружность удаляет таковые подозрения. Нечаянный случай всех нас изумил.

Однажды человек десять наших офицеров обедали у Сильвио. Пили по обыкновенному, то есть очень много; после обеда стали мы уговаривать хозяина прометать нам банк. Долго он отказывался, ибо никогда почти не играл; наконец велел подать карты, высыпал на стол полсотни червонцев и сел метать. Мы окружили его, и игра завязалась. Сильвио имел обыкновение за игрою хранить совершенное молчание, никогда не спорил и не объяснялся. Если понтёру случалось обсчитаться, то он тотчас или доплачивал достальное, или записывал лишнее. Мы уж это знали и не мешали ему хозяйничать по-своему; но между нами находился офицер, недавно к нам переведенный. Он, играя тут же, в рассеянности загнул лишний угол. Сильвио взял мел и уравнял счет по своему обыкновению. Офицер, думая, что он ошибся, пустился в объяснения. Сильвио молча продолжал метать. Офицер, потеряв терпение, взял щетку и стер то, что казалось ему напрасно записанным. Сильвио взял мел и записал снова. Офицер, разгоряченный вином, игрою и смехом товарищей, почел себя жестоко обиженным и, в бешенстве схватив со стола медный шандал, пустил его в Сильвио, который едва успел отклониться от удара. Мы смутились. Сильвио встал, побледнев от злости, и с сверкающими глазами сказал: «Милостивый государь, извольте выйти, и благодарите Бога, что это случилось у меня в доме».

Мы не сомневались в последствиях и полагали нового товарища уже убитым. Офицер вышел вон, сказав, что за обиду готов отвечать, как будет угодно господину банкомету. Игра продолжалась еще несколько минут; но, чувствуя, что хозяину было не до игры, мы отстали один за другим и разбрелись по квартирам, толкуя о скорой ваканции.

На другой день в манеже мы спрашивали уже, жив ли еще бедный поручик, как сам он явился между нами; мы сделали ему тот же вопрос. Он отвечал, что об Сильвио не имел он еще никакого известия. Это нас удивило. Мы пошли к Сильвио и нашли его на дворе, сажающего пулю на пулю в туза, приклеенного к воротам. Он принял нас по обыкновенному, ни слова не говоря о вчерашнем происшествии. Прошло три дня, поручик был еще жив. Мы с удивлением спрашивали: неужели Сильвио не будет драться? Сильвио не дрался. Он довольствовался очень легким объяснением и помирился.

Это было чрезвычайно повредило ему во мнении молодежи. Недостаток смелости менее всего извиняется молодыми людьми, которые в храбрости обыкновенно видят верх человеческих достоинств и извинение всевозможных пороков. Однако ж мало-помалу все было забыто, и Сильвио снова приобрел прежнее свое влияние.

Один я не мог уже к нему приблизиться. Имея от природы романическое воображение, я всех сильнее прежде сего был привязан к человеку, коего жизнь была загадкою и который казался мне героем таинственной какой-то повести. Он любил меня; по крайней мере со мной одним оставлял обыкновенное свое резкое злоречие и говорил о разных предметах с простодушием и необыкновенною приятностию. Но после несчастного вечера мысль, что честь его была замарана и не омыта по его собственной вине, эта мысль меня не покидала и мешала мне обходиться с ним по-прежнему; мне было совестно на него глядеть. Сильвио был слишком умен и опытен, чтобы этого не заметить и не угадывать тому причины. Казалось, это огорчало его; по крайней мере я заметил раза два в нем желание со мною объясниться; но я избегал таких случаев, и Сильвио от меня отступился. С тех пор видался я с ним только при товарищах, и прежние откровенные разговоры наши прекратились.

Рассеянные жители столицы не имеют понятия о многих впечатлениях, столь известных жителям деревень или городков, например об ожидании почтового дня: во вторник и пятницу полковая наша канцелярия бывала полна офицерами: кто ждал денег, кто письма, кто газет. Пакеты обыкновенно тут же распечатывались, новости сообщались, и канцелярия представляла картину самую оживленную. Сильвио получал письма, адресованные в наш полк, и обыкновенно тут же находился. Однажды подали ему пакет, с которого он сорвал печать с видом величайшего нетерпения. Пробегая письмо, глаза его сверкали. Офицеры, каждый занятый своими письмами, ничего не заметили. «Господа, – сказал им Сильвио, – обстоятельства требуют немедленного моего отсутствия; еду сегодня в ночь; надеюсь, что вы не откажетесь отобедать у меня в последний раз. Я жду и вас, – продолжал он, обратившись ко мне, – жду непременно». С сим словом он поспешно вышел; а мы, согласясь соединиться у Сильвио, разошлись каждый в свою сторону.

Я пришел к Сильвио в назначенное время и нашел у него почти весь полк. Всё его добро было уже уложено; оставались одни голые, простреленные стены. Мы сели за стол; хозяин был чрезвычайно в духе, и скоро веселость его соделалась общею; пробки хлопали поминутно, стаканы пенились и шипели беспрестанно, и мы со всевозможным усердием желали отъезжающему доброго пути и всякого блага. Встали из-за стола уже поздно вечером. При разборе фуражек Сильвио, со всеми прощаясь, взял меня за руку и остановил в ту самую минуту, как собирался я выйти. «Мне нужно с вами поговорить», – сказал он тихо. Я остался.

Гости ушли; мы остались вдвоем, сели друг противу друга и молча закурили трубки. Сильвио был озабочен; не было уже и следов его судорожной веселости. Мрачная бледность, сверкающие глаза и густой дым, выходящий изо рту, придавали ему вид настоящего дьявола. Прошло несколько минут, и Сильвио прервал молчание.

– Может быть, мы никогда больше не увидимся, – сказал он мне, – перед разлукой я хотел с вами объясниться. Вы могли заметить, что я мало уважаю постороннее мнение; но я вас люблю и чувствую: мне было бы тягостно оставить в вашем уме несправедливое впечатление.

Он остановился и стал набивать выгоревшую свою трубку; я молчал, потупя глаза.

– Вам было странно, – продолжал он, – что я не требовал удовлетворения от этого пьяного сумасброда Р ***. Вы согласитесь, что, имея право выбрать оружие, жизнь его была в моих руках, а моя почти безопасна: я мог бы приписать умеренность мою одному великодушию, но не хочу лгать. Если б я мог наказать Р ***, не подвергая вовсе моей жизни, то я б ни за что не простил его.

Я смотрел на Сильвио с изумлением. Таковое признание совершенно смутило меня. Сильвио продолжал:

– Так точно: я не имею права подвергать себя смерти. Шесть лет тому назад я получил пощечину, и враг мой еще жив.

Любопытство мое сильно было возбуждено.

– Вы с ним не дрались? – спросил я. – Обстоятельства, верно, вас разлучили?

– Я с ним дрался, – отвечал Сильвио, – и вот памятник нашего поединка.

Сильвио встал и вынул из картона красную шапку с золотою кистью, с галуном (то, что французы называют bonnet de police);[14] он ее надел; она была прострелена на вершок ото лба.

---

[14] Полицейская шапка (*франц.*).

– Вы знаете, – продолжал Сильвио, – что я служил в *** гусарском полку. Характер мой вам известен: я привык первенствовать, но смолоду это было во мне страстию. В наше время буйство было в моде: я был первым буяном по армии. Мы хвастались пьянством: я перепил славного Бурцова, воспетого Денисом Давыдовым. Дуэли в нашем полку случались поминутно: я на всех бывал или свидетелем, или действующим лицом. Товарищи меня обожали, а полковые командиры, поминутно сменяемые, смотрели на меня как на необходимое зло.

Я спокойно (или беспокойно) наслаждался моею славою, как определился к нам молодой человек богатой и знатной фамилии (не хочу назвать его). Отроду не встречал счастливца столь блистательного! Вообразите себе молодость, ум, красоту, веселость самую бешеную, храбрость самую беспечную, громкое имя, деньги, которым не знал он счета и которые никогда у него не переводились, и представьте себе, какое действие должен был он произвести между нами. Первенство мое поколебалось. Обольщенный моею славою, он стал было искать моего дружества; но я принял его холодно, и он безо всякого сожаления от меня удалился. Я его возненавидел. Успехи его в полку и в обществе женщин приводили меня в совершенное отчаяние. Я стал искать с ним ссоры; на эпиграммы мои отвечал он эпиграммами, которые всегда казались мне неожиданнее и острее моих и которые, конечно, не в пример были веселее: он шутил, а я злобствовал. Наконец однажды на бале у польского помещика, видя его предметом внимания всех дам, и особенно самой хозяйки, бывшей со мною в связи, я сказал ему на ухо какую-то плоскую грубость. Он вспыхнул и дал мне пощечину. Мы бросились к саблям; дамы попадали в обморок; нас растащили, и в ту же ночь поехали мы драться.

Это было на рассвете. Я стоял на назначенном месте с моими тремя секундантами. С неизъяснимым нетерпением ожидал я моего противника. Весеннее солнце взошло, и жар уже наспевал. Я увидел его издали. Он шел пешком, с мундиром на сабле, сопровождаемый одним секундантом. Мы пошли к нему навстречу. Он приблизился, держа фуражку, наполненную черешнями. Секунданты отмерили нам двенадцать шагов. Мне должно было стрелять первому, но волнение злобы во мне было столь сильно, что я не понадеялся на верность руки и, чтобы дать себе время остыть, уступал ему первый выстрел: противник мой не соглашался. Положили бросить жребий: первый нумер достался ему, вечному любимцу счастия. Он прицелился и прострелил мне фуражку. Очередь была за мною. Жизнь его наконец была в моих руках; я глядел на него жадно, стараясь уловить хотя одну тень беспокойства… Он стоял под пистолетом, выбирая из фуражки спелые черешни и выплевывая косточки, которые долетали до меня. Его равнодушие взбесило меня. Что пользы мне, подумал я, лишить его жизни, когда он ею вовсе не дорожит? Злобная мысль мелькнула в уме моем. Я опустил пистолет. «Вам, кажется, теперь не до смерти, – сказал я ему, – вы изволите завтракать; мне не хочется вам помешать». – «Вы ничуть не мешаете мне, – возразил он, – извольте себе стрелять, а впрочем, как вам угодно; выстрел ваш остается за вами; я всегда готов к вашим услугам». Я обратился к секундантам, объявив, что нынче стрелять не намерен, и поединок тем и кончился.

Я вышел в отставку и удалился в это местечко. С тех пор не прошло ни одного дня, чтоб я не думал о мщении. Ныне час мой настал…

Сильвио вынул из кармана утром полученное письмо и дал мне его читать. Кто-то (казалось, его поверенный по делам) писал ему из Москвы, что *известная особа* скоро должна вступить в законный брак с молодой и прекрасной девушкой.

– Вы догадываетесь, – сказал Сильвио, – кто эта *известная особа.* Еду в Москву. Посмотрим, так ли равнодушно примет он смерть перед своей свадьбой, как некогда ждал ее за черешнями!

При сих словах Сильвио встал, бросил об пол свою фуражку и стал ходить взад и вперед по комнате, как тигр по своей клетке. Я слушал его неподвижно; странные, противуположные чувства волновали меня.

Слуга вошел и объявил, что лошади готовы. Сильвио крепко сжал мне руку; мы поцеловались. Он сел в тележку, где лежали два чемодана, один с пистолетами, другой с его пожитками. Мы простились еще раз, и лошади поскакали.

II

Прошло несколько лет, и домашние обстоятельства принудили меня поселиться в бедной деревеньке Н ** уезда. Занимаясь хозяйством, я не переставал тихонько воздыхать о прежней моей шумной и беззаботной жизни. Всего труднее было мне привыкнуть проводить осенние и зимние вечера в совершенном уединении. До обеда кое-как еще дотягивал я время, толкуя со старостой, разъезжая по работам или обходя новые заведения; но коль скоро начинало смеркаться, я совершенно не знал куда деваться. Малое число книг, найденных мною под шкафами и в кладовой, были вытвержены мною наизусть. Все сказки, которые только могла запомнить ключница Кириловна, были мне пересказаны; песни баб наводили на меня тоску. Принялся я было за неподслащенную наливку, но от нее болела у меня голова; да признаюсь, побоялся я сделаться *пьяницею с горя,* т. е. самым *горьким* пьяницею, чему примеров множество видел я в нашем уезде. Близких соседей около меня не было, кроме двух или трех *горьких,* коих беседа состояла большею частию в икоте и воздыханиях. Уединение было сноснее.

В четырех верстах от меня находилось богатое поместье, принадлежащее графине Б ***; но в нем жил только управитель, а графиня посетила свое поместье только однажды, в первый год своего замужества, и то прожила там не более месяца. Однако ж во вторую весну моего затворничества разнесся слух, что графиня с мужем приедет на лето в свою деревню. В самом деле, они прибыли в начале июня месяца.

Приезд богатого соседа есть важная эпоха для деревенских жителей. Помещики и их дворовые люди толкуют о том месяца два прежде и года три спустя. Что касается до меня, то, признаюсь, известие о прибытии молодой и прекрасной соседки сильно на меня подействовало; я горел нетерпением ее увидеть и потому в первое воскресенье по ее приезде отправился после обеда в село *** рекомендоваться их сиятельствам, как ближайший сосед и всепокорнейший слуга.

Лакей ввел меня в графский кабинет, а сам пошел обо мне доложить. Обширный кабинет был убран со всевозможною роскошью; около стен стояли шкафы с книгами, и над каждым бронзовый бюст; над мраморным камином было широкое зеркало; пол обит был зеленым сукном и устлан коврами. Отвыкнув от роскоши в бедном углу моем и уже давно не видав чужого богатства, я оробел и ждал графа с каким-то трепетом, как проситель из провинции ждет выхода министра. Двери отворились, и вошел мужчина лет тридцати двух, прекрасный собою. Граф приблизился ко мне с видом открытым и дружелюбным; я старался ободриться и начал было себя рекомендовать, но он предупредил меня. Мы сели. Разговор его, свободный и любезный, вскоре рассеял мою одичалую застенчивость; я уже начинал входить в обыкновенное мое положение, как вдруг вошла графиня, и смущение овладело мною пуще прежнего. В самом деле, она была красавица. Граф представил меня; я хотел казаться развязным, но чем больше старался взять на себя вид непринужденности, тем более чувствовал себя неловким. Они, чтоб дать мне время оправиться и привыкнуть к новому знакомству, стали говорить между собою, обходясь со мною как с добрым соседом и без церемонии. Между тем я стал ходить взад и вперед, осматривая книги и картины. В картинах я не знаток; но одна привлекла мое внимание. Она изображала какой-то вид из Швейцарии; но поразила меня в ней не живопись, а то, что картина была прострелена двумя пулями, всаженными одна на другую.

– Вот хороший выстрел, – сказал я, обращаясь к графу.

– Да, – отвечал он, – выстрел очень замечательный. А хорошо вы стреляете? – продолжал он.

– Изрядно, – отвечал я, обрадовавшись, что разговор коснулся наконец предмета, мне близкого. – В тридцати шагах промаху в карту не дам, разумеется, из знакомых пистолетов.

– Право? – сказала графиня, с видом большой внимательности; – а ты, мой друг, попадешь ли в карту на тридцати шагах?

– Когда-нибудь, – отвечал граф, – мы попробуем. В свое время я стрелял не худо; но вот уже четыре года, как я не брал в руки пистолета.

– О, – заметил я, – в таком случае бьюсь об заклад, что ваше сиятельство не попадете в карту и в двадцати шагах: пистолет требует ежедневного упражнения. Это я знаю на опыте. У нас в полку я считался одним из лучших стрелков. Однажды случилось мне целый месяц не брать пистолета: мои были в починке; что же бы вы думали, ваше сиятельство? В первый раз, как стал потом стрелять, я дал сряду четыре промаха по бутылке в двадцати пяти шагах. У нас был ротмистр, остряк, забавник; он тут случился и сказал мне: знать, у тебя, брат, рука не подымается на бутылку. Нет, ваше сиятельство, не должно пренебрегать этим упражнением, не то отвыкнешь как раз. Лучший стрелок, которого удалось мне встречать, стрелял каждый день, по крайней мере три раза перед обедом. Это у него было заведено, как рюмка водки.

Граф и графиня рады были, что я разговорился.

– А каково стрелял он? – спросил меня граф.

– Да вот как, ваше сиятельство: бывало, увидит он, села на стену муха: вы смеетесь, графиня? Ей-богу, правда. Бывало, увидит муху и кричит: Кузька, пистолет! Кузька и несет ему заряженный пистолет. Он хлоп, и вдавит муху в стену!

– Это удивительно! – сказал граф, – а как его звали?

– Сильвио, ваше сиятельство.

– Сильвио! – вскричал граф, вскочив со своего места, – вы знали Сильвио?

– Как не знать, ваше сиятельство; мы были с ним приятели; он в нашем полку принят был как свой брат товарищ; да вот уж лет пять, как об нем не имею никакого известия. Так и ваше сиятельство, стало быть, знали его?

– Знал, очень знал. Не рассказывал ли он вам… но нет; не думаю; не рассказывал ли он вам одного очень странного происшествия?

– Не пощечина ли, ваше сиятельство, полученная им на бале от какого-то повесы?

– А сказывал он вам имя этого повесы?

– Нет, ваше сиятельство, не сказывал… Ах! ваше сиятельство, – продолжал я, догадываясь об истине, – извините… я не знал… уж не вы ли?..

– Я сам, – отвечал граф с видом чрезвычайно расстроенным, – а простреленная картина есть памятник последней нашей встречи…

– Ах, милый мой, – сказала графиня, – ради бога не рассказывай; мне страшно будет слушать.

– Нет, – возразил граф, – я все расскажу; он знает, как я обидел его друга: пусть же узнает, как Сильвио мне отомстил.

Граф подвинул мне кресла, и я с живейшим любопытством услышал следующий рассказ.

«Пять лет тому назад я женился. – Первый месяц, the honey-moon[15], провел я здесь, в этой деревне. Этому дому обязан я лучшими минутами жизни и одним из самых тяжелых воспоминаний.

Однажды вечером ездили мы вместе верхом; лошадь у жены что-то заупрямилась; она испугалась, отдала мне поводья и пошла пешком домой; я поехал вперед. На дворе увидел я дорожную телегу; мне сказали, что у меня в кабинете сидит человек, не хотевший

---

15 Медовый месяц (*англ*.).

объявить своего имени, но сказавший просто, что ему до меня есть дело. Я вошел в эту комнату и увидел в темноте человека, запыленного и обросшего бородой; он стоял здесь у камина. Я подошел к нему, стараясь припомнить его черты. «Ты не узнал меня, граф?» – сказал он дрожащим голосом. «Сильвио!» – закричал я, и признаюсь, я почувствовал, как волоса стали вдруг на мне дыбом. «Так точно, – продолжал он, – выстрел за мною; я приехал разрядить мой пистолет; готов ли ты?» Пистолет у него торчал из бокового кармана. Я отмерил двенадцать шагов и стал там в углу, прося его выстрелить скорее, пока жена не воротилась. Он медлил – он спросил огня. Подали свечи. Я запер двери, не велел никому входить и снова просил его выстрелить. Он вынул пистолет и прицелился… Я считал секунды… я думал о ней… Ужасная прошла минута! Сильвио опустил руку. «Жалею, – сказал он, – что пистолет заряжен не черешневыми косточками… пуля тяжела. Мне все кажется, что у нас не дуэль, а убийство: я не привык целить в безоружного. Начнем сызнова; кинем жребий, кому стрелять первому». Голова моя шла кругом… Кажется, я не соглашался… Наконец мы зарядили еще пистолет; свернули два билета; он положил их в фуражку, некогда мною простреленную; я вынул опять первый нумер. «Ты, граф, дьявольски счастлив», – сказал он с усмешкою, которой никогда не забуду. Не понимаю, что со мною было и каким образом мог он меня к тому принудить… но – я выстрелил и попал вот в эту картину. (Граф указывал пальцем на простреленную картину; лицо его горело как огонь; графиня была бледнее своего платка: я не мог воздержаться от восклицания.)

Я выстрелил, – продолжал граф, – и, славу богу, дал промах; тогда Сильвио… (в эту минуту он был, право, ужасен) Сильвио стал в меня прицеливаться. Вдруг двери отворились. Маша вбегает и с визгом кидается мне на шею. Ее присутствие возвратило мне всю бодрость. «Милая, – сказал я ей, – разве ты не видишь, что мы шутим? Как же ты перепугалась! поди, выпей стакан воды и приди к нам; я представлю тебе старинного друга и товарища». Маше все еще не верилось. «Скажите, правду ли муж говорит? – сказала она, обращаясь к грозному Сильвио, – правда ли, что вы оба шутите?» – «Он всегда шутит, графиня, – отвечал ей Сильвио; – однажды дал он мне шутя пощечину, шутя прострелил мне вот эту фуражку, шутя дал сейчас по мне промах; теперь и мне пришла охота пошутить...» С этим словом он хотел в меня прицелиться... при ней! Маша бросилась к его ногам. «Встань, Маша, стыдно! – закричал я в бешенстве, – а вы, сударь, перестанете ли издеваться над бедной женщиной? Будете ли вы стрелять или нет?» – «Не буду, – отвечал Сильвио, – я доволен: я видел твое смятение, твою робость; я заставил тебя выстрелить по мне, с меня довольно. Будешь меня помнить. Предаю тебя твоей совести». Тут он было вышел, но остановился в дверях, оглянулся на простреленную мною картину, выстрелил в нее, почти не целясь, и скрылся. Жена лежала в обмороке; люди не смели его остановить и с ужасом на него глядели; он вышел на крыльцо, кликнул ямщика и уехал, прежде чем успел я опомниться».

Граф замолчал. Таким образом узнал я конец повести, коей начало некогда так поразило меня. С героем оной уже я не встречался. Сказывают, что Сильвио, во время возмущения Александра Ипсиланти, предводительствовал отрядом этеристов и был убит в сражении под Скулянами

Метель

Кони мчатся по буграм,
Топчут снег глубокой...
Вот, в сторонке Божий храм
Виден одинокой.
....
Вдруг метелица кругом,
Снег валит клоками;
Черный вран, свистя крылом,
Вьется над санями;
Вещий стон гласит печаль!
Кони торопливы
Чутко смотрят в темну даль,
Воздымая гривы...

Жуковский

В конце 1811 года, в эпоху нам достопамятную, жил в своем поместье Ненарадове добрый Гаврила Гаврилович Р**. Он славился во всей округе гостеприимством и радушием; соседи поминутно ездили к нему поесть, попить, поиграть по пяти копеек в бостон с его женою, Прасковьей Петровною, а некоторые для того, чтоб поглядеть на дочку их, Марью Гавриловну, стройную, бледную и семнадцатилетнюю девицу. Она считалась богатой невестою, и многие прочили ее за себя или за сыновей.

Марья Гавриловна была воспитана на французских романах и, следственно, была влюблена. Предмет, избранный ею, был бедный армейский прапорщик, находившийся в отпуску в своей деревне. Само по себе разумеется, что молодой человек пылал равною страстию и что родители его любезной, заметя их взаимную склонность, запретили дочери о нем и думать, а его принимали хуже, нежели отставного заседателя.

Наши любовники были в переписке и всякий день видались наедине в сосновой роще или у старой часовни. Там они клялися друг другу в вечной любви, сетовали на судьбу и делали различные предположения. Переписываясь и разговаривая таким образом, они (что весьма естественно) дошли до следующего рассуждения: если мы друг без друга дышать не можем, а воля жестоких родителей препятствует нашему благополучию, то нельзя ли нам будет обойтись без нее? Разумеется, что эта счастливая мысль пришла сперва в голову молодому человеку и что она весьма понравилась романическому воображению Марьи Гавриловны.

Наступила зима и прекратила их свидания; но переписка сделалась тем живее. Владимир Николаевич в каждом письме умолял ее предаться ему, венчаться тайно, скрываться несколько времени, броситься потом к ногам родителей, которые, конечно, будут тронуты наконец героическим постоянством и несчастием любовников и скажут им непременно: дети! придите в наши объятия.

Марья Гавриловна долго колебалась: множество планов побега было отвергнуто. Наконец она согласилась: в назначенный день она должна была не ужинать и удалиться в свою комнату под предлогом головной боли. Девушка ее была в заговоре: обе они должны были выйти в сад через заднее крыльцо, за садом найти готовые сани, садиться в них и ехать за пять верст от Ненарадова в село Жадрино, прямо в церковь, где уж Владимир должен был их ожидать.

Накануне решительного дня Марья Гавриловна не спала всю ночь: она укладывалась, увязывала белье и платье, написала длинное письмо к одной чувствительной барышне, ее подруге, другое к своим родителям. Она прощалась с ними в самых трогательных выражениях, извиняла свой проступок неодолимою силою страсти и оканчивала тем, что блаженнейшею минутою жизни почтет она ту, когда позволено будет ей броситься к ногам дражайших ее родителей. Запечатав оба письма тульской печаткою, на которой изображены были два пылающие сердца с приличной надписью, она бросилась на постель перед самым рассветом и задремала; но и тут ужасные мечтания поминутно ее пробуждали. То казалось ей, что в самую минуту, как она садилась в сани, чтоб ехать венчаться, отец ее останавливал ее, с мучительной быстротою тащил ее по снегу и бросал в темное, бездонное подземелие… и она летела стремглав с неизъяснимым замиранием сердца; то видела она Владимира, лежащего на траве, бледного, окровавленного. Он, умирая, молил ее пронзительным голосом поспешить с ним обвенчаться... другие безобразные, бессмысленные видения неслись перед нею одно за другим. Наконец она встала, бледнее обыкновенного и с непритворной головною болью. Отец и мать заметили ее беспокойство; их нежная заботливость и беспрестанные вопросы: что с тобою, Маша? не больна ли ты, Маша? – раздирали ее сердце. Она старалась их успокоить, казаться веселою, и не могла. Наступил вечер. Мысль, что уже в последний раз провожает она день посреди своего семейства, стесняла ее сердце. Она была чуть жива; она втайне прощалась со всеми особами, со всеми предметами, ее окружавшими. Подали ужинать; сердце ее сильно забилось. Дрожащим голосом объявила она, что ей ужинать не хочется, и стала прощаться с отцом и матерью. Они ее поцеловали и, по обыкновению, благословили: она чуть не заплакала. Пришед в свою комнату, она кинулась в кресла и залилась слезами. Девушка уговаривала ее успокоиться и ободриться. Все было готово. Через полчаса Маша должна была навсегда оставить родительский дом, свою комнату, тихую девическую жизнь... На дворе была метель; ветер выл, ставни тряслись и стучали; все казалось ей угрозой и печальным предзнаменованием. Скоро в доме всё утихло и заснуло. Маша окуталась шалью, надела теплый капот, взяла в руки шкатулку свою и вышла на заднее крыльцо. Служанка несла за нею два узла. Они сошли в сад. Метель не утихала; ветер дул навстречу, как будто силясь остановить молодую преступницу. Они насилу дошли до конца сада. На дороге сани дожидались их. Лошади, прозябнув, не стояли на месте; кучер Владимира расхаживал перед оглоблями, удерживая ретивых. Он помог барышне и ее девушке усесться и уложить узлы и шкатулку, взял вожжи, и лошади полетели. Поручив барышню попечению судьбы и искусству Терешки-кучера, обратимся к молодому нашему любовнику.

Целый день Владимир был в разъезде. Утром был он у жадринского священника; насилу с ним уговорился; потом поехал искать свидетелей между соседними помещиками. Первый, к кому явился он, отставной сорокалетний корнет Дравин, согласился с охотою. Это приключение, уверял он, напоминало ему прежнее время и гусарские проказы. Он уговорил Владимира остаться у него отобедать и уверил его, что за другими двумя свидетелями дело не станет. В самом деле, тотчас после обеда явились землемер Шмит в усах и шпорах и сын капитан-исправника, мальчик лет шестнадцати, недавно поступивший в уланы. Они не только приняли предложение Владимира, но даже клялись ему в готовности жертвовать для него жизнию. Владимир обнял их с восторгом и поехал домой приготовляться.

Уже давно смеркалось. Он отправил своего надежного Терешку в Ненарадово с своею тройкою и с подробным, обстоятельным наказом, а для себя велел заложить маленькие сани в одну лошадь, и один без кучера отправился в Жадрино, куда часа через два должна была приехать и Марья Гавриловна. Дорога была ему знакома, а езды всего двадцать минут.

Но едва Владимир выехал за околицу в поле, как поднялся ветер и сделалась такая метель, что он ничего не взвидел. В одну минуту дорогу занесло; окрестность исчезла во мгле мутной и желтоватой, сквозь которую летели белые хлопья снегу; небо слилося с землею. Владимир очутился в поле и напрасно хотел снова попасть на дорогу; лошадь ступала наудачу и поминутно то въезжала на сугроб, то проваливалась в яму; сани поминутно опрокидывались; Владимир старался только не потерять настоящего направления. Но ему казалось, что уже прошло более получаса, а он не доезжал еще до Жадринской рощи. Прошло еще около десяти минут; рощи все было не видать. Владимир ехал полем, пересеченным глубокими оврагами. Метель не утихала, небо не прояснялось. Лошадь начинала уставать, а с него пот катился градом, несмотря на то, что он поминутно был по пояс в снегу.

Наконец он увидел, что едет не в ту сторону. Владимир остановился: начал думать, припоминать, соображать, и уверился, что должно было взять ему вправо. Он поехал вправо. Лошадь его чуть ступала. Уже более часа был он в дороге. Жадрино должно было быть недалеко. Но он ехал, ехал, а полю не было конца. Всё сугробы да овраги; поминутно сани опрокидывались, поминутно он их подымал. Время шло; Владимир начинал сильно беспокоиться.

Наконец в стороне что-то стало чернеть. Владимир поворотил туда. Приближаясь, увидел он рощу. Слава богу, подумал он, теперь близко. Он поехал около рощи, надеясь тотчас попасть на знакомую дорогу или объехать рощу кругом: Жадрино находилось тотчас за нею. Скоро нашел он дорогу и въехал во мрак дерев, обнаженных зимою. Ветер не мог тут свирепствовать; дорога была гладкая; лошадь ободрилась, и Владимир успокоился.

Но он ехал, ехал, а Жадрина было не видать; роще не было конца. Владимир с ужасом увидел, что он заехал в незнакомый лес. Отчаяние овладело им. Он ударил по лошади; бедное животное пошло было рысью, но скоро стало приставать и через четверть часа пошло шагом, несмотря на все усилия несчастного Владимира.

Мало-помалу деревья начали редеть, и Владимир выехал из лесу; Жадрина было не видать. Должно было быть около полуночи. Слезы брызнули из глаз его; он поехал наудачу. Погода утихла, тучи расходились, перед ним лежала равнина, устланная белым волнистым ковром. Ночь была довольно ясна. Он увидел невдалеке деревушку, состоящую из четырех или пяти дворов. Владимир поехал к ней. У первой избушки он выпрыгнул из саней, подбежал к окну и стал стучаться. Через несколько минут деревянный ставень поднялся, и старик высунул свою седую бороду. «Что те надо?» – «Далеко ли Жадрино?» – «Жадрино-то далеко ли?» – «Да, да! Далеко ли?» – «Недалече; верст десяток будет». При сем ответе Владимир схватил себя за волосы и остался недвижим, как человек, приговоренный к смерти.

«А отколе ты?» – продолжал старик. Владимир не имел духа отвечать на вопросы. «Можешь ли ты, старик, – сказал он, – достать мне лошадей до Жадрина?» – «Каки у нас лошади», – отвечал мужик. «Да не могу ли взять хоть проводника? Я заплачу, сколько ему будет угодно». – «Постой, – сказал старик, опуская ставень, – я те сына вышлю; он те проводит». Владимир стал дожидаться. Не прошло минуты, он опять начал стучаться. Ставень поднялся, борода показалась. «Что те надо?» – «Что ж твой сын?» – «Сейчас выдет, обувается. Али ты прозяб? взойди погреться». – «Благодарю, высылай скорее сына».

Ворота заскрыпели; парень вышел с дубиною и пошел вперед, то указывая, то отыскивая дорогу, занесенную снеговыми сугробами. – «Который час?» – спросил его Владимир. «Да уж скоро рассвенет», – отвечал молодой мужик. Владимир не говорил уже ни слова.

Пели петухи и было уже светло, как достигли они Жадрина. Церковь была заперта. Владимир заплатил проводнику и поехал на двор к священнику. На дворе тройки его не было. Какое известие ожидало его!

Но возвратимся к добрым ненарадовским помещикам и посмотрим, что-то у них делается.

А ничего.

Старики проснулись и вышли в гостиную. Гаврила Гаврилович в колпаке и байковой куртке, Прасковья Петровна в шлафроке на вате. Подали самовар, и Гаврила Гаврилович послал девчонку узнать от Марьи Гавриловны, каково ее здоровье и как она почивала. Девчонка воротилась, объявляя, что барышня почивала-де дурно, но что ей-де теперь легче и что она-де сейчас придет в гостиную. В самом деле, дверь отворилась, и Марья Гавриловна подошла здороваться с папенькой и с маменькой.

«Что твоя голова, Маша?» – спросил Гаврила Гаврилович. «Лучше, папенька», – отвечала Маша. «Ты верно, Маша, вчерась угорела», – сказала Прасковья Петровна. «Может быть, маменька», – отвечала Маша.

День прошел благополучно, но в ночь Маша занемогла. Послали в город за лекарем. Он приехал к вечеру и нашел больную в бреду. Открылась сильная горячка, и бедная больная две недели находилась у края гроба.

Никто в доме не знал о предположенном побеге. Письма, накануне ею написанные, были сожжены; ее горничная никому ни о чем не говорила, опасаясь гнева господ. Священник, отставной корнет, усастый землемер и маленький улан были скромны, и недаром. Терешка-кучер никогда ничего лишнего не высказывал, даже и во хмелю. Таким образом тайна была сохранена более чем полудюжиною заговорщиков. Но Марья Гавриловна сама в беспрестанном бреду высказывала свою тайну. Однако ж ее слова были столь несообразны ни с чем, что мать, не отходившая от ее постели, могла понять из них только то, что дочь ее была смертельно влюблена во Владимира Николаевича и что, вероятно, любовь была причиною ее болезни. Она советовалась со своим мужем, с некоторыми соседями, и наконец единогласно все решили, что, видно, такова была судьба Марьи Гавриловны, что суженого конем не объедешь, что бедность не порок, что жить не с богатством, а с человеком, и тому подобное. Нравственные поговорки бывают удивительно полезны в тех случаях, когда мы от себя мало что можем выдумать себе в оправдание.

Между тем барышня стала выздоравливать. Владимира давно не видно было в доме Гаврилы Гавриловича. Он был напуган обыкновенным приемом. Положили послать за ним и объявить ему неожиданное счастие: согласие на брак. Но каково было изумление ненарадовских помещиков, когда в ответ на их приглашение получили они от него полусумасшедшее письмо! Он объявлял им, что нога его не будет никогда в их доме, и просил забыть о несчастном, для которого смерть остается единою надеждою. Через несколько дней узнали они, что Владимир уехал в армию. Это было в 1812 году.

Долго не смели объявить об этом выздоравливающей Маше. Она никогда не упоминала о Владимире. Несколько месяцев уже спустя, нашед имя его в числе отличившихся и тяжело раненных под Бородином, она упала в обморок, и боялись, чтоб горячка ее не возвратилась. Однако, слава богу, обморок не имел последствия.

Другая печаль ее посетила: Гаврила Гаврилович скончался, оставя ее наследницей всего имения. Но наследство не утешало ее; она разделяла искренно горесть бедной Прасковьи Петровны, клялась никогда с нею не расставаться; обе они оставили Ненарадово, место печальных воспоминаний, и поехали жить в ***ское поместье.

Женихи кружились и тут около милой и богатой невесты; но она никому не подавала и малейшей надежды. Мать иногда уговаривала ее выбрать себе друга; Марья Гавриловна качала головой и задумывалась. Владимир уже не существовал: он умер в Москве, накануне вступления французов. Память его казалась священною для Маши; по крайней мере она берегла всё, что могло его напомнить: книги, им некогда прочитанные, его рисунки, ноты и стихи, им переписанные для нее. Соседи, узнав обо всем, дивились ее постоянству и с любопытством ожидали героя, долженствовавшего наконец восторжествовать над печальной верностию этой девственной Артемизы.

Между тем война со славою была кончена. Полки наши возвращались из-за границы. Народ бежал им навстречу. Музыка играла завоеванные песни: Vive Henri-Quatre[16], тирольские вальсы и арии из Жоконда. Офицеры, ушедшие в поход почти отроками, возвращались, возмужав на бранном воздухе, обвешанные крестами. Солдаты весело разговаривали между собою, вмешивая поминутно в речь немецкие и французские слова. Время незабвенное! Время славы и восторга! Как сильно билось русское сердце при слове *отечество!* Как сладки были слезы свидания! С каким единодушием мы соединяли чувства народной гордости и любви к государю! А для него, какая была минута!

Женщины, русские женщины были тогда бесподобны. Обыкновенная холодность их исчезла. Восторг их был истинно упоителен, когда, встречая победителей, кричали они: *ура!*

---

16 Да здравствует Генрих Четвертый! (*франц.*)

И в воздух чепчики бросали.

Кто из тогдашних офицеров не сознается, что русской женщине обязан он был лучшей, драгоценнейшей наградою?..

В это блистательное время Марья Гавриловна жила с матерью в *** губернии и не видала, как обе столицы праздновали возвращение войск. Но в уездах и деревнях общий восторг, может быть, был еще сильнее. Появление в сих местах офицера было для него настоящим торжеством, и любовнику во фраке плохо было в его соседстве.

Мы уже сказывали, что, несмотря на ее холодность, Марья Гавриловна всё по-прежнему окружена была искателями. Но все должны были отступить, когда явился в ее замке раненый гусарский полковник Бурмин, с Георгием в петлице и с *интересной бледностию,* как говорили тамошние барышни. Ему было около двадцати шести лет. Он приехал в отпуск в свои поместья, находившиеся по соседству деревни Марьи Гавриловны. Марья Гавриловна очень его отличала. При нем обыкновенная задумчивость ее оживлялась. Нельзя было сказать, чтоб она с ним кокетничала; но поэт, заметя ее поведение, сказал бы:

Se amor non é, che dunque?..[17]

Бурмин был, в самом деле, очень милый молодой человек. Он имел именно тот ум, который нравится женщинам: ум приличия и наблюдения, безо всяких притязаний и беспечно насмешливый. Поведение его с Марьей Гавриловной было просто и свободно; но что б она ни сказала или ни сделала, душа и взоры его так за нею и следовали. Он казался нрава тихого и скромного, но молва уверяла, что некогда был он ужасным повесою, и это не вредило ему во мнении Марьи Гавриловны, которая (как и все молодые дамы вообще)

---

17 Если это не любовь, так что же? (*итал* .)

с удовольствием извиняла шалости, обнаруживающие смелость и пылкость характера.

Но более всего... (более его нежности, более приятного разговора, более интересной бледности, более перевязанной руки) молчание молодого гусара более всего подстрекало ее любопытство и воображение. Она не могла не сознаваться в том, что она очень ему нравилась; вероятно, и он, с своим умом и опытностию, мог уже заметить, что она отличала его: каким же образом до сих пор не видала она его у своих ног и еще не слыхала его признания? Что удерживало его? робость, неразлучная с истинною любовию, гордость или кокетство хитрого волокиты? Это было для нее загадкою. Подумав хорошенько, она решила, что робость была единственной тому причиною, и положила ободрить его большею внимательностию и, смотря по обстоятельствам, даже нежностию. Она приуготовляла развязку самую неожиданную и с нетерпением ожидала минуты романического объяснения. Тайна, какого роду ни была бы, всегда тягостна женскому сердцу. Ее военные действия имели желаемый успех: по крайней мере, Бурмин впал в такую задумчивость и черные глаза его с таким огнем останавливались на Марье Гавриловне, что решительная минута, казалось, уже близка. Соседи говорили о свадьбе, как о деле уже конченном, а добрая Прасковья Петровна радовалась, что дочь ее наконец нашла себе достойного жениха.

Старушка сидела однажды одна в гостиной, раскладывая гранпасьянс, как Бурмин вошел в комнату и тотчас осведомился о Марье Гавриловне. «Она в саду, – отвечала старушка, – подите к ней, а я вас буду здесь ожидать». Бурмин пошел, а старушка перекрестилась и подумала: авось дело сегодня же кончится!

Бурмин нашел Марью Гавриловну у пруда, под ивою, с книгою в руках и в белом платье, настоящей героинею романа. После первых вопросов Марья Гавриловна нарочно перестала поддерживать разговор, усиливая таким образом взаимное замешательство, от которого можно было избавиться разве только незапным и решительным объяснением. Так и случилось: Бурмин, чувствуя затруднительность своего положения, объявил, что искал давно случая открыть ей свое сердце, и потребовал минуты внимания. Марья Гавриловна закрыла книгу и потупила глаза в знак согласия.

«Я вас люблю, – сказал Бурмин, – я вас люблю страстно...» (Марья Гавриловна покраснела и наклонила голову еще ниже.) «Я поступил неосторожно, предаваясь милой привычке, привычке видеть и слышать вас ежедневно...» (Марья Гавриловна вспомнила первое письмо St.-Preux)[18]. «Теперь уже поздно противиться судьбе моей; воспоминания об вас, ваш милый, несравненный образ отныне будет мучением и отрадою жизни моей; но мне еще остается исполнить тяжелую обязанность, открыть вам ужасную тайну и положить между нами непреодолимую преграду...» – «Она всегда существовала, – прервала с живостию Марья Гавриловна, – я никогда не могла быть вашею женою...» – «Знаю, – отвечал он ей тихо, – знаю, что некогда вы любили, но смерть и три года сетований... Добрая, милая Марья Гавриловна! не старайтесь лишить меня последнего утешения: мысль, что вы бы согласились сделать мое счастие, если бы... молчите, ради бога, молчите. Вы терзаете меня. Да, я знаю, я чувствую, что вы были бы моею, но – я несчастнейшее создание... я женат!»

Марья Гавриловна взглянула на него с удивлением.

– Я женат, – продолжал Бурмин, – я женат уже четвертый год и не знаю, кто моя жена, и где она, и должен ли свидеться с нею когда-нибудь!

– Что вы говорите? – воскликнула Марья Гавриловна, – как это странно! Продолжайте; я расскажу после... но продолжайте, сделайте милость.

– В начале 1812 года, – сказал Бурмин, – я спешил в Вильну, где находился наш полк. Приехав однажды на станцию поздно вечером, я велел было поскорее закладывать лошадей, как вдруг поднялась ужасная метель, и смотритель и ямщики советовали мне переждать. Я их послушался, но непонятное беспокойство овладело

---

18 Сен-Прё (*франц.*).

мною; казалось, кто-то меня так и толкал. Между тем метель не унималась; я не вытерпел, приказал опять закладывать и поехал в самую бурю. Ямщику вздумалось ехать рекою, что должно было сократить нам путь тремя верстами. Берега были занесены; ямщик проехал мимо того места, где выезжали на дорогу, и таким образом очутились мы в незнакомой стороне. Буря не утихала; я увидел огонек и велел ехать туда. Мы приехали в деревню; в деревянной церкви был огонь. Церковь была отворена, за оградой стояло несколько саней; по паперти ходили люди. «Сюда! сюда!» – закричало несколько голосов. Я велел ямщику подъехать. «Помилуй, где ты замешкался? – сказал мне кто-то, – невеста в обмороке; поп не знает, что делать; мы готовы были ехать назад. Выходи же скорее». Я молча выпрыгнул из саней и вошел в церковь, слабо освещенную двумя или тремя свечами. Девушка сидела на лавочке в темном углу церкви; другая терла ей виски. «Слава богу, – сказала эта, – насилу вы приехали. Чуть было вы барышню не уморили». Старый священник подошел ко мне с вопросом: «Прикажете начинать?» – «Начинайте, начинайте, батюшка», – отвечал я рассеянно. Девушку подняли. Она показалась мне недурна... Непонятная, непростительная ветреность... я стал подле нее перед налоем; священник торопился; трое мужчин и горничная поддерживали невесту и заняты были только ею. Нас обвенчали. «Поцелуйтесь», – сказали нам. Жена моя обратила ко мне бледное свое лицо. Я хотел было ее поцеловать... Она вскрикнула «Ай, не он! не он!» – и упала без памяти. Свидетели устремили на меня испуганные глаза. Я повернулся, вышел из церкви безо всякого препятствия, бросился в кибитку и закричал: «Пошел!»

– Боже мой! – закричала Марья Гавриловна, – и вы не знаете, что сделалось с бедной вашею женою?

– Не знаю, – отвечал Бурмин, – не знаю, как зовут деревню, где я венчался; не помню, с которой станции поехал. В то время я так мало полагал важности в преступной моей проказе, что, отъехав от церкви, заснул и проснулся на другой день поутру, на третьей уже станции. Слуга, бывший тогда со мною, умер в походе, так что я не имею и надежды отыскать ту, над которой подшутил я так жестоко и которая теперь так жестоко отомщена.

– Боже мой, Боже мой! – сказала Марья Гавриловна, схватив его руку, – так это были вы! И вы не узнаете меня?

Бурмин побледнел... и бросился к ее ногам...

Гробовщик

Не зрим ли каждый день гробов,
Седин дряхлеющей вселенной?

Державин

Последние пожитки гробовщика Адриана Прохорова были взвалены на похоронные дроги, и тощая пара в четвертый раз потащилась с Басманной на Никитскую, куда гробовщик переселялся всем своим домом. Заперев лавку, прибил он к воротам объявление о том, что дом продается и отдается внаймы, и пешком отправился на новоселье. Приближаясь к желтому домику, так давно соблазнявшему его воображение и наконец купленному им за порядочную сумму, старый гробовщик чувствовал с удивлением, что сердце его не радовалось. Переступив за незнакомый порог и нашед в новом своем жилище суматоху, он вздохнул о ветхой лачужке, где в течение осьмнадцати лет всё было заведено самым строгим порядком; стал бранить обеих своих дочерей и работницу за их медленность и сам принялся им помогать. Вскоре порядок установился; кивот с образами, шкап с посудою, стол, диван и кровать заняли им определенные углы в задней комнате; в кухне и гостиной поместились изделия хозяина: гробы всех цветов и всякого размера, также шкапы с траурными шляпами, мантиями и факелами. Над воротами возвысилась вывеска, изображающая дородного Амура с опрокинутым факелом в руке, с подписью: «Здесь продаются и обиваются гробы простые и крашеные, также отдаются напрокат и починяются старые». Девушки ушли в свою светлицу. Адриан обошел свое жилище, сел у окошка и приказал готовить самовар.

Просвещенный читатель ведает, что Шекспир и Вальтер Скотт оба представили своих гробокопателей людьми веселыми и шутливыми, дабы сей противоположностию сильнее поразить наше воображение. Из уважения к истине мы не можем следовать их примеру и принуждены признаться, что нрав нашего гробовщика совершенно соответствовал мрачному его ремеслу. Адриан Прохоров обыкновенно был угрюм и задумчив. Он разрешал молчание разве только для того, чтоб журить своих дочерей, когда заставал их без дела глазеющих в окно на прохожих, или чтоб запрашивать за свои произведения преувеличенную цену у тех, которые имели несчастие (а иногда и удовольствие) в них нуждаться. Итак, Адриан, сидя под окном и выпивая седьмую чашку чаю, по своему обыкновению был погружен в печальные размышления. Он думал о проливном дожде, который, за неделю тому назад, встретил у самой заставы похороны отставного бригадира. Многие мантии от того сузились, многие шляпы покоробились. Он предвидел неминуемые расходы, ибо давний запас гробовых нарядов приходил у него в жалкое состояние. Он надеялся выместить убыток на старой купчихе Трюхиной, которая уже около года находилась при смерти. Но Трюхина умирала на Разгуляе, и Прохоров боялся, чтоб ее наследники, несмотря на свое обещание, не поленились послать за ним в такую даль и не сторговались бы с ближайшим подрядчиком.

Сии размышления были прерваны нечаянно тремя франмасонскими ударами в дверь. «Кто там?» – спросил гробовщик. Дверь отворилась, и человек, в котором с первого взгляду можно было узнать немца ремесленника, вошел в комнату и с веселым видом приблизился к гробовщику. «Извините, любезный сосед, – сказал он тем русским наречием, которое мы без смеха доныне слышать не можем, – извините, что я вам помешал… я желал поскорее с вами познакомиться. Я сапожник, имя мое Готлиб Шульц, и живу от вас через улицу, в этом домике, что против ваших окошек. Завтра праздную мою серебряную свадьбу, и я прошу вас и ваших дочек отобедать у меня по-приятельски». Приглашение было благосклонно принято. Гробовщик просил сапожника садиться и выкушать чашку чаю, и, благодаря открытому нраву Готлиба Шульца, вскоре они разговорились дружелюбно. «Каково торгует ваша милость?» – спросил Адриан. «Э-хе-хе, – отвечал Шульц, – и так и сяк. Пожаловаться не могу. Хоть, конечно, мой товар не то, что ваш: живой без сапог обойдется, а мертвый без гроба не живет». – «Сущая правда, – заметил Адриан, – однако ж, если живому не на что купить сапог, то, не прогневайся, ходит он и босой; а нищий мертвец и даром берет себе гроб». Таким образом беседа продолжалась у них еще несколько времени; наконец сапожник встал и простился с гробовщиком, возобновляя свое приглашение.

На другой день, ровно в двенадцать часов, гробовщик и его дочери вышли из калитки новокупленного дома и отправились к соседу. Не стану описывать ни русского кафтана Адриана Прохорова, ни европейского наряда Акулины и Дарьи, отступая в сем случае от обычая, принятого нынешними романистами. Полагаю, однако ж, не излишним заметить, что обе девицы надели желтые шляпки и красные башмаки, что бывало у них только в торжественные случаи.

Тесная квартирка сапожника была наполнена гостями, большею частию немцами ремесленниками, с их женами и подмастерьями. Из русских чиновников был один будочник, чухонец Юрко, умевший приобрести, несмотря на свое смиренное звание, особенную благосклонность хозяина. Лет двадцать пять служил он в сем звании верой и правдою, как почталион Погорельского. Пожар двенадцатого года, уничтожив первопрестольную столицу, истребил и его желтую будку. Но тотчас, по изгнании врага, на ее месте явилась новая, серенькая с белыми колонками дорического ордена, и Юрко стал опять расхаживать около нее *с секирой и в броне сермяжной* . Он был знаком большей части немцев, живущих около Никитских ворот: иным из них случалось даже ночевать у Юрки с воскресенья на понедельник. Адриан тотчас познакомился с ним, как с человеком, в котором рано или поздно может случиться иметь нужду, и как гости пошли за стол, то они сели вместе. Господин и госпожа Шульц и дочка их, семнадцатилетняя Лотхен, обедая с гостями, все вместе угощали и помогали кухарке служить. Пиво лилось. Юрко ел за четверых; Адриан ему не уступал; дочери его чинились; разговор на немецком языке час от часу делался шумнее. Вдруг хозяин потребовал внимания и, откупоривая засмоленную бутылку, громко произнес по-русски: «За здоровье моей доброй Луизы!» Полушампанское запенилось. Хозяин нежно поцеловал свежее лицо сорокалетней своей подруги, и гости шумно выпили здоровье доброй Луизы. «За здоровье любезных гостей моих!» – провозгласил хозяин, откупоривая вторую бутылку, и гости благодарили его, осушая вновь свои рюмки. Тут начали здоровья следовать одно за другим: пили здоровье каждого гостя особливо, пили здоровье Москвы и целой дюжины германских городков, пили здоровье всех цехов вообще и каждого в особенности, пили здоровье мастеров и подмастерьев. Адриан пил с усердием и до того развеселился, что сам предложил какой-то шутливый тост. Вдруг один из гостей, толстый булочник, поднял рюмку и воскликнул: «За здоровье тех, на которых мы работаем, unserer Kundleute!»[19] Предложение, как и все, было принято радостно и единодушно. Гости начали друг другу кланяться, портной сапожнику, сапожник портному, булочник им обоим, все булочнику и так далее. Юрко, посреди сих взаимных поклонов, закричал, обратясь к своему соседу: «Что же? пей, батюшка, за здоровье своих мертвецов». Все захохотали, но гробовщик почел себя обиженным и нахмурился. Никто того не заметил, гости продолжали пить, и уже благовестили к вечерне, когда встали из-за стола.

Гости разошлись поздно, и по большей части навеселе. Толстый булочник и переплетчик, коего лицо казалось в красненьком сафьянном переплете, под руки отвели Юрку в его будку, наблюдая в сем случае русскую пословицу: долг платежом красен. Гробовщик пришел домой пьян и сердит. «Что ж это, в самом деле, – рассуждал он вслух, – чем ремесло мое нечестнее прочих? разве гробовщик брат палачу? чему смеются басурмане? разве гробовщик гаер святочный? Хотелось было мне позвать их на новоселье, задать им пир горой: ин не бывать же тому! А созову я тех, на которых работаю: мертвецов православных». – «Что ты, батюшка? – сказала работница, которая в это время разувала его, – что ты это городишь? Перекрестись! Созывать мертвых на новоселье! Экая страсть!» – «Ей-богу, созову, –

---

[19] Наших клиентов (*нем* .).

продолжал Адриан, – и на завтрашний же день. Милости просим, мои благодетели, завтра вечером у меня попировать; угощу, чем бог послал». С этим словом гробовщик отправился на кровать и вскоре захрапел.

На дворе было еще темно, как Адриана разбудили. Купчиха Трюхина скончалась в эту самую ночь, и нарочный от ее приказчика прискакал к Адриану верхом с этим известием. Гробовщик дал ему за то гривенник на водку, оделся наскоро, взял извозчика и поехал на Разгуляй. У ворот покойницы уже стояла полиция и расхаживали купцы, как вороны, почуя мертвое тело. Покойница лежала на столе, желтая как воск, но еще не обезображенная тлением. Около ее теснились родственники, соседи и домашние. Все окна были открыты; свечи горели; священники читали молитвы. Адриан подошел к племяннику Трюхиной, молодому купчику в модном сертуке, объявляя ему, что гроб, свечи, покров и другие похоронные принадлежности тотчас будут ему доставлены во всей исправности. Наследник благодарил его рассеянно, сказав, что о цене он не торгуется, а во всем полагается на его совесть. Гробовщик, по обыкновению своему, побожился, что лишнего не возьмет; значительным взглядом обменялся с приказчиком и поехал хлопотать. Целый день разъезжал с Разгуляя к Никитским воротам и обратно; к вечеру всё сладил и пошел домой пешком, отпустив своего извозчика. Ночь была лунная. Гробовщик благополучно дошел до Никитских ворот. У Вознесения окликал его знакомец наш Юрко и, узнав гробовщика, пожелал ему доброй ночи. Было поздно. Гробовщик подходил уже к своему дому, как вдруг показалось ему, что кто-то подошел к его воротам, отворил калитку и в нее скрылся. «Что бы это значило? – подумал Адриан. – Кому опять до меня нужда? Уж не вор ли ко мне забрался? Не ходят ли любовники к моим дурам? Чего доброго!» И гробовщик думал уже кликнуть себе на помощь приятеля своего Юрку. В эту минуту кто-то еще приблизился к калитке и собирался войти, но, увидя бегущего хозяина, остановился и снял треугольную шляпу. Адриану лицо его показалось знакомо, но второпях не успел он порядочно его разглядеть. «Вы пожаловали ко мне, – сказал запыхавшись Адриан, – войдите же, сделайте милость». – «Не церемонься, батюшка, – отвечал тот глухо, – ступай себе вперед; указывай гостям дорогу!» Адриану и некогда было церемониться. Калитка была отперта, он пошел на лестницу, и тот за ним. Адриану показалось, что по комнатам его ходят люди. «Что за дьявольщина!» – подумал он и спешил войти... тут ноги его подкосились. Комната полна была мертвецами. Луна сквозь окна освещала их желтые и синие лица, ввалившиеся рты, мутные, полузакрытые глаза и высунувшиеся носы... Адриан с ужасом узнал в них людей, погребенных его стараниями, и в госте, с ним вместе вошедшем, бригадира, похороненного во время проливного дождя. Все они, дамы и мужчины, окружили гробовщика с поклонами и приветствиями, кроме одного бедняка, недавно даром похороненного, который, совестясь и стыдясь своего рубища, не приближался и стоял смиренно в углу. Прочие все одеты были благопристойно: покойницы в чепцах и лентах, мертвецы чиновные в мундирах, но с бородами небритыми, купцы в праздничных кафтанах. «Видишь ли, Прохоров, – сказал бригадир от имени всей честной компании, – все мы поднялись на твое приглашение; остались дома только те, которым уже невмочь, которые совсем развалились, да у кого остались одни кости без кожи, но и тут один не утерпел – так хотелось ему побывать у тебя...» В эту минуту маленький скелет продрался сквозь толпу и приблизился к Адриану. Череп его ласково улыбался гробовщику. Клочки светло-зеленого и красного сукна и ветхой холстины кой-где висели на нем, как на шесте, а кости ног бились в больших ботфортах, как пестики в ступах. «Ты не узнал меня, Прохоров, – сказал скелет. – Помнишь ли отставного сержанта гвардии Петра Петровича Курилкина, того самого, которому, в 1799 году, ты продал первый свой гроб – и еще сосновый за дубовый?» С сим словом мертвец простер ему костяные объятия – но Адриан, собравшись с силами, закричал и оттолкнул его. Петр Петрович пошатнулся, упал и весь рассыпался. Между мертвецами поднялся ропот негодования; все вступились за честь своего товарища, пристали к Адриану с бранью и угрозами, и бедный хозяин, оглушенный их криком и почти задавленный, потерял присутствие духа, сам упал на кости отставного сержанта гвардии и лишился чувств.

Солнце давно уже освещало постелю, на которой лежал гробовщик. Наконец открыл он глаза и увидел перед собою работницу, раздувающую самовар. С ужасом вспомнил Адриан все вчерашние происшествия. Трюхина, бригадир и сержант Курилкин смутно представились его воображению. Он молча ожидал, чтоб работница начала с ним разговор и объявила о последствиях ночных приключений.

– Как ты заспался, батюшка, Адриан Прохорович, – сказала Аксинья, подавая ему халат. – К тебе заходил сосед портной, и здешний будочник забегал с объявлением, что сегодня частный именинник, да ты изволил почивать, и мы не хотели тебя разбудить.

– А приходили ко мне от покойницы Трюхиной?

– Покойницы? Да разве она умерла?

– Эка дура! Да не ты ли пособляла мне вчера улаживать ее похороны?

– Что ты, батюшка? не с ума ли спятил, али хмель вчерашний еще у тя не прошел? Какие были вчера похороны? Ты целый день пировал у немца, воротился пьян, завалился в постелю, да и спал до сего часа, как уж к обедне отблаговестили.

– Ой ли! – сказал обрадованный гробовщик.

– Вестимо так, – отвечала работница.

– Ну коли так, давай скорее чаю, да позови дочерей.

Станционный смотритель

Коллежский регистратор,
Почтовой станции диктатор.

Князь Вяземский

Кто не проклинал станционных смотрителей, кто с ними не бранивался? Кто, в минуту гнева, не требовал от них роковой книги, дабы вписать в оную свою бесполезную жалобу на притеснение, грубость и неисправность? Кто не почитает их извергами человеческого рода, равными покойным подьячим или, по крайней мере, муромским разбойникам? Будем, однако, справедливы, постараемся войти в их положение и, может быть, станем судить о них гораздо снисходительнее. Что такое станционный смотритель? Сущий мученик четырнадцатого класса, огражденный своим чином токмо от побоев, и то не всегда (ссылаюсь на совесть моих читателей). Какова должность сего диктатора, как называет его шутливо князь Вяземский? Не настоящая ли каторга? Покою ни днем, ни ночью. Всю досаду, накопленную во время скучной езды, путешественник вымещает на смотрителе. Погода несносная, дорога скверная, ямщик упрямый, лошади не везут – а виноват смотритель. Входя в бедное его жилище, проезжающий смотрит на него как на врага; хорошо, если удастся ему скоро избавиться от непрошеного гостя; но если не случится лошадей?.. Боже! какие ругательства, какие угрозы посыплются на его голову! В дождь и слякоть принужден он бегать по дворам; в бурю, в крещенский мороз уходит он в сени, чтоб только на минуту отдохнуть от крика и толчков раздраженного постояльца. Приезжает генерал; дрожащий смотритель отдает ему две последние тройки, в том числе курьерскую. Генерал едет, не сказав ему спасибо. Чрез пять минут – колокольчик!.. и фельдъегерь бросает ему на стол свою подорожную!.. Вникнем во все это хорошенько, и вместо негодования сердце наше исполнится искренним состраданием. Еще несколько слов: в течение двадцати лет сряду изъездил я Россию по всем направлениям; почти все почтовые тракты мне известны; несколько поколений ямщиков мне знакомы; редкого смотрителя не знаю я в лицо, с редким не имел я дела; любопытный запас путевых моих наблюдений надеюсь издать в непродолжительном времени; покамест скажу только, что сословие станционных смотрителей представлено общему мнению в самом ложном виде. Сии столь оклеветанные смотрители вообще суть люди мирные, от природы услужливые, склонные к общежитию, скромные в притязаниях на почести и не слишком сребролюбивые. Из их разговоров (коими некстати пренебрегают господа проезжающие) можно почерпнуть много любопытного и поучительного. Что касается до меня, то, признаюсь, я предпочитаю их беседу речам какого-нибудь чиновника 6-го класса, следующего по казенной надобности.

Легко можно догадаться, что есть у меня приятели из почтенного сословия смотрителей. В самом деле, память одного из них мне драгоценна. Обстоятельства некогда сблизили нас, и об нем-то намерен я теперь побеседовать с любезными читателями.

В 1816 году, в мае месяце, случилось мне проезжать через ***скую губернию, по тракту, ныне уничтоженному. Находился я в мелком чине, ехал на перекладных и платил прогоны за две лошади. Вследствие сего смотрители со мною не церемонились, и часто бирал я с бою то, что, во мнении моем, следовало мне по праву. Будучи молод и вспыльчив, я негодовал на низость и малодушие смотрителя, когда сей последний отдавал приготовленную мне тройку под коляску чиновного барина. Столь же долго не мог я привыкнуть и к тому, чтоб разборчивый холоп обносил меня блюдом на губернаторском обеде. Ныне то и другое кажется мне в порядке вещей. В самом деле, что было бы с нами, если бы вместо общеудобного правила: *чин чина почитай,* ввелось в употребление другое, например: *ум ума почитай?* Какие возникли бы споры! и слуги с кого бы начинали кушанье подавать? Но обращаюсь к моей повести.

День был жаркий. В трех верстах от станции *** стало накрапывать, и через минуту проливной дождь вымочил меня до последней нитки. По приезде на станцию, первая забота была поскорее переодеться, вторая спросить себе чаю. «Эй, Дуня! – закричал смотритель, – поставь самовар да сходи за сливками». При сих словах вышла из-за перегородки девочка лет четырнадцати и побежала в сени. Красота ее меня поразила. «Это твоя дочка?» – спросил я смотрителя. «Дочка-с, – отвечал он с видом довольного самолюбия, – да такая разумная, такая проворная, вся в покойницу мать». Тут он принялся переписывать мою подорожную, а я занялся рассмотрением картинок, украшавших его смиренную, но опрятную обитель. Они изображали историю блудного сына. В первой почтенный старик в колпаке и шлафорке отпускает беспокойного юношу, который поспешно принимает его благословение и мешок с деньгами. В другой яркими чертами изображено развратное поведение молодого человека: он сидит за столом, окруженный ложными друзьями и бесстыдными женщинами. Далее, промотавшийся юноша, в рубище и в треугольной шляпе, пасет свиней и разделяет с ними трапезу; в его лице изображены глубокая печаль и раскаяние. Наконец представлено возвращение его к отцу; добрый старик в том же колпаке и шлафорке выбегает к нему навстречу: блудный сын стоит на коленах; в перспективе повар убивает упитанного тельца, и старший брат вопрошает слуг о причине таковой радости. Под каждой картинкой прочел я приличные немецкие стихи. Всё это доныне сохранилось в моей памяти, так же как и горшки с бальзамином, и кровать с пестрой занавескою, и прочие предметы, меня в то время окружавшие. Вижу, как теперь, самого хозяина, человека лет пятидесяти, свежего и бодрого, и его длинный зеленый сертук с тремя медалями на полинялых лентах.

Не успел я расплатиться со старым моим ямщиком, как Дуня возвратилась с самоваром. Маленькая кокетка со второго взгляда заметила впечатление, произведенное ею на меня; она потупила большие голубые глаза; я стал с нею разговаривать, она отвечала мне безо всякой робости, как девушка, видевшая свет. Я предложил отцу ее стакан пуншу; Дуне подал я чашку чаю, и мы втроем начали беседовать, как будто век были знакомы.

Лошади были давно готовы, а мне всё не хотелось расстаться с смотрителем и его дочкой. Наконец я с ними простился; отец пожелал мне доброго пути, а дочь проводила до телеги. В сенях я остановился и просил у ней позволения ее поцеловать; Дуня согласилась... Много могу я насчитать поцелуев,

С тех пор, как этим занимаюсь,

но ни один не оставил во мне столь долгого, столь приятного воспоминания.

Прошло несколько лет, и обстоятельства привели меня на тот самый тракт, в те самые места. Я вспомнил дочь старого смотрителя и обрадовался при мысли, что увижу ее снова. Но, подумал я, старый смотритель, может быть, уже сменен; вероятно, Дуня уже замужем. Мысль о смерти того или другого также мелькнула в уме моем, и я приближался к станции *** с печальным предчувствием.

Лошади стали у почтового домика. Вошед в комнату, я тотчас узнал картинки, изображающие историю блудного сына; стол и кровать стояли на прежних местах; но на окнах уже не было цветов, и всё кругом показывало ветхость и небрежение. Смотритель спал под тулупом; мой приезд разбудил его; он привстал... Это был точно Самсон Вырин; но как он постарел! Покамест собирался он переписать мою подорожную, я смотрел на его седину, на глубокие морщины давно небритого лица, на сгорбленную спину – и не мог надивиться, как три или четыре года могли превратить бодрого мужчину в хилого старика. «Узнал ли ты меня? – спросил я его, – мы с тобою старые знакомые». – «Может статься, – отвечал он угрюмо, – здесь дорога большая; много проезжих у меня перебывало». – «Здорова ли твоя Дуня?» – продолжал я. Старик нахмурился. «А бог ее знает», – отвечал он. «Так, видно, она замужем?» – сказал я. Старик притворился, будто бы не слыхал моего вопроса и продолжал пошептом читать мою подорожную. Я прекратил свои вопросы и велел поставить чайник. Любопытство начинало меня беспокоить, и я надеялся, что пунш разрешит язык моего старого знакомца.

Я не ошибся: старик не отказался от предлагаемого стакана. Я заметил, что ром прояснил его угрюмость. На втором стакане сделался он разговорчив; вспомнил или показал вид, будто бы вспомнил меня, и я узнал от него повесть, которая в то время сильно меня заняла и тронула.

«Так вы знали мою Дуню? – начал он. – Кто же и не знал ее? Ах, Дуня, Дуня! Что за девка-то была! Бывало, кто ни проедет, всякий похвалит, никто не осудит. Барыни дарили ее, та платочком, та сережками. Господа проезжие нарочно останавливались, будто бы пообедать, аль отужинать, а в самом деле только чтоб на нее подолее поглядеть. Бывало, барин, какой бы сердитый ни был, при ней утихает и милостиво со мною разговаривает. Поверите ль, сударь: курьеры, фельдъегеря с нею по получасу заговаривались. Ею дом держался: что прибрать, что приготовить, за всем успевала. А я-то, старый дурак, не нагляжусь, бывало, не нарадуюсь; уж я ли не любил моей Дуни, я ль не лелеял моего дитяти; уж ей ли не было житье? Да нет, от беды не отбожишься; что суждено, тому не миновать». Тут он стал подробно рассказывать мне свое горе. – Три года тому назад, однажды, в зимний вечер, когда смотритель разлиновывал новую книгу, а дочь его за перегородкой шила себе платье, тройка подъехала, и проезжий в черкесской шапке, в военной шинели, окутанный шалью, вошел в комнату, требуя лошадей. Лошади все были в разгоне. При сем известии путешественник возвысил было голос и нагайку; но Дуня, привыкшая к таковым сценам, выбежала из-за перегородки и ласково обратилась к проезжему с вопросом: не угодно ли будет ему чего-нибудь покушать? Появление Дуни произвело обыкновенное свое действие. Гнев проезжего прошел; он согласился ждать лошадей и заказал себе ужин. Сняв мокрую, косматую шапку, отпутав шаль и сдернув шинель, проезжий явился молодым, стройным гусаром с черными усиками. Он расположился у смотрителя, начал весело разговаривать с ним и с его дочерью. Подали ужинать. Между тем лошади пришли, и смотритель приказал, чтоб тотчас, не кормя, запрягали их в кибитку проезжего; но, возвратясь, нашел он молодого человека почти без памяти лежащего на лавке: ему сделалось дурно, голова разболелась, невозможно было ехать... Как быть! смотритель уступил ему свою кровать, и положено было, если больному не будет легче, на другой день утром послать в С *** за лекарем.

На другой день гусару стало хуже. Человек его поехал верхом в город за лекарем. Дуня обвязала ему голову платком, намоченным уксусом, и села с своим шитьем у его кровати. Больной при смотрителе охал и не говорил почти ни слова, однако ж выпил две чашки кофе и охая заказал себе обед. Дуня от него не отходила. Он поминутно просил пить, и Дуня подносила ему кружку ею заготовленного лимонада. Больной обмакивал губы и всякий раз, возвращая кружку, в знак благодарности слабою своею рукою пожимал Дунюшкину руку. К обеду приехал лекарь. Он пощупал пульс больного, поговорил с ним по-немецки, и по-русски объявил, что ему нужно одно спокойствие и что дни через два ему можно будет отправиться в дорогу. Гусар вручил ему двадцать пять рублей за визит, пригласил его отобедать; лекарь согласился; оба ели с большим аппетитом, выпили бутылку вина и расстались очень довольны друг другом.

Прошел еще день, и гусар совсем оправился. Он был чрезвычайно весел, без умолку шутил то с Дунею, то с смотрителем; насвистывал песни, разговаривал с проезжими, вписывал их подорожные в почтовую книгу, и так полюбился доброму смотрителю, что на третье утро жаль было ему расстаться с любезным своим постояльцем. День был воскресный; Дуня собиралась к обедне. Гусару подали кибитку. Он простился с смотрителем, щедро наградив его за постой и угощение; простился и с Дунею и вызвался довезти ее до церкви, которая находилась на краю деревни. Дуня стояла в недоумении... «Чего же ты боишься? – сказал ей отец, – ведь его высокоблагородие не волк и тебя не съест: прокатись-ка до церкви». Дуня села в кибитку подле гусара, слуга вскочил на облучок, ямщик свистнул, и лошади поскакали.

Бедный смотритель не понимал, каким образом мог он сам позволить своей Дуне ехать вместе с гусаром, как нашло на него ослепление, и что тогда было с его разумом. Не прошло и получаса, как сердце его начало ныть, ныть, и беспокойство овладело им до такой степени, что он не утерпел и пошел сам к обедне. Подходя к церкви, увидел он, что народ уже расходился, но Дуни не было ни в ограде, ни на паперти. Он поспешно вошел в церковь: священник выходил из алтаря; дьячок гасил свечи, две старушки молились еще в углу; но Дуни в церкви не было. Бедный отец насилу решился спросить у дьячка, была ли она у обедни. Дьячок отвечал, что не бывала. Смотритель пошел домой ни жив ни мертв. Одна оставалась ему надежда: Дуня по ветрености молодых лет вздумала, может быть, прокатиться до следующей станции, где жила ее крестная мать. В мучительном волнении ожидал он возвращения тройки, на которой он отпустил ее. Ямщик не возвращался. Наконец к вечеру приехал он один и хмелен, с убийственным известием: «Дуня с той станции отправилась далее с гусаром».

Старик не снес своего несчастия; он тут же слег в ту самую постель, где накануне лежал молодой обманщик. Теперь смотритель, соображая все обстоятельства, догадывался, что болезнь была притворная. Бедняк занемог сильной горячкою; его свезли в С *** и на его место определили на время другого. Тот же лекарь, который приезжал к гусару, лечил и его. Он уверил смотрителя, что молодой человек был совсем здоров и что тогда еще догадывался он о его злобном намерении, но молчал, опасаясь его нагайки. Правду ли говорил немец или только желал похвастаться дальновидностию, но он нимало тем не утешил бедного больного. Едва оправясь от болезни, смотритель выпросил у С *** почтмейстера отпуск на два месяца и, не сказав никому ни слова о своем намерении, пешком отправился за своею дочерью. Из подорожной знал он, что ротмистр Минский ехал из Смоленска в Петербург. Ямщик, который вез его, сказывал, что во всю дорогу Дуня плакала, хотя, казалось, ехала по своей охоте. «Авось, – думал смотритель, – приведу я домой заблудшую овечку мою». С этой мыслию прибыл он в Петербург, остановился в

Измайловском полку, в доме отставного унтер-офицера, своего старого сослуживца, и начал свои поиски. Вскоре узнал он, что ротмистр Минский в Петербурге и живет в Демутовом трактире. Смотритель решился к нему явиться.

Рано утром пришел он в его переднюю и просил доложить его высокоблагородию, что старый солдат просит с ним увидеться. Военный лакей, чистя сапог на колодке, объявил, что барин почивает и что прежде одиннадцати часов не принимает никого. Смотритель ушел и возвратился в назначенное время. Минский вышел сам к нему в халате, в красной скуфье. «Что, брат, тебе надобно?» – спросил он его. Сердце старика закипело, слезы навернулись на глаза, и он дрожащим голосом произнес только: «Ваше высокоблагородие!.. сделайте такую божескую милость!..» Минский взглянул на него быстро, вспыхнул, взял его за руку, повел в кабинет и запер за собою дверь. «Ваше высокоблагородие! – продолжал старик, – что с возу упало, то пропало; отдайте мне, по крайней мере, бедную мою Дуню. Ведь вы натешились ею; не погубите ж ее понапрасну». – «Что сделано, того не воротишь, – сказал молодой человек в крайнем замешательстве, – виноват перед тобою и рад просить у тебя прощения; но не думай, чтоб я Дуню мог покинуть: она будет счастлива, даю тебе честное слово. Зачем тебе ее? Она меня любит; она отвыкла от прежнего своего состояния. Ни ты, ни она – вы не забудете того, что случилось». Потом, сунув ему что-то за рукав, он отворил дверь, и смотритель, сам не помня как, очутился на улице.

Долго стоял он неподвижно, наконец увидел за обшлагом своего рукава сверток бумаг; он вынул их и развернул несколько пяти— и десятирублевых смятых ассигнаций. Слезы опять навернулись на глазах его, слезы негодования! Он сжал бумажки в комок, бросил их наземь, притоптал каблуком, и пошел... Отошед несколько шагов, он остановился, подумал... и воротился... но ассигнаций уже не было. Хорошо одетый молодой человек, увидя его, подбежал к извозчику, сел поспешно и закричал: «Пошел!..» Смотритель за ним не погнался. Он решился отправиться домой на свою станцию, но прежде хотел хоть еще раз увидеть бедную свою

Дуню. Для сего дни через два воротился он к Минскому; но военный лакей сказал ему сурово, что барин никого не принимает, грудью вытеснил его из передней и хлопнул двери ему под нос. Смотритель постоял, постоял – да и пошел.

В этот самый день, вечером, шел он по Литейной, отслужив молебен у Всех Скорбящих. Вдруг промчались перед ним щегольские дрожки, и смотритель узнал Минского. Дрожки остановились перед трехэтажным домом, у самого подъезда, и гусар вбежал на крыльцо. Счастливая мысль мелькнула в голове смотрителя. Он воротился и, поравнявшись с кучером: «Чья, брат, лошадь? – спросил он, – не Минского ли?» – «Точно так, – отвечал кучер, – а что тебе?» – «Да вот что: барин твой приказал мне отнести к его Дуне записочку, а я и позабудь, где Дуня-то его живет». – «Да вот здесь, во втором этаже. Опоздал ты, брат, с твоей запиской; теперь уж он сам у нее». – «Нужды нет, – возразил смотритель с неизъяснимым движением сердца, – спасибо, что надоумил, а я свое дело сделаю». И с этим словом пошел он по лестнице.

Двери были заперты; он позвонил, прошло несколько секунд в тягостном для него ожидании. Ключ загремел, ему отворили. «Здесь стоит Авдотья Самсоновна?» – спросил он. «Здесь, – отвечала молодая служанка, – зачем тебе ее надобно?» Смотритель, не отвечая, вошел в залу. «Нельзя, нельзя! – закричала вслед ему служанка, – у Авдотьи Самсоновны гости». Но смотритель, не слушая, шел далее. Две первые комнаты были темны, в третьей был огонь. Он подошел к растворенной двери и остановился. В комнате, прекрасно убранной, Минский сидел в задумчивости. Дуня, одетая со всею роскошью моды, сидела на ручке его кресел, как наездница на своем английском седле. Она с нежностию смотрела на Минского, наматывая черные его кудри на свои сверкающие пальцы. Бедный смотритель! Никогда дочь его не казалась ему столь прекрасною; он поневоле ею любовался. «Кто там?» – спросила она, не подымая головы. Он всё молчал. Не получая ответа, Дуня подняла голову… и с криком упала на ковер. Испуганный Минский кинулся ее подымать и, вдруг увидя в дверях старого смотрителя, оставил Дуню и подошел к нему, дрожа от гнева.

«Чего тебе надобно? – сказал он ему, стиснув зубы, – что ты за мною всюду крадешься, как разбойник? или хочешь меня зарезать? Пошел вон!» – и, сильной рукою схватив старика за ворот, вытолкнул его на лестницу.

Старик пришел к себе на квартиру. Приятель его советовал ему жаловаться; но смотритель подумал, махнул рукой и решился отступиться. Через два дни отправился он из Петербурга обратно на свою станцию и опять принялся за свою должность. «Вот уже третий год, – заключил он, – как живу я без Дуни и как об ней нет ни слуху ни духу. Жива ли, нет ли, бог ее ведает. Всяко случается. Не ее первую, не ее последнюю сманил проезжий повеса, а там подержал да и бросил. Много их в Петербурге, молоденьких дур, сегодня в атласе да бархате, а завтра, поглядишь, метут улицу, вместе с голью кабацкою. Как подумаешь порою, что и Дуня, может быть, тут же пропадает, так поневоле согрешишь, да пожелаешь ей могилы…»

Таков был рассказ приятеля моего, старого смотрителя, рассказ, неоднократно прерываемый слезами, которые живописно отирал он своею полою, как усердный Терентьич в прекрасной балладе Дмитриева. Слезы сии отчасти возбуждаемы были пуншем, коего вытянул он пять стаканов в продолжение своего повествования; но как бы то ни было, они сильно тронули мое сердце. С ним расставшись, долго не мог я забыть старого смотрителя, долго думал я о бедной Дуне…

Недавно еще, проезжая через местечко ***, вспомнил я о моем приятеле; я узнал, что станция, над которой он начальствовал, уже уничтожена. На вопрос мой: «Жив ли старый смотритель?» – никто не мог дать мне удовлетворительного ответа. Я решился посетить знакомую сторону, взял вольных лошадей и пустился в село Н.

Это случилось осенью. Серенькие тучи покрывали небо; холодный ветер дул с пожатых полей, унося красные и желтые листья со встречных деревьев. Я приехал в село при закате солнца и остановился у почтового домика. В сени (где некогда поцеловала меня бедная Дуня) вышла толстая баба и на вопросы мои отвечала, что старый смотритель с год как помер, что в доме его поселился пивовар, а что она жена пивоварова. Мне стало жаль моей напрасной поездки и семи рублей, издержанных даром. «Отчего ж он умер?» – спросил я пивоварову жену. «Спился, батюшка», – отвечала она. «А где его похоронили?» – «За околицей, подле покойной хозяйки его». – «Нельзя ли довести меня до его могилы?» – «Почему же нельзя. Эй, Ванька! полно тебе с кошкою возиться. Проводи-ка барина на кладбище да укажи ему смотрителеву могилу».

При сих словах оборванный мальчик, рыжий и кривой, выбежал ко мне и тотчас повел меня за околицу.

– Знал ты покойника? – спросил я его дорогой.

– Как не знать! Он выучил меня дудочки вырезывать. Бывало (царство ему небесное!), идет из кабака, а мы-то за ним: «Дедушка, дедушка! орешков!» – а он нас орешками и наделяет. Всё, бывало, с нами возится.

– А проезжие вспоминают ли его?

– Да ноне мало проезжих; разве заседатель завернет, да тому не до мертвых. Вот летом проезжала барыня, так та спрашивала о старом смотрителе и ходила к нему на могилу.

– Какая барыня? – спросил я с любопытством.

– Прекрасная барыня, – отвечал мальчишка, – ехала она в карете в шесть лошадей, с тремя маленькими барчатами и с кормилицей, и с черной моською; и как ей сказали, что старый смотритель умер, так она заплакала и сказала детям: «Сидите смирно, а я схожу на кладбище». А я было вызвался довести ее. А барыня сказала: «Я сама дорогу знаю». И дала мне пятак серебром – такая добрая барыня!..

Мы пришли на кладбище, голое место, ничем не огражденное, усеянное деревянными крестами, не осененными ни единым деревцом. Отроду не видал я такого печального кладбища.

– Вот могила старого смотрителя, – сказал мне мальчик, вспрыгнув на груду песку, в которую врыт был черный крест с медным образом.

– И барыня приходила сюда? – спросил я.

– Приходила, – отвечал Ванька; – я смотрел на нее издали. Она легла здесь и лежала долго. А там барыня пошла в село и призвала попа, дала ему денег и поехала, а мне дала пятак серебром – славная барыня!

И я дал мальчишке пятачок и не жалел уже ни о поездке, ни о семи рублях, мною истраченных.

Барышня-крестьянка

Во всех ты, душенька, нарядах хороша.
Богданович

В одной из отдаленных наших губерний находилось имение Ивана Петровича Берестова. В молодости своей служил он в гвардии, вышел в отставку в начале 1797 года, уехал в свою деревню и с тех пор оттуда не выезжал. Он был женат на бедной дворянке, которая умерла в родах, в то время как он находился в отъезжем поле. Хозяйственные упражнения скоро его утешили. Он выстроил дом по собственному плану, завел у себя суконную фабрику, утроил доходы и стал почитать себя умнейшим человеком во всем околодке, в чем и не прекословили ему соседи, приезжавшие к нему гостить с своими семействами и собаками. В будни ходил он в плисовой куртке, по праздникам надевал сертук из сукна домашней работы; сам записывал расход и ничего не читал, кроме «Сенатских ведомостей». Вообще его любили, хотя и почитали гордым. Не ладил с ним один Григорий Иванович Муромский, ближайший его сосед. Этот был настоящий русский барин. Промотав в Москве большую часть имения своего и на ту пору овдовев, уехал он в последнюю свою деревню, где продолжал проказничать, но уже в новом роде. Развел он английский сад, на который тратил почти все остальные доходы. Конюхи его были одеты английскими жокеями. У дочери его была мадам англичанка. Поля свои обработывал он по английской методе,

Но на чужой манер хлеб русский не родится,

и несмотря на значительное уменьшение расходов, доходы Григорья Ивановича не прибавлялись; он и в деревне находил способ входить в новые долги; со всем тем почитался человеком не глупым, ибо первый из помещиков своей губернии догадался заложить имение в Опекунский совет: оборот, казавшийся в то время чрезвычайно сложным и смелым. Из людей, осуждавших его, Берестов отзывался строже всех. Ненависть к нововведениям была отличительная черта его характера. Он не мог равнодушно говорить об англомании своего соседа и поминутно находил случай его критиковать. Показывал ли гостю свои владения, в ответ на похвалы его хозяйственным распоряжениям: «Да-с! – говорил он с лукавой усмешкою, – у меня не то, что у соседа Григорья Ивановича. Куда нам по-английски разоряться! Были бы мы по-русски хоть сыты». Сии и подобные шутки, по усердию соседей, доводимы были до сведения Григорья Ивановича с дополнением и объяснениями. Англоман выносил критику столь же нетерпеливо, как и наши журналисты. Он бесился и прозвал своего зоила медведем и провинциалом.

Таковы были сношения между сими двумя владельцами, как сын Берестова приехал к нему в деревню. Он был воспитан в *** университете и намеревался вступить в военную службу, но отец на то не соглашался. К статской службе молодой человек чувствовал себя совершенно неспособным. Они друг другу не уступали, и молодой Алексей стал жить покамест барином, отпустив усы на всякий случай.

Алексей был, в самом деле, молодец. Право, было бы жаль, если бы его стройного стана никогда не стягивал военный мундир и если бы он, вместо того чтоб рисоваться на коне, провел свою молодость, согнувшись над канцелярскими бумагами. Смотря, как он на охоте скакал всегда первый, не разбирая дороги, соседи говорили согласно, что из него никогда не выйдет путного столоначальника. Барышни поглядывали на него, а иные и заглядывались; но Алексей мало ими занимался, а они причиной его нечувствительности полагали любовную связь. В самом деле, ходил по рукам список с адреса одного из его писем: *Акулине Петровне Курочкиной, в Москве, напротив Алексеевского монастыря, в доме медника Савельева, а вас покорнейше прошу доставить письмо сие А. Н. Р.*

Те из моих читателей, которые не живали в деревнях, не могут себе вообразить, что за прелесть эти уездные барышни! Воспитанные на чистом воздухе, в тени своих садовых яблонь, они знание света и жизни почерпают из книжек. Уединение, свобода и чтение рано в них развивают чувства и страсти, неизвестные рассеянным нашим красавицам. Для барышни звон колокольчика есть уже приключение, поездка в ближний город полагается эпохою в жизни, и посещение гостя оставляет долгое, иногда и вечное воспоминание. Конечно, всякому вольно смеяться над некоторыми их странностями, но шутки поверхностного наблюдателя не могут уничтожить их существенных достоинств, из коих главное: *особенность характера, самобытность* (individualité), без чего, по мнению Жан-Поля, не существует и человеческого величия. В столицах женщины получают, может быть, лучшее образование; но навык света скоро сглаживает характер и делает души столь же однообразными, как и головные уборы. Сие да будет сказано не в суд и не во осуждение, однако ж nota nostra manet[20], как пишет один старинный комментатор.

Легко вообразить, какое впечатление Алексей должен был произвести в кругу наших барышень. Он первый перед ними явился мрачным и разочарованным, первый говорил им об утраченных радостях и об увядшей своей юности; сверх того носил он черное кольцо с изображением мертвой головы. Всё это было чрезвычайно ново в той губернии. Барышни сходили по нем с ума.

Но всех более занята была им дочь англомана моего, Лиза (или Бетси, как звал ее обыкновенно Григорий Иванович). Отцы друг ко другу не ездили, она Алексея еще не видала, между тем как все молодые соседки только об нем и говорили. Ей было семнадцать лет. Черные глаза оживляли ее смуглое и очень приятное лицо. Она была единственное и, следственно, балованное дитя. Ее резвость и поминутные проказы восхищали отца и приводили в отчаянье ее мадам мисс Жаксон, сорокалетнюю чопорную девицу, которая белилась и сурьмила себе брови, два раза в год перечитывала «Памелу», получала за то две тысячи рублей и умирала со скуки *в этой варварской России.*

---

20 Наше замечание остается в силе (*латин* .).

За Лизою ходила Настя; она была постарше, но столь же ветрена, как и ее барышня. Лиза очень любила ее, открывала ей все свои тайны, вместе с нею обдумывала свои затеи; словом, Настя была в селе Прилучине лицом гораздо более значительным, нежели любая наперсница во французской трагедии.

– Позвольте мне сегодня пойти в гости, – сказала однажды Настя, одевая барышню.

– Изволь; а куда?

– В Тугилово, к Берестовым. Поварова жена у них именинница и вчера приходила звать нас отобедать.

– Вот! – сказала Лиза, – господа в ссоре, а слуги друг друга угощают.

– А нам какое дело до господ! – возразила Настя, – к тому же я ваша, а не папенькина. Вы ведь не бранились еще с молодым Берестовым; а старики пускай себе дерутся, коли им это весело.

– Постарайся, Настя, увидеть Алексея Берестова, да расскажи мне хорошенько, каков он собою и что он за человек.

Настя обещалась, а Лиза с нетерпением ожидала целый день ее возвращения. Вечером Настя явилась.

– Ну, Лизавета Григорьевна, – сказала она, входя в комнату, – видела молодого Берестова; нагляделась довольно; целый день были вместе.

– Как это? Расскажи, расскажи по порядку.

– Извольте-с: пошли мы, я, Анисья Егоровна, Ненила, Дунька…

– Хорошо, знаю. Ну потом?

– Позвольте-с, расскажу всё по порядку. Вот пришли мы к самому обеду. Комната полна была народу. Были колбинские, захарьевские, приказчица с дочерьми, хлупинские…

– Ну! а Берестов?

– Погодите-с. Вот мы сели за стол, приказчица на первом месте, я подле нее… а дочери и надулись, да мне наплевать на них…

– Ах, Настя, как ты скучна с вечными своими подробностями!

– Да как же вы нетерпеливы! Ну вот вышли мы из-за стола… а сидели мы часа три, и обед был славный; пирожное бланманже синее, красное и полосатое… Вот вышли мы из-за стола и пошли в сад играть в горелки, а молодой барин тут и явился.

– Ну что ж? Правда ли, что он так хорош собой?

– Удивительно хорош, красавец, можно сказать. Стройный, высокий, румянец во всю щеку…

– Право? А я так думала, что у него лицо бледное. Что же? Каков он тебе показался? Печален, задумчив?

– Что вы? Да этакого бешеного я и сроду не видывала. Вздумал он с нами в горелки бегать.

– С вами в горелки бегать! Невозможно!

– Очень возможно! Да что еще выдумал! Поймает, и ну целовать!

– Воля твоя, Настя, ты врешь.

– Воля ваша, не вру. Я насилу от него отделалась. Целый день с нами так и провозился.

– Да как же говорят, он влюблен и ни на кого не смотрит?

– Не знаю-с, а на меня так уж слишком смотрел, да и на Таню, приказчикову дочь, тоже; да и на Пашу колбинскую, да грех сказать, никого не обидел, такой баловник!

– Это удивительно! А что в доме про него слышно?

– Барин, сказывают, прекрасный: такой добрый, такой веселый. Одно не хорошо: за девушками слишком любит гоняться. Да, по мне, это еще не беда: со временем остепенится.

– Как бы мне хотелось его видеть! – сказала Лиза со вздохом.

– Да что же тут мудреного? Тугилово от нас недалеко, всего три версты: подите гулять в ту сторону или поезжайте верхом; вы верно встретите его. Он же всякий день, рано поутру, ходит с ружьем на охоту.

– Да нет, нехорошо. Он может подумать, что я за ним гоняюсь. К тому же отцы наши в ссоре, так и мне всё же нельзя будет с ним познакомиться... Ах, Настя! Знаешь ли что? Наряжусь я крестьянкою!

– И в самом деле; наденьте толстую рубашку, сарафан, да и ступайте смело в Тугилово; ручаюсь вам, что Берестов уж вас не прозевает.

– А по-здешнему я говорить умею прекрасно. Ах, Настя, милая Настя! Какая славная выдумка! – И Лиза легла спать с намерением непременно исполнить веселое свое предположение.

На другой же день приступила она к исполнению своего плана, послала купить на базаре толстого полотна, синей китайки и медных пуговок, с помощью Насти скроила себе рубашку и сарафан, засадила за шитье всю девичью, и к вечеру всё было готово. Лиза примерила обнову и призналась пред зеркалом, что никогда еще так мила самой себе не казалась. Она повторила свою роль, на ходу низко кланялась и несколько раз потом качала головою, наподобие глиняных котов, говорила на крестьянском наречии, смеялась, закрываясь рукавом, и заслужила полное одобрение Насти. Одно затрудняло ее: она попробовала было пройти по двору босая, но дерн колол ее нежные ноги, а песок и камушки показались ей нестерпимы. Настя и тут ей помогла: она сняла мерку с Лизиной ноги, сбегала в поле к Трофиму-пастуху и заказала ему пару лаптей по той мерке. На другой день, ни свет ни заря, Лиза уже проснулась. Весь дом еще спал. Настя за воротами ожидала пастуха. Заиграл рожок, и деревенское стадо потянулось мимо барского двора. Трофим, проходя перед Настей, отдал ей маленькие пестрые лапти и получил от нее полтину в награждение. Лиза тихонько нарядилась крестьянкою, шепотом дала Насте свои наставления касательно мисс Жаксон, вышла на заднее крыльцо и через огород побежала в поле.

Заря сияла на востоке, и золотые ряды облаков, казалось, ожидали солнца, как царедворцы ожидают государя; ясное небо, утренняя свежесть, роса, ветерок и пение птичек наполняли сердце Лизы младенческой веселостию; боясь какой-нибудь знакомой встречи, она, казалось, не шла, а летела. Приближаясь к роще, стоящей на рубеже отцовского владения, Лиза пошла тише. Здесь она должна была ожидать Алексея. Сердце ее сильно билось, само не зная почему; но боязнь, сопровождающая молодые наши проказы, составляет и главную их прелесть. Лиза вошла в сумрак рощи. Глухой, перекатный шум ее приветствовал девушку. Веселость ее притихла. Мало-помалу предалась она сладкой мечтательности. Она думала... но можно ли с точностию определить, о чем думает семнадцатилетняя барышня, одна, в роще, в шестом часу весеннего утра? Итак, она шла, задумавшись, по дороге, осененной с обеих сторон высокими деревьями, как вдруг прекрасная легавая собака залаяла на нее. Лиза испугалась и закричала. В то же время раздался голос: tout beau, Sbogar, ici... [21] и молодой охотник показался из-за кустарника. «Небось, милая, – сказал он Лизе, – собака моя не кусается». Лиза успела уже оправиться от испугу и умела тотчас воспользоваться обстоятельствами. «Да нет, барин, – сказала она, притворяясь полуиспуганной, полузастенчивой, – боюсь: она, вишь, такая злая; опять кинется». Алексей (читатель уже узнал его) между тем пристально глядел на молодую крестьянку. «Я провожу тебя, если ты боишься, – сказал он ей, – ты мне позволишь идти подле себя?» – «А кто те мешает? – отвечала Лиза, – вольному воля, а дорога мирская». – «Откуда ты?» – «Из Прилучина; я дочь Василья-кузнеца, иду по грибы» (Лиза несла кузовок на веревочке). «А ты, барин? Тугиловский, что ли?» – «Так точно, – отвечал Алексей, – я камердинер молодого барина». Алексею хотелось уравнять их отношения. Но Лиза поглядела на него и засмеялась. «А лжешь, – сказала она, – не на дуру напал. Вижу, что ты сам барин». – «Почему же ты так думаешь?» – «Да по всему». – «Однако ж?» – «Да как же барина с слугой не распознать? И одет-то не так, и баишь иначе, и собаку-то кличешь не по-нашему». Лиза час от часу более нравилась Алексею. Привыкнув не церемониться с хорошенькими поселянками,

---

[21] Тубо, Сбогар, сюда... (*франц.*)

он было хотел обнять ее; но Лиза отпрыгнула от него и приняла вдруг на себя такой строгий и холодный вид, что хотя это и рассмешило Алексея, но удержало его от дальнейших покушений. «Если вы хотите, чтобы мы были вперед приятелями, – сказала она с важностию, – то не извольте забываться». – «Кто тебя научил этой премудрости? – спросил Алексей, расхохотавшись. – Уж не Настенька ли, моя знакомая, не девушка ли барышни вашей? Вот какими путями распространяется просвещение!» Лиза почувствовала, что вышла было из своей роли, и тотчас поправилась. «А что думаешь? – сказала она, – разве я и на барском дворе никогда не бываю? небось: всего наслышалась и нагляделась. Однако, – продолжала она, – болтая с тобою, грибов не наберешь. Иди-ка ты, барин, в сторону, а я в другую. Прощения просим…» Лиза хотела удалиться, Алексей удержал ее за руку. «Как тебя зовут, душа моя?» – «Акулиной, – отвечала Лиза, стараясь освободить свои пальцы от руки Алексеевой, – да пусти ж, барин; мне и домой пора». – «Ну, мой друг Акулина, непременно буду в гости к твоему батюшке, к Василью-кузнецу». – «Что ты? – возразила с живостию Лиза, – ради Христа, не приходи. Коли дома узнают, что я с барином в роще болтала наедине, то мне беда будет; отец мой, Василий-кузнец, прибьет меня до смерти». – «Да я непременно хочу с тобой опять видеться». – «Ну я когда-нибудь опять сюда приду за грибами». – «Когда же?» – «Да хоть завтра». – «Милая Акулина, расцеловал бы тебя, да не смею. Так завтра, в это время, не правда ли?» – «Да, да». – «И ты не обманешь меня?» – «Не обману». – «Побожись». – «Ну вот те святая пятница, приду».

Молодые люди расстались. Лиза вышла из лесу, перебралась через поле, прокралась в сад и опрометью побежала в ферму, где Настя ожидала ее. Там она переоделась, рассеянно отвечая на вопросы нетерпеливой наперсницы, и явилась в гостиную. Стол был накрыт, завтрак готов, и мисс Жаксон, уже набеленная и затянутая в рюмочку, нарезывала тоненькие тартинки. Отец похвалил ее за раннюю прогулку. «Нет ничего здоровее, – сказал он, – как просыпаться на заре». Тут он привел несколько примеров человеческого долголетия, почерпнутых из английских журналов, замечая, что все люди, жившие более ста лет, не употребляли водки и вставали на заре зимой и летом. Лиза его не слушала. Она в мыслях повторяла все обстоятельства утреннего свидания, весь разговор Акулины с молодым охотником, и совесть начинала ее мучить. Напрасно возражала она самой себе, что беседа их не выходила из границ благопристойности, что эта шалость не могла иметь никакого последствия, совесть ее роптала громче ее разума. Обещание, данное ею на завтрашний день, всего более беспокоило ее: она совсем было решилась не сдержать своей торжественной клятвы. Но Алексей, прождав ее напрасно, мог идти отыскивать в селе дочь Васильякузнеца, настоящую Акулину, толстую, рябую девку, и таким образом догадаться об ее легкомысленной проказе. Мысль эта ужаснула Лизу, и она решилась на другое утро опять явиться в рощу Акулиной.

С своей стороны Алексей был в восхищении, целый день думал он о новой своей знакомке; ночью образ смуглой красавицы и во сне преследовал его воображение. Заря едва занималась, как он уже был одет. Не дав себе времени зарядить ружье, вышел он в поле с верным своим Сбогаром и побежал к месту обещанного свидания. Около получаса прошло в несносном для него ожидании; наконец он увидел меж кустарника мелькнувший синий сарафан и бросился на встречу милой Акулины. Она улыбнулась восторгу его благодарности; но Алексей тотчас заметил на ее лице следы уныния и беспокойства. Он хотел узнать тому причину. Лиза призналась, что поступок ее казался ей легкомысленным, что она в нем раскаивалась, что на сей раз не хотела она не сдержать данного слова, но что это свидание будет уже последним и что она просит его прекратить знакомство, которое ни к чему доброму не может их довести. Все это, разумеется, было сказано на крестьянском наречии; но мысли и чувства, необыкновенные в простой девушке, поразили Алексея. Он употребил всё свое красноречие, дабы отвратить Акулину от ее намерения; уверял ее в невинности своих желаний, обещал никогда не подать ей повода к раскаянию, повиноваться ей во всем, заклинал ее не лишать его одной отрады: видаться с нею наедине, хотя бы через день, хотя бы дважды в неделю. Он говорил языком истинной страсти и в эту минуту был точно влюблен. Лиза слушала его молча. «Дай мне слово, – сказала она наконец, – что ты никогда не будешь искать меня в деревне или расспрашивать обо мне. Дай мне слово не искать других со мной свиданий, кроме тех, которые я сама назначу». Алексей поклялся было ей святою пятницею, но она с улыбкой остановила его. «Мне не нужно клятвы, – сказала Лиза, – довольно одного твоего обещания». После того они дружески разговаривали, гуляя вместе по лесу, до тех пор пока Лиза сказала ему: пора. Они расстались, и Алексей, оставшись наедине, не мог понять, каким образом простая деревенская девочка в два свидания успела взять над ним истинную власть. Его сношения с Акулиной имели для него прелесть новизны, и хотя предписания странной крестьянки казались ему тягостными, но мысль не сдержать своего слова не пришла даже ему в голову. Дело в том, что Алексей, несмотря на роковое кольцо, на таинственную переписку и на мрачную разочарованность, был добрый и пылкий малый и имел сердце чистое, способное чувствовать наслаждения невинности.

Если бы слушался я одной своей охоты, то непременно и во всей подробности стал бы описывать свидания молодых людей, возрастающую взаимную склонность и доверчивость, занятия, разговоры; но знаю, что большая часть моих читателей не разделила бы со мною моего удовольствия. Эти подробности, вообще, должны казаться приторными, итак, я пропущу их, сказав вкратце, что не прошло еще и двух месяцев, а мой Алексей был уже влюблен без памяти, и Лиза была не равнодушнее, хотя и молчаливее его. Оба они были счастливы настоящим и мало думали о будущем.

Мысль о неразрывных узах довольно часто мелькала в их уме, но никогда они о том друг с другом не говорили. Причина ясная: Алексей, как ни привязан был к милой своей Акулине, все помнил расстояние, существующее между им и бедной крестьянкою; а Лиза ведала, какая ненависть существовала между их отцами, и не смела надеяться на взаимное примирение. К тому же самолюбие ее было втайне подстрекаемо темной, романическою надеждою увидеть наконец тугиловского помещика у ног дочери прилучинского кузнеца.

Вдруг важное происшествие чуть было не переменило их взаимных отношений.

В одно ясное, холодное утро (из тех, какими богата наша русская осень) Иван Петрович Берестов выехал прогуляться верхом, на всякий случай взяв с собою пары три борзых, стремянного и несколько дворовых мальчишек с трещотками. В то же самое время Григорий Иванович Муромский, соблазнясь хорошею погодою, велел оседлать куцую свою кобылку и рысью поехал около своих англизированных владений. Подъезжая к лесу, увидел он соседа своего, гордо сидящего верхом, в чекмене, подбитом лисьим мехом, и поджидающего зайца, которого мальчишки криком и трещотками выгоняли из кустарника. Если б Григорий Иванович мог предвидеть эту встречу, то конечно б он поворотил в сторону; но он наехал на Берестова вовсе неожиданно и вдруг очутился от него в расстоянии пистолетного выстрела. Делать было нечего. Муромский, как образованный европеец, подъехал к своему противнику и учтиво его приветствовал. Берестов отвечал с таким же усердием, с каковым цепной медведь кланяется *господам* по приказанию своего вожатого. В сие время заяц выскочил из лесу и побежал полем. Берестов и стремянный закричали во всё горло, пустили собак и следом поскакали во весь опор. Лошадь Муромского, не бывавшая никогда на охоте, испугалась и понесла. Муромский, провозгласивший себя отличным наездником, дал ей волю и внутренне доволен был случаем, избавляющим его от неприятного собеседника. Но лошадь, доскакав до оврага, прежде ею не замеченного, вдруг кинулась в сторону, и Муромский не усидел. Упав довольно тяжело на мерзлую землю, лежал он, проклиная свою куцую кобылу, которая, как будто опомнясь, тотчас остановилась, как только почувствовала себя без седока. Иван Петрович подскакал к нему, осведомляясь, не ушибся ли он. Между тем стремянный привел виновную лошадь, держа ее под уздцы. Он помог Муромскому взобраться на седло, а Берестов пригласил его к себе. Муромский не мог отказаться, ибо чувствовал себя обязанным, и таким образом Берестов возвратился домой со славою, затравив зайца и ведя своего противника раненым и почти военнопленным.

Соседи, завтракая, разговорились довольно дружелюбно. Муромский попросил у Берестова дрожек, ибо признался, что от ушибу не был он в состоянии доехать до дома верхом. Берестов проводил его до самого крыльца, а Муромский уехал не прежде, как взяв с него честное слово на другой же день (и с Алексеем Ивановичем) приехать отобедать по-приятельски в Прилучино. Таким образом вражда старинная и глубоко укоренившаяся, казалось, готова была прекратиться от пугливости куцой кобылки.

Лиза выбежала навстречу Григорью Ивановичу. «Что это значит, папа? – сказала она с удивлением, – отчего вы хромаете? Где ваша лошадь? Чьи это дрожки?» – «Вот уж не угадаешь, my dear»[22], – отвечал ей Григорий Иванович и рассказал всё, что случилось. Лиза не верила своим ушам. Григорий Иванович, не дав ей опомниться, объявил, что завтра будут у него обедать оба Берестовы. «Что вы говорите! – сказала она, побледнев. – Берестовы, отец и сын! Завтра у нас обедать! Нет, папа, как вам угодно: я ни за что не покажусь». – «Что ты, с ума сошла? – возразил отец, – давно ли ты стала так застенчива, или ты к ним питаешь наследственную ненависть, как романическая героиня? Полно, не дурачься…» – «Нет, папа, ни за что на свете, ни за какие сокровища не явлюсь я перед Берестовыми». Григорий Иванович пожал плечами и более с нею не спорил, ибо знал, что противоречием с нее ничего не возьмешь, и пошел отдыхать от своей достопримечательной прогулки.

Лизавета Григорьевна ушла в свою комнату и призвала Настю. Обе долго рассуждали о завтрашнем посещении. Что подумает Алексей, если узнает в благовоспитанной барышне свою Акулину? Какое мнение будет он иметь о ее поведении и правилах, о ее благоразумии? С другой стороны, Лизе очень хотелось видеть, какое впечатление произвело бы на него свидание столь неожиданное…

---

22 Моя дорогая (*англ*.).

Вдруг мелькнула ей мысль. Она тотчас передала ее Насте; обе обрадовались ей как находке и положили исполнить ее непременно.

На другой день за завтраком Григорий Иванович спросил у дочки, всё ли намерена она спрятаться от Берестовых. «Папа, – отвечала Лиза, – я приму их, если это вам угодно, только с уговором: как бы я перед ними ни явилась, что б я ни сделала, вы бранить меня не будете и не дадите никакого знака удивления или неудовольствия». – «Опять какие-нибудь проказы! – сказал смеясь Григорий Иванович. – Ну, хорошо, хорошо; согласен, делай, что хочешь, черноглазая моя шалунья». С этим словом он поцеловал ее в лоб, и Лиза побежала приготовляться.

В два часа ровно коляска домашней работы, запряженная шестью лошадьми, въехала на двор и покатилась около густо-зеленого дернового круга. Старый Берестов взошел на крыльцо с помощью двух ливрейных лакеев Муромского. Вслед за ним сын его приехал верхом и вместе с ним вошел в столовую, где стол был уже накрыт. Муромский принял своих соседей как нельзя ласковее, предложил им осмотреть перед обедом сад и зверинец и повел по дорожкам, тщательно выметенным и усыпанным песком. Старый Берестов внутренне жалел о потерянном труде и времени на столь бесполезные прихоти, но молчал из вежливости. Сын его не разделял ни неудовольствия расчетливого помещика, ни восхищения самолюбивого англомана; он с нетерпением ожидал появления хозяйской дочери, о которой много наслышался, и хотя сердце его, как нам известно, было уже занято, но молодая красавица всегда имела право на его воображение.

Возвратясь в гостиную, они уселись втроем: старики вспомнили прежнее время и анекдоты своей службы, а Алексей размышлял о том, какую роль играть ему в присутствии Лизы. Он решил, что холодная рассеянность во всяком случае всего приличнее, и вследствие сего приготовился. Дверь отворилась, он повернул голову с таким равнодушием, с такою гордою небрежностью, что сердце самой закоренелой кокетки непременно должно было бы содрогнуться. К несчастию, вместо Лизы, вошла старая мисс Жаксон, набеленная, затянутая, с потупленными глазами и с маленьким книксом, и прекрасное военное движение Алексеево пропало втуне. Не успел он снова собраться с силами, как дверь опять отворилась, и на сей раз вошла Лиза. Все встали; отец начал было представление гостей, но вдруг остановился и поспешно закусил себе губы... Лиза, его смуглая Лиза, набелена была по уши, насурьмлена пуще самой мисс Жаксон; фальшивые локоны, гораздо светлее собственных ее волос, взбиты были, как парик Людовика XIV; рукава à l'imbécile[23] торчали как фижмы у Madame de Pompadour;[24] талия была перетянута, как буква икс, и все бриллианты ее матери, еще не заложенные в ломбарде, сияли на ее пальцах, шее и ушах. Алексей не мог узнать свою Акулину в этой смешной и блестящей барышне. Отец его подошел к ее ручке, и он с досадою ему последовал; когда прикоснулся он к ее беленьким пальчикам, ему показалось, что они дрожали. Между тем он успел заметить ножку, с намерением выставленную и обутую со всевозможным кокетством. Это помирило его несколько с остальным ее нарядом. Что касается до белил и до сурьмы, то в простоте своего сердца, признаться, он их с первого взгляда не заметил, да и после не подозревал. Григорий Иванович вспомнил свое обещание и старался не показать и виду удивления; но шалость его дочери казалась ему так забавна, что он едва мог удержаться. Не до смеху было чопорной англичанке. Она догадывалась, что сурьма и белила были похищены из ее комода, и багровый румянец досады пробивался сквозь искусственную белизну ее лица. Она бросала пламенные взгляды на молодую проказницу, которая, отлагая до другого времени всякие объяснения, притворялась, будто их не замечает.

Сели за стол. Алексей продолжал играть роль рассеянного и задумчивого. Лиза жеманилась, говорила сквозь зубы, нараспев, и

---

[23] По-дурацки (фасон узких рукавов с пуфами у плеча) (*франц.*).

[24] (У) госпожи де Помпадур (*франц* .).

только по-французски. Отец поминутно засматривался на нее, не понимая ее цели, но находя всё это весьма забавным. Англичанка бесилась и молчала. Один Иван Петрович был как дома: ел за двоих, пил в свою меру, смеялся своему смеху и час от часу дружелюбнее разговаривал и хохотал.

Наконец встали из-за стола; гости уехали, и Григорий Иванович дал волю смеху и вопросам. «Что тебе вздумалось дурачить их? – спросил он Лизу. – А знаешь ли что? Белила, право, тебе пристали; не вхожу в тайны дамского туалета, но на твоем месте я бы стал белиться; разумеется не слишком, а слегка». Лиза была в восхищении от успеха своей выдумки. Она обняла отца, обещалась ему подумать о его совете и побежала умилостивлять раздраженную мисс Жаксон, которая насилу согласилась отпереть ей свою дверь и выслушать ее оправдания. Лизе было совестно показаться перед незнакомцами такой чернавкою; она не смела просить... она была уверена, что добрая, милая мисс Жаксон простит ей... и проч., и проч. Мисс Жаксон, удостоверясь, что Лиза не думала поднять ее на смех, успокоилась, поцеловала Лизу и в залог примирения подарила ей баночку английских белил, которую Лиза и приняла с изъявлением искренней благодарности.

Читатель догадается, что на другой день утром Лиза не замедлила явиться в роще свиданий. «Ты был, барин, вечор у наших господ? – сказала она тотчас Алексею, – какова показалась тебе барышня?» Алексей отвечал, что он ее не заметил. «Жаль», – возразила Лиза. «А почему же?» – спросил Алексей. «А потому, что я хотела бы спросить у тебя, правда ли, говорят...» – «Что же говорят?» – «Правда ли, говорят, будто бы я на барышню похожа?» – «Какой вздор! Она перед тобой урод уродом». – «Ах, барин, грех тебе это говорить; барышня наша такая беленькая, такая щеголиха! Куда мне с нею равняться!» Алексей божился ей, что она лучше всевозможных беленьких барышень, и, чтоб успокоить ее совсем, начал описывать ее госпожу такими смешными чертами, что Лиза хохотала от души. «Однако ж, – сказала она со вздохом, – хоть барышня, может, и смешна, всё же я перед нею дура безграмотная». –

«И! – сказал Алексей, – есть о чем сокрушаться! Да коли хочешь, я тотчас выучу тебя грамоте». – «А взаправду, – сказала Лиза, – не попытаться ли в самом деле?» – «Изволь, милая; начнем хоть сейчас». Они сели. Алексей вынул из кармана карандаш и записную книжку, и Акулина выучилась азбуке удивительно скоро. Алексей не мог надивиться ее понятливости. На следующее утро она захотела попробовать и писать; сначала карандаш не слушался ее, но через несколько минут она и вырисовывать буквы стала довольно порядочно. «Что за чудо! – говорил Алексей. – Да у нас учение идет скорее, чем по ланкастерской системе». В самом деле, на третьем уроке Акулина разбирала уже по складам «Наталью, боярскую дочь», прерывая чтение замечаниями, от которых Алексей истинно был в изумлении, и круглый лист измарала афоризмами, выбранными из той же повести.

Прошла неделя, и между ими завелась переписка. Почтовая контора учреждена была в дупле старого дуба. Настя втайне исправляла должность почтальона. Туда приносил Алексей крупным почерком написанные письма и там же находил на синей простой бумаге каракульки своей любезной. Акулина, видимо, привыкала к лучшему складу речей, и ум ее приметно развивался и образовывался.

Между тем недавнее знакомство между Иваном Петровичем Берестовым и Григорьем Ивановичем Муромским более и более укреплялось и вскоре превратилось в дружбу, вот по каким обстоятельствам: Муромский нередко думал о том, что по смерти Ивана Петровича всё его имение перейдет в руки Алексею Ивановичу; что в таком случае Алексей Иванович будет один из самых богатых помещиков той губернии и что нет ему никакой причины не жениться на Лизе. Старый же Берестов, с своей стороны, хотя и признавал в своем соседе некоторое сумасбродство (или, по его выражению, английскую дурь), однако же не отрицал в нем и многих отличных достоинств, например: редкой оборотливости; Григорий Иванович был близкий родственник графу Пронскому, человеку знатному и сильному; граф мог быть очень полезен Алексею, а Муромский (так думал Иван Петрович), вероятно, обрадуется случаю выдать свою дочь выгодным образом. Старики до тех пор обдумывали всё это каждый про себя, что наконец друг с другом и переговорились, обнялись, обещались дело порядком обработать и принялись о нем хлопотать каждый со своей стороны. Муромскому предстояло затруднение: уговорить свою Бетси познакомиться короче с Алексеем, которого не видала она с самого достопамятного обеда. Казалось, они друг другу не очень нравились; по крайней мере Алексей уже не возвращался в Прилучино, а Лиза уходила в свою комнату всякий раз, как Иван Петрович удостоивал их своим посещением. Но, думал Григорий Иванович, если Алексей будет у меня всякий день, то Бетси должна же будет в него влюбиться. Это в порядке вещей. Время всё сладит.

Иван Петрович менее беспокоился об успехе своих намерений. В тот же вечер призвал он сына в свой кабинет, закурил трубку и, немного помолчав, сказал: «Что же ты, Алеша, давно про военную службу не поговариваешь? Иль гусарский мундир уже тебя не прельщает!» – «Нет, батюшка, – отвечал почтительно Алексей, – я вижу, что вам не угодно, чтоб я шел в гусары; мой долг вам повиноваться». – «Хорошо, – отвечал Иван Петрович, – вижу, что ты послушный сын; это мне утешительно; не хочу ж и я тебя неволить; не понуждаю тебя вступить… тотчас… в статскую службу; а покамест намерен я тебя женить».

– На ком это, батюшка? – спросил изумленный Алексей.

– На Лизавете Григорьевне Муромской, – отвечал Иван Петрович, – невеста хоть куда; не правда ли?

– Батюшка, я о женитьбе еще не думаю.

– Ты не думаешь, так я за тебя думал и передумал.

– Воля ваша. Лиза Муромская мне вовсе не нравится.

– После понравится. Стерпится, слюбится.

– Я не чувствую себя способным сделать ее счастие.

– Не твое горе – ее счастие. Что? так-то ты почитаешь волю родительскую? Добро!

– Как вам угодно, я не хочу жениться и не женюсь.

– Ты женишься, или я тебя прокляну, а имение, как бог свят! продам и промотаю, и тебе полушки не оставлю. Даю тебе три дня на размышление, а покамест не смей на глаза мне показаться.

Алексей знал, что если отец заберет что себе в голову, то уж того, по выражению Тараса Скотинина, у него и гвоздем не вышибешь; но Алексей был в батюшку, и его столь же трудно было переспорить. Он ушел в свою комнату и стал размышлять о пределах власти родительской, о Лизавете Григорьевне, о торжественном обещании отца сделать его нищим и наконец об Акулине. В первый раз видел он ясно, что он в нее страстно влюблен; романическая мысль жениться на крестьянке и жить своими трудами пришла ему в голову, и чем более думал он о сем решительном поступке, тем более находил в нем благоразумия. С некоторого времени свидания в роще были прекращены по причине дождливой погоды. Он написал Акулине письмо самым четким почерком и самым бешеным слогом, объявлял ей о грозящей им погибели, и тут же предлагал ей свою руку. Тотчас отнес он письмо на почту, в дупло, и лег спать весьма довольный собою.

На другой день Алексей, твердый в своем намерении, рано утром поехал к Муромскому, дабы откровенно с ним объясниться. Он надеялся подстрекнуть его великодушие и склонить его на свою сторону. «Дома ли Григорий Иванович?» – спросил он, останавливая свою лошадь перед крыльцом прилучинского замка. «Никак нет, – отвечал слуга, – Григорий Иванович с утра изволил выехать». – «Как досадно!» – подумал Алексей. «Дома ли, по крайней мере, Лизавета Григорьевна?» – «Дома-с». И Алексей спрыгнул с лошади, отдал поводья в руки лакею и пошел без доклада.

«Все будет решено, – думал он, подходя к гостиной, – объяснюсь с нею самою». – Он вошел... и остолбенел! Лиза... нет, Акулина, милая смуглая Акулина, не в сарафане, а в белом утреннем платьице, сидела перед окном и читала его письмо; она так была занята, что не слыхала, как он и вошел. Алексей не мог удержаться от радостного восклицания. Лиза вздрогнула, подняла голову, закричала и хотела убежать. Он бросился ее удерживать. «Акулина, Акулина!..» Лиза старалась от него освободиться… «Mais laissez-moi donc, monsieur; mais êtes-vous fou?»[25] – повторяла она, отворачиваясь. «Акулина! друг мой, Акулина!» – повторял он, целуя ее руки. Мисс Жаксон, свидетельница этой сцены, не знала, что подумать. В эту минуту дверь отворилась, и Григорий Иванович вошел.

– Ага! – сказал Муромский, – да у вас, кажется, дело совсем уже слажено…

Читатели избавят меня от излишней обязанности описывать развязку.

Конец повестям И. П. Белкина

1830

---

[25] Оставьте же меня, сударь; с ума вы сошли? (*франц* .)

КАПИТАНСКАЯ ДОЧКА

Береги честь смолоду.
Пословица

Глава I

Сержант гвардии[26]

– Был бы гвардии он завтра ж капитан.
– Того не надобно; пусть в армии послужит.
– Изрядно сказано! пускай его потужит...
..
......
Да кто его отец?
Княжнин[27]

Отец мой, Андрей Петрович Гринев, в молодости своей служил при графе Минихе[28] и вышел в отставку премьер-майором[29] в 17... году. С тех пор жил он в своей Симбирской деревне, где и женился на девице Авдотье Васильевне Ю., дочери бедного тамошнего дворянина. Нас было девять человек детей. Все мои братья и сестры умерли во младенчестве.

---

[26] Гвардия – специальные отборные войска. Первые гвардейские полки (Семеновский, Преображенский) появились в России при Петре I. В отличие от остального состава армии пользовались преимуществами.

[27] *Княжнин Я. Б.* (1742–1791) – русский писатель, драматург.

[28] *Миних Б. Х.* (1683–1767) – военачальник и политический деятель, командовал русскими войсками в войне с Турцией в 1735–1739 годах.

[29] *Премьер-майор* – старинный офицерский чин (приблизительно соответствует должности командира батальона).

Матушка была еще мною брюхата, как уже я был записан в Семеновский полк сержантом,[30] по милости майора гвардии князя Б., близкого нашего родственника. Если б паче всякого чаяния матушка родила дочь, то батюшка объявил бы куда следовало о смерти неявившегося сержанта, и дело тем бы и кончилось. Я считался в отпуску до окончания наук. В то время воспитывались мы не по-нонешнему. С пятилетнего возраста отдан я был на руки стремянному[31] Савельичу, за трезвое поведение пожалованному мне в дядьки.[32] Под его надзором на двенадцатом году выучился я русской грамоте и мог очень здраво судить о свойствах борзого кобеля. В это время батюшка нанял для меня француза, мосье Бопре, которого выписали из Москвы вместе с годовым запасом вина и прованского масла. Приезд его сильно не понравился Савельичу. «Слава богу, – ворчал он про себя, – кажется, дитя умыт, причесан, накормлен. Куда как нужно тратить лишние деньги и нанимать мусье, как будто и своих людей не стало!»

Бопре в отечестве своем был парикмахером, потом в Пруссии солдатом, потом приехал в Россию pour être outchitel,[33] не очень понимая значение этого слова. Он был добрый малый, но ветрен и беспутен до крайности. Главною его слабостию была страсть к прекрасному полу; нередко за свои нежности получал он толчки, от которых охал по целым суткам. К тому же не был он (по его выражению) и *врагом бутылки,* то есть (говоря по-русски) любил хлебнуть лишнее. Но как вино подавалось у нас только за обедом, и то по рюмочке, причем учителя обыкновенно и обносили, то мой

---

[30] В XVIII веке дворянские дети с малых лет приписывались к какому-либо полку. Пока они росли, их повышали в чинах.

[31] *Стремянной* – слуга, сопровождавший барина во время псовой охоты.

[32] *Дядька* – слуга, приставленный к мальчику в дворянской семье.

[33] Чтобы стать учителем. Русское слово *учитель* дано во французском написании для придания ему комического оттенка.

Бопре очень скоро привык к русской настойке и даже стал предпочитать ее винам своего отечества, как не в пример более полезную для желудка. Мы тотчас поладили, и хотя по контракту обязан он был учить меня *по-французски, по-немецки и всем наукам,* но он предпочел наскоро выучиться от меня кое-как болтать по-русски, – и потом каждый из нас занимался уже своим делом. Мы жили душа в душу. Другого ментора я и не желал. Но вскоре судьба нас разлучила, и вот по какому случаю.

Прачка Палашка, толстая и рябая девка, и кривая коровница Акулька как-то согласились в одно время кинуться матушке в ноги, винясь в преступной слабости и с плачем жалуясь на мусье, обольстившего их неопытность. Матушка шутить этим не любила и пожаловалась батюшке. У него расправа была коротка. Он тотчас потребовал каналью француза. Доложили, что мусье давал мне свой урок. Батюшка пошел в мою комнату. В это время Бопре спал на кровати сном невинности. Я был занят делом. Надобно знать, что для меня выписана была из Москвы географическая карта. Она висела на стене безо всякого употребления и давно соблазняла меня шириною и добротою бумаги. Я решился сделать из нее змей и, пользуясь сном Бопре, принялся за работу. Батюшка вошел в то самое время, как я прилаживал мочальный хвост к Мысу Доброй Надежды. Увидя мои упражнения в географии, батюшка дернул меня за ухо, потом подбежал к Бопре, разбудил его очень неосторожно и стал осыпать укоризнами. Бопре в смятении хотел было привстать и не мог: несчастный француз был мертво пьян. Семь бед, один ответ. Батюшка за ворот приподнял его с кровати, вытолкал из дверей и в тот же день прогнал со двора, к неописанной радости Савельича. Тем и кончилось мое воспитание.

Я жил недорослем, гоняя голубей и играя в чехарду с дворовыми мальчишками. Между тем минуло мне шестнадцать лет. Тут судьба моя переменилась.

Однажды осенью матушка варила в гостиной медовое варенье, а я, облизываясь, смотрел на кипучие пенки. Батюшка у окна читал

Придворный календарь,[34] ежегодно им получаемый. Эта книга имела всегда сильное на него влияние: никогда не перечитывал он ее без особенного участия, и чтение это производило в нем всегда удивительное волнение желчи. Матушка, знавшая наизусть все его свычаи и обычаи, всегда старалась засунуть несчастную книгу как можно подалее, и таким образом Придворный календарь не попадался ему на глаза иногда по целым месяцам. Зато, когда он случайно его находил, то, бывало, по целым часам не выпускал уж из своих рук. Итак, батюшка читал Придворный календарь, изредка пожимая плечами и повторяя вполголоса: «Генерал-поручик!.. Он у меня в роте был сержантом!.. Обоих российских орденов кавалер!.. А давно ли мы…» Наконец батюшка швырнул календарь на диван и погрузился в задумчивость, не предвещавшую ничего доброго.

Вдруг он обратился к матушке: «Авдотья Васильевна, а сколько лет Петруше?»

– Да вот пошел семнадцатый годок, – отвечала матушка. – Петруша родился в тот самый год, как окривела тетушка Настасья Герасимовна, и когда еще…

«Добро, – прервал батюшка, – пора его в службу. Полно ему бегать по девичьим да лазить на голубятни».

Мысль о скорой разлуке со мною так поразила матушку, что она уронила ложку в кастрюльку и слезы потекли по ее лицу. Напротив того, трудно описать мое восхищение. Мысль о службе сливалась во мне с мыслями о свободе, об удовольствиях петербургской жизни. Я воображал себя офицером гвардии, что, по мнению моему, было верхом благополучия человеческого.

Батюшка не любил ни переменять свои намерения, ни откладывать их исполнение. День отъезду моему был назначен. Накануне батюшка объявил, что намерен писать со мною к будущему моему начальнику, и потребовал пера и бумаги.

---

[34] *Придворный календарь* – (годы издания 1735–1917), помимо календарных и других сведений, содержал списки высших военных и гражданских чинов, роспись дворцовых приемов и пр.

– Не забудь, Андрей Петрович, – сказала матушка, – поклониться и от меня князю Б.; я, дескать, надеюсь, что он не оставит Петрушу своими милостями.

– Что за вздор! – отвечал батюшка нахмурясь. – К какой стати стану я писать к князю Б.?

– Да ведь ты сказал, что изволишь писать к начальнику Петруши.

– Ну, а там что?

– Да ведь начальник Петрушин – князь Б. Ведь Петруша записан в Семеновский полк.

– Записан! А мне какое дело, что он записан? Петруша в Петербург не поедет. Чему научится он, служа в Петербурге? мотать да повесничать? Нет, пускай послужит он в армии, да потянет лямку, да понюхает пороху, да будет солдат, а не шаматон.[35] Записан в гвардии! Где его пашпорт? подай его сюда.

Матушка отыскала мой паспорт, хранившийся в ее шкатулке вместе с сорочкою, в которой меня крестили, и вручила его батюшке дрожащею рукою. Батюшка прочел его со вниманием, положил перед собою на стол и начал свое письмо.

Любопытство меня мучило: куда ж отправляют меня, если уж не в Петербург? Я не сводил глаз с пера батюшкина, которое двигалось довольно медленно. Наконец он кончил, запечатал письмо в одном пакете с паспортом, снял очки и, подозвав меня, сказал: «Вот тебе письмо к Андрею Карловичу Р., моему старинному товарищу и другу. Ты едешь в Оренбург служить под его начальством».

Итак, все мои блестящие надежды рушились! Вместо веселой петербургской жизни ожидала меня скука в стороне глухой и отдаленной. Служба, о которой за минуту думал я с таким восторгом, показалась мне тяжким несчастьем. Но спорить было нечего! На другой день поутру подвезена была к крыльцу дорожная кибитка;

---

[35] *Шаматон* (*разг., устар*.) – гуляка, шалопай, бездельник.

уложили в нее чемодан, погребец[36] с чайным прибором и узлы с булками и пирогами, последними знаками домашнего баловства. Родители мои благословили меня. Батюшка сказал мне: «Прощай, Петр. Служи верно, кому присягнешь; слушайся начальников; за их лаской не гоняйся; на службу не напрашивайся; от службы не отговаривайся; и помни пословицу: береги платье снову, а честь смолоду». Матушка в слезах наказывала мне беречь мое здоровье, а Савельичу смотреть за дитятей. Надели на меня заячий тулуп, а сверху лисью шубу. Я сел в кибитку с Савельичем и отправился в дорогу, обливаясь слезами.

В ту же ночь приехал я в Симбирск, где должен был пробыть сутки для закупки нужных вещей, что и было поручено Савельичу. Я остановился в трактире. Савельич с утра отправился по лавкам. Соскуча глядеть из окна на грязный переулок, я пошел бродить по всем комнатам. Вошед в биллиардную, увидел я высокого барина, лет тридцати пяти, с длинными черными усами, в халате, с кием в руке и с трубкой в зубах. Он играл с маркером, который при выигрыше выпивал рюмку водки, а при проигрыше должен был лезть под биллиард на четверинках. Я стал смотреть на их игру. Чем долее она продолжалась, тем прогулки на четверинках становились чаще, пока, наконец, маркер[37] остался под биллиардом. Барин произнес над ним несколько сильных выражений в виде надгробного слова и предложил мне сыграть партию. Я отказался по неумению. Это показалось ему, по-видимому, странным. Он поглядел на меня как бы с сожалением; однако мы разговорились. Я узнал, что его зовут Иваном Ивановичем Зуриным, что он ротмистр ** гусарского полку и находится в Симбирске при приеме рекрут,[38] а стоит в трактире. Зурин пригласил

---

[36] *Погребец* (*устар*.) – дорожный сундучок для посуды и съестных припасов.

[37] *Маркер* (*фр*.) – лицо, прислуживающее при бильярде.

[38] *Рекрут* (*устар*.) – солдат-новобранец, лицо только что призванное на военную службу. Здесь употребляется устарелая форма родительного падежа множественного числа (вместо *рекрутов*).

меня отобедать с ним вместе чем бог послал, по-солдатски. Я с охотою согласился. Мы сели за стол. Зурин пил много и потчевал и меня, говоря, что надобно привыкать ко службе; он рассказывал мне армейские анекдоты, от которых я со смеху чуть не валялся, и мы встали из-за стола совершенными приятелями. Тут вызвался он выучить меня играть на биллиарде. «Это, – говорил он, – необходимо для нашего брата служивого. В походе, например, придешь в местечко – чем прикажешь заняться? Ведь не все же бить жидов. Поневоле пойдешь в трактир и станешь играть на биллиарде; а для того надобно уметь играть!» Я совершенно был убежден и с большим прилежанием принялся за учение. Зурин громко ободрял меня, дивился моим быстрым успехам и, после нескольких уроков, предложил мне играть в деньги, по одному грошу, не для выигрыша, а так, чтоб только не играть даром, что, по его словам, самая скверная привычка. Я согласился и на то, а Зурин велел подать пуншу и уговорил меня попробовать, повторяя, что к службе надобно мне привыкать; а без пуншу, что и служба! Я послушался его. Между тем игра наша продолжалась. Чем чаще прихлебывал я от моего стакана, тем становился отважнее. Шары поминутно летали у меня через борт; я горячился, бранил маркера, который считал бог ведает как, час от часу умножал игру, словом – вел себя как мальчишка, вырвавшийся на волю. Между тем время прошло незаметно. Зурин взглянул на часы, положил кий и объявил мне, что я проиграл сто рублей. Это меня немножко смутило. Деньги мои были у Савельича. Я стал извиняться. Зурин меня прервал: «Помилуй! Не изволь и беспокоиться. Я могу и подождать, а покамест поедем к Аринушке».

Что прикажете? День я кончил так же беспутно, как и начал. Мы отужинали у Аринушки. Зурин поминутно мне подливал, повторяя, что надобно к службе привыкать. Встав из-за стола, я чуть держался на ногах; в полночь Зурин отвез меня в трактир.

Савельич встретил нас на крыльце. Он ахнул, увидя несомненные признаки моего усердия к службе. «Что это, сударь, с тобою сделалось? – сказал он жалким голосом, – где ты это нагрузился? Ахти господи! отроду такого греха не бывало!» – «Молчи, хрыч! – отвечал я ему, запинаясь, – ты, верно, пьян, пошел спать... и уложи меня».

На другой день я проснулся с головною болью, смутно припоминая себе вчерашние происшествия. Размышления мои прерваны были Савельичем, вошедшим ко мне с чашкою чая. «Рано, Петр Андреич, – сказал он мне, качая головою, – рано начинаешь гулять. И в кого ты пошел? Кажется, ни батюшка, ни дедушка пьяницами не бывали; о матушке и говорить нечего: отроду, кроме квасу, в рот ничего не изволила брать. А кто всему виноват? проклятый мусье. То и дело, бывало, к Антипьевне забежит: „Мадам, же ву при, водкю“.[39] Вот тебе и же ву при! Нечего сказать: добру наставил, собачий сын. И нужно было нанимать в дядьки басурмана, как будто у барина не стало и своих людей!»

Мне было стыдно. Я отвернулся и сказал ему: «Поди вон, Савельич; я чаю не хочу». Но Савельича мудрено было унять, когда, бывало, примется за проповедь. «Вот видишь ли, Петр Андреич, каково подгуливать. И головке-то тяжело, и кушать-то не хочется. Человек пьющий ни на что не годен... Выпей-ка огуречного рассолу с медом, а всего бы лучше опохмелиться полстаканчиком настойки. Не прикажешь ли?»

В это время мальчик вошел и подал мне записку от И. И. Зурина. Я развернул ее и прочел следующие строки:

«Любезный Петр Андреевич, пожалуйста, пришли мне с моим мальчиком сто рублей, которые ты мне вчера проиграл. Мне крайняя нужда в деньгах.
Готовый ко услугам
Иван Зурин».

---

[39] Сударыня, я вас прошу (*фр* .).

Делать было нечего. Я взял на себя вид равнодушный и, обратясь к Савельичу, который был *и денег, и белья, и дел моих рачитель* ,[40] приказал отдать мальчику сто рублей. «Как! зачем?» – спросил изумленный Савельич. «Я их ему должен», – отвечал я со всевозможной холодностию. «Должен! – возразил Савельич, час от часу приведенный в большее изумление, – да когда же, сударь, успел ты ему задолжать? Дело что-то не ладно. Воля твоя, сударь, а денег я не выдам».

Я подумал, что если в сию решительную минуту не переспорю упрямого старика, то уж в последствии времени трудно мне будет освободиться от его опеки, и, взглянув на него гордо, сказал: «Я твой господин, а ты мой слуга. Деньги мои. Я их проиграл, потому что так мне вздумалось. А тебе советую не умничать и делать то, что тебе приказывают».

Савельич так был поражен моими словами, что сплеснул руками и остолбенел. «Что же ты стоишь!» – закричал я сердито. Савельич заплакал. «Батюшка Петр Андреич, – произнес он дрожащим голосом, – не умори меня с печали. Свет ты мой! послушай меня, старика: напиши этому разбойнику, что ты пошутил, что у нас и денег-то таких не водится. Сто рублей! Боже ты милостивый! Скажи, что тебе родители крепко-накрепко заказали не играть, окроме как в орехи…» – «Полно врать, – прервал я строго, – подавай сюда деньги или я тебя взашеи прогоню».

Савельич поглядел на меня с глубокой горестью и пошел за моим долгом. Мне было жаль бедного старика; но я хотел вырваться на волю и доказать, что уж я не ребенок. Деньги были доставлены Зурину. Савельич поспешил вывезти меня из проклятого трактира. Он явился с известием, что лошади готовы. С неспокойной совестию и с безмолвным раскаянием выехал я из Симбирска, не простясь с моим учителем и не думая с ним уже когда-нибудь увидеться.

---

[40] *И денег, и белья, и дел моих рачитель* – цитата из стихотворения Д. И. Фонвизина «Послание к слугам моим». *Рачитель* (*книжн., устар* .) – человек, заботящийся о чем-либо, ведающий чем-либо.

Глава II

Вожатый

Сторона ль моя, сторонушка,
Сторона незнакомая!
Что не сам ли я на тебя зашел,
Что не добрый ли да меня конь завез:
Завезла меня, доброго молодца,
Прытость, бодрость молодецкая
И хмелинушка кабацкая.
Старинная песня

Дорожные размышления мои были не очень приятны. Проигрыш мой, по тогдашним ценам, был немаловажен. Я не мог не признаться в душе, что поведение мое в симбирском трактире было глупо, и чувствовал себя виноватым перед Савельичем. Все это меня мучило. Старик угрюмо сидел на облучке,[41] отворотясь от меня, и молчал, изредка только покрякивая. Я непременно хотел с ним помириться и не знал с чего начать. Наконец я сказал ему: «Ну, ну, Савельич! полно, помиримся, виноват; вижу сам, что виноват. Я вчера напроказил, а тебя напрасно обидел. Обещаюсь вперед вести себя умнее и слушаться тебя. Ну, не сердись; помиримся».

– Эх, батюшка Петр Андреич! – отвечал он с глубоким вздохом. – Сержусь-то я на самого себя; сам я кругом виноват. Как мне было оставлять тебя одного в трактире! Что делать? Грех попутал: вздумал забрести к дьячихе, повидаться с кумою. Так-то: зашел к куме, да засел в тюрьме. Беда да и только! Как покажусь я на глаза господам? что скажут они, как узнают, что дитя пьет и играет.

---

41 *Облучок* – сиденье для кучера в повозке.

Чтоб утешить бедного Савельича, я дал ему слово впредь без его согласия не располагать ни одною копейкою. Он мало-помалу успокоился, хотя все еще изредка ворчал про себя, качая головою: «Сто рублей! легко ли дело!»

Я приближался к месту моего назначения. Вокруг меня простирались печальные пустыни, пересеченные холмами и оврагами. Все покрыто было снегом. Солнце садилось. Кибитка ехала по узкой дороге, или точнее по следу, проложенному крестьянскими санями. Вдруг ямщик стал посматривать в сторону и, наконец, сняв шапку, оборотился ко мне и сказал: «Барин, не прикажешь ли воротиться?»

– Это зачем?

– Время ненадежно: ветер слегка подымается; вишь, как он сметает порошу.

– Что ж за беда!

– А видишь там что? (Ямщик указал кнутом на восток.)

– Я ничего не вижу, кроме белой степи да ясного неба.

– А вон – вон: это облачко.

Я увидел в самом деле на краю неба белое облачко, которое принял было сперва за отдаленный холмик. Ямщик изъяснил мне, что облачко предвещало буран.

Я слыхал о тамошних метелях и знал, что целые обозы бывали ими занесены. Савельич, согласно со мнением ямщика, советовал воротиться. Но ветер показался мне не силен; я понадеялся добраться заблаговременно до следующей станции и велел ехать скорее.

Ямщик поскакал; но все поглядывал на восток. Лошади бежали дружно. Ветер между тем час от часу становился сильнее. Облачко обратилось в белую тучу, которая тяжело подымалась, росла и постепенно облегала небо. Пошел мелкий снег – и вдруг повалил хлопьями. Ветер завыл; сделалась метель. В одно мгновение темное небо смешалось со снежным морем. Все исчезло. «Ну, барин, – закричал ямщик, – беда: буран!..»

Я выглянул из кибитки: все было мрак и вихорь. Ветер выл с такой свирепой выразительностию, что казался одушевленным; снег засыпал меня и Савельича; лошади шли шагом – и скоро стали. «Что же ты не едешь?» – спросил я ямщика с нетерпением. «Да что ехать? – отвечал он, слезая с облучка, – невесть и так куда заехали: дороги нет, и мгла кругом». Я стал было его бранить. Савельич за него заступился: «И охота было не слушаться, – говорил он сердито, – воротился бы на постоялый двор, накушался бы чаю, почивал бы себе до утра, буря б утихла, отправились бы далее. И куда спешим? Добро бы на свадьбу!» Савельич был прав. Делать было нечего. Снег так и валил. Около кибитки подымался сугроб. Лошади стояли, понуря голову и изредка вздрагивая. Ямщик ходил кругом, от нечего делать улаживая упряжь. Савельич ворчал; я глядел во все стороны, надеясь увидеть хоть признак жила или дороги, но ничего не мог различить, кроме мутного кружения метели... Вдруг увидел я что-то черное. «Эй, ямщик! – закричал я, – смотри: что там такое чернеется?» Ямщик стал всматриваться. «А бог знает, барин, – сказал он, садясь на свое место, – воз не воз, дерево не дерево, а кажется, что шевелится. Должно быть, или волк, или человек». Я приказал ехать на незнакомый предмет, который тотчас и стал подвигаться нам навстречу. Через две минуты мы поровнялись с человеком. «Гей, добрый человек! – закричал ему ямщик. – Скажи, не знаешь ли, где дорога?»

– Дорога-то здесь; я стою на твердой полосе, – отвечал дорожный, – да что толку?

– Послушай, мужичок, – сказал я ему, – знаешь ли ты эту сторону? Возьмешься ли ты довести меня до ночлега?

– Сторона мне знакомая, – отвечал дорожный, – слава богу, исхожена и изъезжена вдоль и поперек. Да вишь какая погода: как раз собьешься с дороги. Лучше здесь остановиться да переждать, авось буран утихнет да небо прояснится: тогда найдем дорогу по звездам.

Его хладнокровие ободрило меня. Я уж решился, предав себя божией воле, ночевать посреди степи, как вдруг дорожный сел проворно на облучок и сказал ямщику: «Ну, слава богу, жило недалеко; сворачивай вправо да поезжай».

– А почему ехать мне вправо? – спросил ямщик с неудовольствием. – Где ты видишь дорогу? Небось: лошади чужие, хомут не свой, погоняй не стой. – Ямщик казался мне прав. «В самом деле, – сказал я, – почему думаешь ты, что жило[42] недалече?» – «А потому, что ветер оттоле потянул, – отвечал дорожный, – и я слышу, дымом пахнуло; знать, деревня близко». Сметливость его и тонкость чутья меня изумили. Я велел ямщику ехать. Лошади тяжело ступали по глубокому снегу. Кибитка тихо подвигалась, то въезжая на сугроб, то обрушаясь в овраг и переваливаясь то на одну, то на другую сторону. Это похоже было на плавание судна по бурному морю. Савельич охал, поминутно толкаясь о мои бока. Я опустил циновку, закутался в шубу и задремал, убаюканный пением бури и качкою тихой езды.

Мне приснился сон, которого никогда не мог я позабыть и в котором до сих пор вижу нечто пророческое, когда соображаю[43] с ним странные обстоятельства моей жизни. Читатель извинит меня: ибо, вероятно, знает по опыту, как сродно человеку предаваться суеверию, несмотря на всевозможное презрение к предрассудкам.

Я находился в том состоянии чувств и души, когда существенность, уступая мечтаниям, сливается с ними в неясных видениях первосония. Мне казалось, буран еще свирепствовал и мы еще блуждали по снежной пустыне… Вдруг увидел я ворота и въехал на барский двор нашей усадьбы. Первою мыслию моею было опасение, чтоб батюшка не прогневался на меня за невольное возвращение под кровлю родительскую и не почел бы его умышленным ослушанием. С беспокойством я выпрыгнул из кибитки и вижу: матушка встречает меня на крыльце с видом глубокого огорчения. «Тише, – говорит она

---

42 *Жило́* (*устар.*) – жилье.

43 *Соображаю* – здесь: сопоставляю, согласую.

мне, – отец болен при смерти и желает с тобою проститься». Пораженный страхом, я иду за нею в спальню. Вижу, комната слабо освещена; у постели стоят люди с печальными лицами. Я тихонько подхожу к постеле; матушка приподымает полог и говорит: «Андрей Петрович, Петруша приехал; он воротился, узнав о твоей болезни; благослови его». Я стал на колени и устремил глаза мои на больного. Что ж?.. Вместо отца моего, вижу в постеле лежит мужик с черной бородою, весело на меня поглядывая. Я в недоумении оборотился к матушке, говоря ей: «Что это значит? Это не батюшка. И к какой мне стати просить благословения у мужика?» – «Все равно, Петруша, – отвечала мне матушка, – это твой посаженый отец; поцелуй у него ручку, и пусть он тебя благословит...» Я не соглашался. Тогда мужик вскочил с постели, выхватил топор из-за спины и стал махать во все стороны. Я хотел бежать... и не мог; комната наполнилась мертвыми телами; я спотыкался о тела и скользил в кровавых лужах... Страшный мужик ласково меня кликал, говоря: «Не бойсь, подойди под мое благословение...» Ужас и недоумение овладели мною... И в эту минуту я проснулся; лошади стояли; Савельич дергал меня за руку, говоря: «Выходи, сударь: приехали».

– Куда приехали? – спросил я, протирая глаза.

– На постоялый двор. Господь помог, наткнулись прямо на забор. Выходи, сударь, скорее да обогрейся.

Я вышел из кибитки. Буран еще продолжался, хотя с меньшею силою. Было так темно, что хоть глаз выколи. Хозяин встретил нас у ворот, держа фонарь под полою, и ввел меня в горницу, тесную, но довольно чистую; лучина освещала ее. На стене висела винтовка и высокая казацкая шапка.

Хозяин, родом яицкий казак, казался мужик лет шестидесяти, еще свежий и бодрый. Савельич внес за мною погребец, потребовал огня, чтоб готовить чай, который никогда так не казался мне нужен. Хозяин пошел хлопотать.

– Где же вожатый? – спросил я у Савельича. «Здесь, ваше благородие», – отвечал мне голос сверху. Я взглянул на полати и увидел черную бороду и два сверкающие глаза. «Что, брат, прозяб?» – «Как не прозябнуть в одном худеньком армяке! Был тулуп, да что греха таить? заложил вечор у целовальника:[44] мороз показался не велик». В эту минуту хозяин вошел с кипящим самоваром; я предложил вожатому нашему чашку чаю; мужик слез с полатей. Наружность его показалась мне замечательна: он был лет сорока, росту среднего, худощав и широкоплеч. В черной бороде его показывалась проседь; живые большие глаза так и бегали. Лицо его имело выражение довольно приятное, но плутовское. Волоса были обстрижены в кружок; на нем был оборванный армяк и татарские шаровары. Я поднес ему чашку чаю; он отведал и поморщился. «Ваше благородие, сделайте мне такую милость, – прикажите поднести стакан вина; чай не наше казацкое питье». Я с охотой исполнил его желание. Хозяин вынул из ставца[45] штоф[46] и стакан, подошел к нему и, взглянув ему в лицо: «Эхе, – сказал он, – опять ты в нашем краю! Отколе бог принес?» Вожатый мой мигнул значительно и отвечал поговоркою: «В огород летал, конопли клевал; швырнула бабушка камушком – да мимо. Ну, а что ваши?»

– Да что наши! – отвечал хозяин, продолжая иносказательный разговор. – Стали было к вечерне звонить, да попадья не велит: поп в гостях, черти на погосте.

«Молчи, дядя, – возразил мой бродяга, – будет дождик, будут и грибки; а будут грибки, будет и кузов. А теперь (тут он мигнул опять) заткни топор за спину: лесничий ходит. Ваше благородие! за ваше здоровье!» – При сих словах он взял стакан, перекрестился и выпил одним духом. Потом поклонился мне и воротился на полати.

Я ничего не мог тогда понять из этого воровского разговора; но после уж догадался, что дело шло о делах Яицкого войска, в то

---

44 *Целовальник* (*устар*.) – продавец вина в питейных домах, кабаках.

45 *Ставец* (*устар*.) – высокий шкаф для посуды.

46 *Штоф* – бутыль (объемом 1/10 ведра).

время только что усмиренного после бунта 1772 года. Савельич слушал с видом большого неудовольствия. Он посматривал с подозрением то на хозяина, то на вожатого. Постоялый двор, или, по-тамошнему, *умет,* находился в стороне, в степи, далече от всякого селения, и очень походил на разбойническую пристань. Но делать было нечего. Нельзя было и подумать о продолжении пути. Беспокойство Савельича очень меня забавляло. Между тем я расположился ночевать и лег на лавку. Савельич решился убраться на печь; хозяин лег на полу. Скоро вся изба захрапела, и я заснул как убитый.

Проснувшись поутру довольно поздно, я увидел, что буря утихла. Солнце сияло. Снег лежал ослепительной пеленою на необозримой степи. Лошади были запряжены. Я расплатился с хозяином, который взял с нас такую умеренную плату, что даже Савельич с ним не заспорил и не стал торговаться по своему обыкновению, и вчерашние подозрения изгладились совершенно из головы его. Я позвал вожатого, благодарил за оказанную помочь и велел Савельичу дать ему полтину на водку. Савельич нахмурился. «Полтину на водку! – сказал он, – за что это? За то, что ты же изволил подвезти его к постоялому двору? Воля твоя, сударь: нет у нас лишних полтин. Всякому давать на водку, так самому скоро придется голодать». Я не мог спорить с Савельичем. Деньги, по моему обещанию, находились в полном его распоряжении. Мне было досадно, однако ж, что не мог отблагодарить человека, выручившего меня если не из беды, то по крайней мере из очень неприятного положения. «Хорошо, – сказал я хладнокровно, – если не хочешь дать полтину, то вынь ему что-нибудь из моего платья. Он одет слишком легко. Дай ему мой заячий тулуп».

– Помилуй, батюшка Петр Андреич! – сказал Савельич. – Зачем ему твой заячий тулуп? Он его пропьет, собака, в первом кабаке.

– Это, старинушка, уж не твоя печаль, – сказал мой бродяга, – пропью ли я, или нет. Его благородие мне жалует шубу со своего плеча: его на то барская воля, а твое холопье дело не спорить и слушаться.

– Бога ты не боишься, разбойник! – отвечал ему Савельич сердитым голосом. – Ты видишь, что дитя еще не смыслит, а ты и рад его обобрать, простоты его ради. Зачем тебе барский тулупчик? Ты и не напялишь его на свои окаянные плечища.

– Прошу не умничать, – сказал я своему дядьке, – сейчас неси сюда тулуп.

– Господи владыко! – простонал мой Савельич. – Заячий тулуп почти новешенький! и добро бы кому, а то пьянице оголелому!

Однако заячий тулуп явился. Мужичок тут же стал его примеривать. В самом деле, тулуп, из которого успел и я вырасти, был немножко для него узок. Однако он кое-как умудрился и надел его, распоров по швам. Савельич чуть не завыл, услышав, как нитки затрещали. Бродяга был чрезвычайно доволен моим подарком. Он проводил меня до кибитки и сказал с низким поклоном: «Спасибо, ваше благородие! Награди вас господь за вашу добродетель. Век не забуду ваших милостей». – Он пошел в свою сторону, а я отправился далее, не обращая внимания на досаду Савельича, и скоро позабыл о вчерашней вьюге, о своем вожатом и о заячьем тулупе.

Приехав в Оренбург, я прямо явился к генералу. Я увидел мужчину росту высокого, но уже сгорбленного старостию. Длинные волосы его были совсем белы. Старый полинялый мундир напоминал воина времен Анны Иоанновны,[47] а в его речи сильно отзывался немецкий выговор. Я подал ему письмо от батюшки. При имени его он взглянул на меня быстро: «Поже мой! – сказал он. – Тавно ли, кажется, Андрей Петрович был еше твоих лет, а теперь вот уш какой у него молотец! Ах, фремя, фремя!» Он распечатал письмо и стал читать его вполголоса, делая свои замечания. «Милостивый государь Андрей Карлович, надеюсь, что ваше превосходительство»… Это что за серемонии? Фуй, как ему не софестно! Конечно: дисциплина перво

---

[47] *Анна Иоанновна* (1693–1740) – русская царица.

дело, но так ли пишут к старому камрад?.. «ваше превосходительство не забыло»… гм… «и… когда… покойным фельдмаршалом Мин… походе… также и… Каролинку»… Эхе, брудер! так он еше помнит стары наши проказ? «Теперь о деле… К вам моего повесу»… гм… «держать в ежовых рукавицах»… Что такое ешовы рукавиц? Это, должно быть, русска поговорк… Что такое «дершать в ешовых рукавицах»?» – повторил он, обращаясь ко мне.

– Это значит, – отвечал я ему с видом как можно более невинным, – обходиться ласково, не слишком строго, давать побольше воли, держать в ежовых рукавицах.

«Гм, понимаю… „и не давать ему воли“ – нет, видно, ешовы рукавицы значит не то… „При сем… его паспорт“… Где ж он? А, вот… „отписать в Семеновский“… Хорошо, хорошо: все будет сделано… „Позволишь без чинов обнять себя и… старым товарищем и другом“ – а! наконец догадался… и прочая и прочая… Ну, батюшка, – сказал он, прочитав письмо и отложив в сторону мой паспорт, – все будет сделано: ты будешь офицером переведен в *** полк, и чтоб тебе времени не терять, то завтра же поезжай в Белогорскую крепость, где ты будешь в команде капитана Миронова, доброго и честного человека. Там ты будешь на службе настоящей, научишься дисциплине. В Оренбурге делать тебе нечего; рассеяние вредно молодому человеку. А сегодня милости просим: отобедать у меня».

«Час от часу не легче! – подумал я про себя, – к чему послужило мне то, что еще в утробе матери я был уже гвардии сержантом! Куда это меня завело? В *** полк и в глухую крепость на границу киргиз-кайсацких степей!..» Я отобедал у Андрея Карловича, втроем с его старым адъютантом. Строгая немецкая экономия царствовала за его столом, и я думаю, что страх видеть иногда лишнего гостя за своею холостою трапезою был отчасти причиною поспешного удаления моего в гарнизон. На другой день я простился с генералом и отправился к месту моего назначения.

Глава III

Крепость

Мы в фортеции живем,
Хлеб едим и воду пьем;
А как лютые враги
Придут к нам на пироги,
Зададим гостям пирушку:
Зарядим картечью пушку.
Солдатская песня

Старинные люди, мой батюшка.
Недоросль

Белогорская крепость находилась в сорока верстах от Оренбурга. Дорога шла по крутому берегу Яика. Река еще не замерзала, и ее свинцовые волны грустно чернели в однообразных берегах, покрытых белым снегом. За ними простирались киргизские степи. Я погрузился в размышления, большею частию печальные. Гарнизонная жизнь мало имела для меня привлекательности. Я старался вообразить себе капитана Миронова, моего будущего начальника, и представлял его строгим, сердитым стариком, не знающим ничего, кроме своей службы, и готовым за всякую безделицу сажать меня под арест на хлеб и на воду. Между тем начало смеркаться. Мы ехали довольно скоро. «Далече ли до крепости?» – спросил я у своего ямщика. «Недалече, – отвечал он. – Вон уж видна». – Я глядел во все стороны, ожидая увидеть грозные бастионы, башни и вал; но ничего не видал, кроме деревушки, окруженной бревенчатым забором. С одной стороны стояли три или четыре скирда сена, полузанесенные снегом; с другой – скривившаяся мельница, с лубочными крыльями, лениво опущенными. «Где же крепость?» – спросил я с удивлением. «Да вот она», – отвечал ямщик, указывая на деревушку, и с этим словом мы в нее въехали. У ворот увидел я старую чугунную пушку; улицы были тесны и кривы; избы низки и большею частию покрыты соломою. Я велел ехать к коменданту, и через минуту кибитка остановилась перед деревянным домиком, выстроенным на высоком месте, близ деревянной же церкви.

Никто не встретил меня. Я пошел в сени и отворил дверь в переднюю. Старый инвалид, сидя на столе, нашивал синюю заплату на локоть зеленого мундира. Я велел ему доложить обо мне. «Войди, батюшка, – отвечал инвалид, – наши дома». Я вошел в чистенькую комнатку, убранную по-старинному. В углу стоял шкаф с посудой; на стене висел диплом офицерский за стеклом и в рамке; около него красовались лубочные картинки, представляющие взятие Кистрина и Очакова,[48] также выбор невесты и погребение кота. У окна сидела старушка в телогрейке и с платком на голове. Она разматывала нитки, которые держал, распялив на руках, кривой старичок в офицерском мундире. «Что вам угодно, батюшка?» – спросила она, продолжая свое занятие. Я отвечал, что приехал на службу и явился по долгу своему к господину капитану, и с этим словом обратился было к кривому старичку, принимая его за коменданта; но хозяйка перебила затверженную мною речь. «Ивана Кузмича дома нет, – сказала она, – он пошел в гости к отцу Герасиму; да все равно, батюшка, я его хозяйка. Прошу любить и жаловать. Садись, батюшка». Она кликнула девку и велела ей позвать урядника. Старичок своим одиноким глазом поглядывал на меня с любопытством. «Смею спросить, – сказал он, – вы в каком полку изволили служить?» Я удовлетворил его любопытству. «А смею спросить, – продолжал он, – зачем изволили вы перейти из гвардии в гарнизон?» Я отвечал, что такова была воля начальства. «Чаятельно, за неприличные гвардии офицеру поступки», – продолжал неутомимый вопрошатель. «Полно врать пустяки, – сказала ему капитанша, – ты видишь, молодой человек с дороги устал; ему не до тебя… (держи-ка руки прямее…). А ты, мой батюшка, – продолжала она, обращаясь ко мне, – не печалься, что тебя упекли в наше захолустье. Не ты первый, не ты последний.

---

[48] *Кистрин* (Кюстрин) – русская крепость. *Очаков* – турецкая крепость. Взяты русскими войсками; первая – в 1758 году, вторая – в 1737 году.

Стерпится, слюбится. Швабрин Алексей Иваныч вот уж пятый год как к нам переведен за смертоубийство. Бог знает, какой грех его попутал; он, изволишь видеть, поехал за город с одним поручиком, да взяли с собою шпаги, да и ну друг в друга пырять; а Алексей Иваныч и заколол поручика, да еще при двух свидетелях! Что прикажешь делать? На грех мастера нет».

В эту минуту вошел урядник, молодой и статный казак. «Максимыч! – сказала ему капитанша. – Отведи господину офицеру квартиру, да почище». – «Слушаю, Василиса Егоровна, – отвечал урядник. – Не поместить ли его благородие к Ивану Полежаеву?» – «Врешь, Максимыч, – сказала капитанша, – у Полежаева и так тесно; он же мне кум и помнит, что мы его начальники. Отведи господина офицера… как ваше имя и отчество, мой батюшка? Петр Андреич?.. Отведи Петра Андреича к Семену Кузову. Он, мошенник, лошадь свою пустил ко мне в огород. Ну, что, Максимыч, все ли благополучно?»

– Все, слава богу, тихо, – отвечал казак, – только капрал Прохоров подрался в бане с Устиньей Негулиной за шайку горячей воды.

– Иван Игнатьич! – сказала капитанша кривому старичку. – Разбери Прохорова с Устиньей, кто прав, кто виноват. Да обоих и накажи. Ну, Максимыч, ступай себе с богом. Петр Андреич, Максимыч отведет вас на вашу квартиру.

Я откланялся. Урядник привел меня в избу, стоявшую на высоком берегу реки, на самом краю крепости. Половина избы занята была семьею Семена Кузова, другую отвели мне. Она состояла из одной горницы довольно опрятной, разделенной надвое перегородкой. Савельич стал в ней распоряжаться; я стал глядеть в узенькое окошко. Передо мною простиралась печальная степь. Наискось стояло несколько избушек; по улице бродило несколько куриц. Старуха, стоя на крыльце с корытом, кликала свиней, которые отвечали ей дружелюбным хрюканьем. И вот в какой стороне осужден я был проводить мою молодость! Тоска взяла меня; я отошел от окошка и лег спать без ужина, несмотря на увещания Савельича, который повторял с сокрушением: «Господи владыко! ничего кушать не изволит! Что скажет барыня, коли дитя занеможет?»

На другой день поутру я только что стал одеваться, как дверь отворилась, и ко мне вошел молодой офицер невысокого роста, с лицом смуглым и отменно некрасивым, но чрезвычайно живым. «Извините меня, – сказал он мне по-французски, – что я без церемонии прихожу с вами познакомиться. Вчера узнал я о вашем приезде; желание увидеть, наконец, человеческое лицо так овладело мною, что я не вытерпел. Вы это поймете, когда проживете здесь еще несколько времени». Я догадался, что это был офицер, выписанный из гвардии за поединок. Мы тотчас познакомились. Швабрин был очень не глуп. Разговор его был остер и занимателен. Он с большой веселостию описал мне семейство коменданта, его общество и край, куда завела меня судьба. Я смеялся от чистого сердца, как вошел ко мне тот самый инвалид, который чинил мундир в передней коменданта, и от имени Василисы Егоровны позвал меня к ним обедать. Швабрин вызвался идти со мною вместе.

Подходя к комендантскому дому, мы увидели на площадке человек двадцать стареньких инвалидов с длинными косами и в треугольных шляпах. Они выстроены были во фрунт. Впереди стоял комендант, старик бодрый и высокого росту, в колпаке и в китайчатом халате. Увидя нас, он к нам подошел, сказал мне несколько ласковых слов и стал опять командовать. Мы остановились было смотреть на учение; но он просил нас идти к Василисе Егоровне, обещаясь быть вслед за нами. «А здесь, – прибавил он, – нечего вам смотреть».

Василиса Егоровна приняла нас запросто и радушно и обошлась со мною как бы век была знакома. Инвалид и Палашка накрывали стол. «Что это мой Иван Кузмич сегодня так заучился! – сказала комендантша. – Палашка, позови барина обедать. Да где же Маша?» – Тут вошла девушка лет осьмнадцати, круглолицая, румяная, с светло-русыми волосами, гладко зачесанными за уши, которые у нее так и горели. С первого взгляда она не очень мне понравилась. Я смотрел на нее с предубеждением: Швабрин описал мне Машу, капитанскую дочь, совершенною дурочкою. Марья Ивановна села в угол и стала шить. Между тем подали щи. Василиса Егоровна, не видя мужа, вторично послала за ним Палашку. «Скажи барину: гости-де ждут, щи простынут; слава богу, ученье не уйдет; успеет накричаться». – Капитан вскоре явился, сопровождаемый кривым старичком. «Что это, мой батюшка? – сказала ему жена. – Кушанье давным-давно подано, а тебя не дозовешься». – «А слышь ты, Василиса Егоровна, – отвечал Иван Кузмич, – я был занят службой: солдатушек учил». – «И, полно! – возразила капитанша. – Только слава, что солдат учишь: ни им служба не дается, ни ты в ней толку не ведаешь. Сидел бы дома да богу молился; так было бы лучше. Дорогие гости, милости просим за стол».

Мы сели обедать. Василиса Егоровна не умолкала ни на минуту и осыпала меня вопросами: кто мои родители, живы ли они, где живут и каково их состояние? Услыша, что у батюшки триста душ крестьян, «легко ли! – сказала она, – ведь есть же на свете богатые люди! А у нас, мой батюшка, всего-то душ одна девка Палашка, да слава богу, живем помаленьку. Одна беда: Маша; девка на выданье, а какое у ней приданое? частый гребень, да веник, да алтын денег (прости бог!), с чем в баню сходить. Хорошо, коли найдется добрый человек; а то сиди себе в девках вековечной невестою». – Я взглянул на Марью Ивановну; она вся покраснела, и даже слезы капнули на ее тарелку. Мне стало жаль ее, и я спешил переменить разговор. «Я слышал, – сказал я довольно некстати, – что на вашу крепость собираются напасть башкирцы». – «От кого, батюшка, ты изволил это слышать?» – спросил Иван Кузмич. «Мне так сказывали в Оренбурге», – отвечал я. «Пустяки! – сказал комендант. – У нас давно ничего не слыхать. Башкирцы – народ напуганный, да и киргизцы проучены. Небось на нас не сунутся; а насунутся, так я такую задам острастку, что лет на десять угомоню». – «И вам не страшно, – продолжал я, обращаясь к капитанше, – оставаться в крепости, подверженной таким опасностям?» – «Привычка, мой батюшка, – отвечала она. – Тому лет двадцать как нас из полка перевели сюда, и не приведи господи, как я боялась проклятых этих нехристей! Как завижу, бывало, рысьи шапки, да как заслышу их визг, веришь ли, отец мой, сердце так и замрет! А теперь так привыкла, что и с места не тронусь, как придут нам сказать, что злодеи около крепости рыщут».

– Василиса Егоровна прехрабрая дама, – заметил важно Швабрин. – Иван Кузмич может это засвидетельствовать.

– Да, слышь ты, – сказал Иван Кузмич, – баба-то не робкого десятка.

– А Марья Ивановна? – спросил я, – так же ли смела, как и вы?

– Смела ли Маша? – отвечала ее мать. – Нет, Маша трусиха. До сих пор не может слышать выстрела из ружья: так и затрепещется. А как тому два года Иван Кузмич выдумал в мои именины палить из нашей пушки, так она, моя голубушка, чуть со страха на тот свет не отправилась. С тех пор уж и не палим из проклятой пушки.

Мы встали из-за стола. Капитан с капитаншею отправились спать; а я пошел к Швабрину, с которым и провел целый вечер.

Глава IV

Поединок

– Ин изволь, и стань же в позитуру.[49]
Посмотришь, проколю как я твою фигуру!
Княжнин

Прошло несколько недель, и жизнь моя в Белогорской крепости сделалась для меня не только сносною, но даже и приятною. В доме коменданта был я принят как родной. Муж и жена были люди самые почтенные. Иван Кузмич, вышедший в офицеры из солдатских детей, был человек необразованный и простой, но самый честный и добрый. Жена его им управляла, что согласовалось с его беспечностию. Василиса Егоровна и на дела службы смотрела, как на свои хозяйские, и управляла крепостию так точно, как и своим домком. Марья Ивановна скоро перестала со мною дичиться. Мы познакомились. Я в ней нашел благоразумную и чувствительную девушку. Незаметным образом я привязался к доброму семейству, даже к Ивану Игнатьичу, кривому гарнизонному поручику, о котором Швабрин выдумал, будто бы он был в непозволительной связи с Василисой Егоровной, что не имело и тени правдоподобия; но Швабрин о том не беспокоился.

Я был произведен в офицеры. Служба меня не отягощала. В богоспасаемой крепости не было ни смотров, ни учений, ни караулов. Комендант по собственной охоте учил иногда своих солдат; но еще не мог добиться, чтобы все они знали, которая сторона правая, которая левая, хотя многие из них, дабы в том не ошибиться, перед каждым оборотом клали на себя знамение креста. У Швабрина было несколько французских книг. Я стал читать, и во мне пробудилась охота к

---

49 *Позитура* – поза, положение, принимаемое при дуэли на шпагах.

литературе. По утрам я читал, упражнялся в переводах, а иногда и в сочинении стихов. Обедал почти всегда у коменданта, где обыкновенно проводил остаток дня и куда вечерком иногда являлся отец Герасим с женою Акулиной Памфиловной, первою вестовщицею[50] во всем околодке. С А. И. Швабриным, разумеется, виделся я каждый день; но час от часу беседа его становилась для меня менее приятною. Всегдашние шутки его насчет семьи коменданта мне очень не нравились, особенно колкие замечания о Марье Ивановне. Другого общества в крепости не было, но я другого и не желал.

Несмотря на предсказания, башкирцы не возмущались. Спокойствие царствовало вокруг нашей крепости. Но мир был прерван незапным междуусобием.

Я уже сказывал, что я занимался литературою. Опыты мои, для тогдашнего времени, были изрядны, и Александр Петрович Сумароков, несколько лет после, очень их похвалял. Однажды удалось мне написать песенку, которой был я доволен. Известно, что сочинители иногда, под видом требования советов, ищут благосклонного слушателя. Итак, переписав мою песенку, я понес ее к Швабрину, который один во всей крепости мог оценить произведения стихотворца. После маленького предисловия вынул я из кармана свою тетрадку и прочел ему следующие стишки:

Мысль любовну истребляя,
Тщусь[51] *прекрасную забыть,*
И ах, Машу избегая,
Мышлю вольность получить!
Но глаза, что мя пленили,
Всеминутно предо мной;
Они дух во мне смутили,
Сокрушили мой покой.

---

50 *Вестовщица* (*устар*.) – любительница рассказывать новости.

51 *Тщусь* (*устар*.) – напрасно стараюсь.

Ты, узнав мои напасти,
Сжалься, Маша, надо мной;
Зря[52] *меня в сей лютой части*
И что я пленен тобой.

– Как ты это находишь? – спросил я Швабрина, ожидая похвалы, как дани, мне непременно следуемой. Но, к великой моей досаде, Швабрин, обыкновенно снисходительный, решительно объявил, что песня моя нехороша.

– Почему так? – спросил я его, скрывая свою досаду.

– Потому, – отвечал он, – что такие стихи достойны учителя моего, Василия Кирилыча Тредьяковского, и очень напоминают мне его любовные куплетцы.

Тут он взял от меня тетрадку и начал немилосердно разбирать каждый стих и каждое слово, издеваясь надо мной самым колким образом. Я не вытерпел, вырвал из рук его мою тетрадку и сказал, что уж отроду не покажу ему своих сочинений. Швабрин посмеялся и над этой угрозою. «Посмотрим, – сказал он, – сдержишь ли ты свое слово: стихотворцам нужен слушатель, как Ивану Кузмичу графинчик водки перед обедом. А кто эта Маша, перед которой изъясняешься в нежной страсти и в любовной напасти? Уж не Марья ль Ивановна?»

– Не твое дело, – отвечал я нахмурясь, – кто бы ни была эта Маша. Не требую ни твоего мнения, ни твоих догадок.

– Ого! Самолюбивый стихотворец и скромный любовник! – продолжал Швабрин, час от часу более раздражая меня, – но послушай дружеского совета: коли ты хочешь успеть, то советую действовать не песенками.

– Что это, сударь, значит? Изволь объясниться.

– С охотою. Это значит, что ежели хочешь, чтоб Маша Миронова ходила к тебе в сумерки, то вместо нежных стишков подари ей пару серег.

---

52 *Зря* (*устар*.) – видя.

Кровь моя закипела. «А почему ты об ней такого мнения?» – спросил я, с трудом удерживая свое негодование.

– А потому, – отвечал он с адской усмешкою, – что знаю по опыту ее нрав и обычай.

– Ты лжешь, мерзавец! – вскричал я в бешенстве, – ты лжешь самым бесстыдным образом.

Швабрин переменился в лице. «Это тебе так не пройдет, – сказал он, стиснув мне руку. – Вы мне дадите сатисфакцию».

– Изволь; когда хочешь! – отвечал я, обрадовавшись. В эту минуту я готов был растерзать его.

Я тотчас отправился к Ивану Игнатьичу и застал его с иголкою в руках: по препоручению комендантши он нанизывал грибы для сушения на зиму. «А, Петр Андреич! – сказал он, увидя меня, – добро пожаловать! Как это вас бог принес? по какому делу, смею спросить?» Я в коротких словах объяснил ему, что я поссорился с Алексеем Иванычем, а его, Ивана Игнатьича, прошу быть моим секундантом. Иван Игнатьич выслушал меня со вниманием, вытараща на меня свой единственный глаз. «Вы изволите говорить, – сказал он мне, – что хотите Алексея Иваныча заколоть и желаете, чтоб я при том был свидетелем? Так ли? смею спросить».

– Точно так.

– Помилуйте, Петр Андреич! Что это вы затеяли! Вы с Алексеем Иванычем побранились? Велика беда! Брань на вороту не виснет. Он вас побранил, а вы его выругайте; он вас в рыло, а вы его в ухо, в другое, в третье – и разойдитесь; а мы вас уж помирим. А то: доброе ли дело заколоть своего ближнего, смею спросить? И добро б уж закололи вы его: бог с ним, с Алексеем Иванычем; я и сам до него не охотник. Ну, а если он вас просверлит? На что это будет похоже? Кто будет в дураках, смею спросить?

Рассуждения благоразумного поручика не поколебали меня. Я остался при своем намерении. «Как вам угодно, – сказал Иван Игнатьич, – делайте, как разумеете. Да зачем же мне тут быть свидетелем? К какой стати? Люди дерутся, что за невидальщина, смею спросить? Слава богу, ходил я под шведа и под турку: всего насмотрелся».

Я кое-как стал изъяснять ему должность секунданта, но Иван Игнатьич никак не мог меня понять. «Воля ваша, – сказал он. – Коли уж мне и вмешаться в это дело, так разве пойти к Ивану Кузмичу да донести ему по долгу службы, что в фортеции умышляется злодействие, противное казенному интересу: не благоугодно ли будет господину коменданту принять надлежащие меры…»

Я испугался и стал просить Ивана Игнатьича ничего не сказывать коменданту; насилу его уговорил; он дал мне слово, и я решился от него отступиться.

Вечер провел я, по обыкновению своему, у коменданта. Я старался казаться веселым и равнодушным, дабы не подать никакого подозрения и избегнуть докучных вопросов; но признаюсь, я не имел того хладнокровия, которым хвалятся почти всегда те, которые находились в моем положении. В этот вечер я расположен был к нежности и к умилению. Марья Ивановна нравилась мне более обыкновенного. Мысль, что, может быть, вижу ее в последний раз, придавала ей в моих глазах что-то трогательное. Швабрин явился тут же. Я отвел его в сторону и уведомил его о своем разговоре с Иваном Игнатьичем. «Зачем нам секунданты, – сказал он мне сухо, – без них обойдемся». Мы условились драться за скирдами, что находились подле крепости, и явиться туда на другой день в седьмом часу утра. Мы разговаривали, по-видимому, так дружелюбно, что Иван Игнатьич от радости проболтался. «Давно бы так, – сказал он мне с довольным видом, – худой мир лучше доброй ссоры, а и нечестен, так здоров».

– Что, что, Иван Игнатьич? – сказала комендантша, которая в углу гадала в карты, – я не вслушалась.

Иван Игнатьич, заметив во мне знаки неудовольствия и вспомня свое обещание, смутился и не знал, что отвечать. Швабрин подоспел ему на помощь.

– Иван Игнатьич, – сказал он, – одобряет нашу мировую.

– А с кем это, мой батюшка, ты ссорился?

– Мы было поспорили довольно крупно с Петром Андреичем.

– За что так?

– За сущую безделицу: за песенку, Василиса Егоровна.

– Нашли за что ссориться! за песенку!.. да как же это случилось?

– Да вот как: Петр Андреич сочинил недавно песню и сегодня запел ее при мне, а я затянул мою любимую:

Капитанская дочь,
Не ходи гулять в полночь.

Вышла разладица. Петр Андреич было и рассердился; но потом рассудил, что всяк волен петь, что кому угодно. Тем и дело кончилось.

Бесстыдство Швабрина чуть меня не взбесило; но никто, кроме меня, не понял грубых его обиняков; по крайней мере никто не обратил на них внимания. От песенок разговор обратился к стихотворцам, и комендант заметил, что все они люди беспутные и горькие пьяницы, и дружески советовал мне оставить стихотворство, как дело службе противное и ни к чему доброму не доводящее.

Присутствие Швабрина было мне несносно. Я скоро простился с комендантом и с его семейством; пришед домой, осмотрел свою шпагу, попробовал ее конец и лег спать, приказав Савельичу разбудить меня в седьмом часу.

На другой день в назначенное время я стоял уже за скирдами, ожидая моего противника. Вскоре и он явился. «Нас могут застать, – сказал он мне, – надобно поспешить». Мы сняли мундиры, остались в одних камзолах и обнажили шпаги. В эту минуту из-за скирда вдруг появился Иван Игнатьич и человек пять инвалидов. Он потребовал нас к коменданту. Мы повиновались с досадою; солдаты нас окружили, и мы отправились в крепость вслед за Иваном Игнатьичем, который вел нас в торжестве, шагая с удивительной важностию.

Мы вошли в комендантский дом. Иван Игнатьич отворил двери, провозгласив торжественно: «Привел!» Нас встретила Василиса Егоровна. «Ах, мои батюшки! На что это похоже? как? что? в нашей крепости заводить смертоубийство! Иван Кузмич, сейчас их под арест!

Петр Андреич! Алексей Иваныч! подавайте сюда ваши шпаги, подавайте, подавайте. Палашка, отнеси эти шпаги в чулан. Петр Андреич! Этого я от тебя не ожидала. Как тебе не совестно? Добро Алексей Иваныч: он за душегубство и из гвардии выписан, он и в господа бога не верует; а ты-то что? туда же лезешь?»

Иван Кузмич вполне соглашался с своею супругою и приговаривал: «А слышь ты, Василиса Егоровна правду говорит. Поединки формально запрещены в воинском артикуле». Между тем Палашка взяла у нас наши шпаги и отнесла в чулан. Я не мог не засмеяться. Швабрин сохранил свою важность. «При всем моем уважении к вам, – сказал он ей хладнокровно, – не могу не заметить, что напрасно вы изволите беспокоиться, подвергая нас вашему суду. Предоставьте это Ивану Кузмичу: это его дело». – «Ах! мой батюшка! – возразила комендантша, – да разве муж и жена не един дух и едина плоть? Иван Кузмич! Что ты зеваешь? Сейчас рассади их по разным углам на хлеб да на воду, чтоб у них дурь-то прошла; да пусть отец Герасим наложит на них эпитимию,[53] чтоб молили у бога прощения да каялись перед людьми».

Иван Кузмич не знал, на что решиться. Марья Ивановна была чрезвычайно бледна. Мало-помалу буря утихла; комендантша успокоилась и заставила нас друг друга поцеловать. Палашка принесла нам наши шпаги. Мы вышли от коменданта по-видимому примиренные. Иван Игнатьич нас сопровождал. «Как вам не стыдно было, – сказал я ему сердито, – доносить на нас коменданту после того, как дали мне слово того не делать!» – «Как бог свят, я Ивану Кузмичу того не говорил, – ответил он, – Василиса Егоровна выведала все от меня. Она всем и распорядилась без ведома коменданта. Впрочем, слава богу, что все так кончилось». С этим словом он повернул домой, а Швабрин и я остались наедине. «Наше дело этим кончиться не может», – сказал я ему. «Конечно, – отвечал Швабрин, – вы своею кровью будете отвечать мне за вашу дерзость;

---

[53] *Эпитимия* – церковное наказание.

но за нами, вероятно, станут присматривать. Несколько дней нам должно будет притворяться. До свидания!» И мы расстались, как ни в чем не бывали.

Возвратясь к коменданту, я, по обыкновению своему, подсел к Марье Ивановне. Ивана Кузмича не было дома; Василиса Егоровна занята была хозяйством. Мы разговаривали вполголоса. Марья Ивановна с нежностию выговаривала мне за беспокойство, причиненное всем моею ссорою с Швабриным. «Я так и обмерла, – сказала она, – когда сказали нам, что вы намерены биться на шпагах. Как мужчины странны! За одно слово, о котором через неделю верно б они позабыли, они готовы резаться и жертвовать не только жизнию, но и совестию, и благополучием тех, которые... Но я уверена, что не вы зачинщик ссоры. Верно, виноват Алексей Иваныч».

– А почему же вы так думаете, Марья Ивановна?

– Да так... он такой насмешник! Я не люблю Алексея Иваныча. Он очень мне противен; а странно: ни за что б я не хотела, чтоб и я ему так же не нравилась. Это меня беспокоило бы страх.

– А как вы думаете, Марья Ивановна? Нравитесь ли вы ему или нет?

Марья Ивановна заикнулась и покраснела.

– Мне кажется, – сказала она, – я думаю, что нравлюсь.

– Почему же вам так кажется?

– Потому что он за меня сватался.

– Сватался! Он за вас сватался? Когда же?

– В прошлом году. Месяца два до вашего приезда.

– И вы не пошли?

– Как изволите видеть. Алексей Иваныч, конечно, человек умный, и хорошей фамилии, и имеет состояние; но как подумаю, что надобно будет под венцом при всех с ним поцеловаться... Ни за что! ни за какие благополучия!

Слова Марьи Ивановны открыли мне глаза и объяснили мне многое. Я понял упорное злоречие, которым Швабрин ее преследовал.

Вероятно, замечал он нашу взаимную склонность и старался отвлечь нас друг от друга. Слова, подавшие повод к нашей ссоре, показались мне еще более гнусными, когда, вместо грубой и непристойной насмешки, увидел я в них обдуманную клевету. Желание наказать дерзкого злоязычника сделалось во мне еще сильнее, и я с нетерпением стал ожидать удобного случая.

Я дожидался недолго. На другой день, когда сидел я за элегией и грыз перо в ожидании рифмы, Швабрин постучал под моим окошком. Я оставил перо, взял шпагу и к нему вышел. «Зачем откладывать? – сказал мне Швабрин, – за нами не смотрят. Сойдем к реке. Там никто нам не помешает». Мы отправились молча. Спустясь по крутой тропинке, мы остановились у самой реки и обнажили шпаги. Швабрин был искуснее меня, но я сильнее и смелее, и monsieur Бопре, бывший некогда солдатом, дал мне несколько уроков в фехтовании, которыми я и воспользовался. Швабрин не ожидал найти во мне столь опасного противника. Долго мы не могли сделать друг другу никакого вреда; наконец, приметя, что Швабрин ослабевает, я стал с живостию на него наступать и загнал его почти в самую реку. Вдруг услышал я свое имя, громко произнесенное. Я оглянулся и увидел Савельича, сбегающего ко мне по нагорной тропинке... В это самое время меня сильно кольнуло в грудь пониже правого плеча; я упал и лишился чувств.

Глава V

Любовь

Ах ты, девка, девка красная!
Не ходи, девка, молода замуж;
Ты спроси, девка, отца, матери,
Отца, матери, роду-племени;
Накопи, девка, ума-разума,
Ума-разума, приданова.
Песня народная

Буде лучше меня найдешь, позабудешь,
Если хуже меня найдешь, воспомянешь.
То же

Очнувшись, я несколько времени не мог опомниться и не понимал, что со мною сделалось. Я лежал на кровати, в незнакомой горнице, и чувствовал большую слабость. Передо мною стоял Савельич со свечкою в руках. Кто-то бережно развивал перевязи, которыми грудь и плечо были у меня стянуты. Мало-помалу мысли мои прояснились. Я вспомнил свой поединок и догадался, что был ранен. В эту минуту скрыпнула дверь. «Что? Каков?» – произнес пошепту голос, от которого я затрепетал. «Все в одном положении, – отвечал Савельич со вздохом, – все без памяти, вот уже пятые сутки». Я хотел оборотиться, но не мог. «Где я? кто здесь?» – сказал я с усилием. Марья Ивановна подошла к моей кровати и наклонилась ко мне. «Что? как вы себя чувствуете?» – сказала она. «Слава богу, – отвечал я слабым голосом. – Это вы, Марья Ивановна? скажите мне…» – я не в силах был продолжать и замолчал. Савельич ахнул. Радость изобразилась на его лице. «Опомнился! опомнился! – повторял он. – Слава тебе, владыко! Ну, батюшка Петр Андреич! напугал ты меня! легко ли? пятые сутки!..» Марья Ивановна перервала его речь. «Не говори с ним много, Савельич, – сказала она. – Он еще слаб». Она вышла и тихонько притворила дверь. Мысли мои волновались. Итак, я был в доме коменданта, Марья Ивановна входила ко мне. Я хотел сделать Савельичу некоторые вопросы, но старик замотал головою и заткнул себе уши. Я с досадою закрыл глаза и вскоре забылся сном.

Проснувшись, подозвал я Савельича и вместо его увидел перед собою Марью Ивановну; ангельский голос ее меня приветствовал. Не могу выразить сладостного чувства, овладевшего мною в эту минуту. Я схватил ее руку и прильнул к ней, обливая слезами умиления. Маша не отрывала ее… и вдруг ее губки коснулись моей щеки, и я почувствовал их жаркий и свежий поцелуй. Огонь пробежал по мне. «Милая, добрая Марья Ивановна, – сказал я ей, – будь моею женою, согласись на мое счастие». – Она опомнилась. «Ради бога успокойтесь, – сказала она, отняв у меня свою руку. – Вы еще в опасности: рана может открыться. Поберегите себя хоть для меня». С этим словом она ушла, оставя меня в упоении восторга. Счастие воскресило меня. Она будет моя! она меня любит! Эта мысль наполняла все мое существование.

С той поры мне час от часу становилось лучше. Меня лечил полковой цирюльник, ибо в крепости другого лекаря не было, и, слава богу, не умничал. Молодость и природа ускорили мое выздоровление. Все семейство коменданта за мною ухаживало. Марья Ивановна от меня не отходила. Разумеется, при первом удобном случае я принялся за прерванное объяснение, и Марья Ивановна выслушала меня терпеливее. Она безо всякого жеманства призналась мне в сердечной склонности и сказала, что ее родители, конечно, рады будут ее счастию. «Но подумай хорошенько, – прибавила она, – со стороны твоих родных не будет ли препятствия?»

Я задумался. В нежности матушкиной я не сумневался; но, зная нрав и образ мыслей отца, я чувствовал, что любовь моя не слишком его тронет и что он будет на нее смотреть как на блажь молодого человека. Я чистосердечно признался в том Марье Ивановне и решился, однако, писать к батюшке как можно красноречивее, прося родительского благословения. Я показал письмо Марье Ивановне, которая нашла его столь убедительным и трогательным, что не сомневалась в успехе его и предалась чувствам нежного своего сердца со всею доверчивостию молодости и любви.

Со Швабриным я помирился в первые дни моего выздоровления. Иван Кузмич, выговаривая мне за поединок, сказал мне: «Эх, Петр Андреич! надлежало бы мне посадить тебя под арест, да ты уж и без того наказан. А Алексей Иваныч у меня таки сидит в хлебном магазине под караулом, и шпага его под замком у Василисы Егоровны. Пускай он себе надумается да раскается». Я слишком был счастлив, чтоб хранить в сердце чувство неприязненное. Я стал просить за Швабрина, и добрый комендант, с согласия своей супруги, решился его освободить. Швабрин пришел ко мне; он изъявил глубокое сожаление о том, что случилось между нами; признался, что был кругом виноват, и просил меня забыть о прошедшем. Будучи от природы не злопамятен, я искренно простил ему и нашу ссору, и рану, мною от него полученную. В клевете его видел я досаду оскорбленного самолюбия и отвергнутой любви и великодушно извинял своего несчастного соперника.

Вскоре я выздоровел и мог перебраться на мою квартиру. С нетерпением ожидал я ответа на посланное письмо, не смея надеяться и стараясь заглушить печальные предчувствия. С Василисой Егоровной и с ее мужем я еще не объяснялся; но предложение мое не должно было их удивить. Ни я, ни Марья Ивановна не старались скрывать от них свои чувства, и мы заранее были уж уверены в их согласии.

Наконец однажды утром Савельич вошел ко мне, держа в руках письмо. Я схватил его с трепетом. Адрес был написан рукою батюшки. Это приуготовило меня к чему-то важному, ибо обыкновенно письма писала ко мне матушка, а он в конце приписывал несколько строк. Долго не распечатывал я пакета и перечитывал торжественную надпись: «Сыну моему Петру Андреевичу Гриневу, в Оренбургскую губернию, в Белогорскую крепость». Я старался по почерку угадать расположение духа, в котором писано было письмо; наконец решился его распечатать и с первых строк увидел, что все дело пошло к черту. Содержание письма было следующее:

> *«Сын мой Петр! Письмо твое, в котором просишь ты нас о родительском нашем благословении и согласии на брак с Марьей Ивановой дочерью Мироновой, мы получили 15-го сего месяца, и не только ни моего благословения, ни моего согласия дать я тебе не намерен, но еще и собираюсь до тебя добраться да за проказы твои проучить тебя путем, как мальчишку, несмотря на твой офицерский чин: ибо ты доказал, что шпагу носить еще недостоин, которая пожалована тебе на защиту отечества, а не для дуелей с такими же сорванцами, каков ты сам. Немедленно буду писать к Андрею Карловичу, прося его перевести тебя из Белогорской крепости куда-нибудь подальше, где бы дурь у тебя прошла. Матушка твоя, узнав о твоем поединке и о том, что ты ранен, с горести занемогла и теперь лежит. Что из тебя будет? Молю бога, чтоб ты исправился, хоть и не смею надеяться на его великую милость.*
>
> ***Отец твой А. Г.»***

Чтение сего письма возбудило во мне разные чувствования. Жестокие выражения, на которые батюшка не поскупился, глубоко оскорбили меня. Пренебрежение, с каким он упоминал о Марье Ивановне, казалось мне столь же непристойным, как и несправедливым. Мысль о переведении моем из Белогорской крепости меня ужасала; но всего более огорчило меня известие о болезни матери. Я негодовал на Савельича, не сомневаясь, что поединок мой стал известен родителям через него. Шагая взад и вперед по тесной моей комнате, я остановился перед ним и сказал, взглянув на него грозно: «Видно, тебе не довольно, что я, благодаря тебя, ранен и целый месяц был на краю гроба: ты и мать мою хочешь уморить». Савельич был поражен как громом. «Помилуй, сударь, – сказал он чуть не зарыдав, – что это изволишь говорить? Я причина, что ты был ранен! Бог видит, бежал я заслонить тебя своею грудью от шпаги

Алексея Иваныча! Старость проклятая помешала. Да что ж я сделал матушке-то твоей?» – «Что ты сделал? – отвечал я. – Кто просил тебя писать на меня доносы? разве ты приставлен ко мне в шпионы?» – «Я? писал на тебя доносы? – отвечал Савельич со слезами. – Господи царю небесный! Так изволь-ка прочитать, что пишет ко мне барин: увидишь, как я доносил на тебя». Тут он вынул из кармана письмо, и я прочел следующее:

> *«Стыдно тебе, старый пес, что ты, невзирая на мои строгие приказания, мне не донес о сыне моем Петре Андреевиче и что посторонние принуждены уведомлять меня о его проказах. Так ли исполняешь ты свою должность и господскую волю? Я тебя, старого пса! пошлю свиней пасти за утайку правды и потворство к молодому человеку. С получением сего приказываю тебе немедленно отписать ко мне, каково теперь его здоровье, о котором пишут мне, что поправилось; да в какое именно место он ранен и хорошо ли его залечили».*

Очевидно было, что Савельич передо мною был прав и что я напрасно оскорбил его упреком и подозрением. Я просил у него прощения; но старик был неутешен. «Вот до чего я дожил, – повторял он, – вот каких милостей дослужился от своих господ! Я и старый пес, и свинопас, да я ж и причина твоей раны? Нет, батюшка Петр Андреич! не я, проклятый мусье всему виноват: он научил тебя тыкаться железными вертелами да притопывать, как будто тыканием да топанием убережешься от злого человека! Нужно было нанимать мусье да тратить лишние деньги!»

Но кто же брал на себя труд уведомить отца моего о моем поведении? Генерал? Но он, казалось, обо мне не слишком заботился; а Иван Кузмич не почел за нужное рапортовать о моем поединке. Я терялся в догадках. Подозрения мои остановились на Швабрине. Он один имел выгоду в доносе, коего следствием могло быть удаление мое из крепости и разрыв с комендантским семейством. Я пошел объявить обо всем Марье Ивановне. Она встретила меня на крыльце. «Что это с вами сделалось? – сказала она, увидев меня. – Как вы бледны!» – «Все кончено!» – отвечал я и отдал ей батюшкино письмо. Она побледнела в свою очередь. Прочитав, она возвратила мне письмо дрожащею рукою и сказала дрожащим голосом: «Видно, мне не судьба… Родные ваши не хотят меня в свою семью. Буди во всем воля господня! Бог лучше нашего знает, что нам надобно. Делать нечего, Петр Андреич; будьте хоть вы счастливы…» – «Этому не бывать! – вскричал я, схватив ее за руку, – ты меня любишь; я готов на все. Пойдем, кинемся в ноги к твоим родителям; они люди простые, не жестокосердые гордецы… Они нас благословят; мы обвенчаемся… а там, со временем, я уверен, мы умолим отца моего; матушка будет за нас; он меня простит…» – «Нет, Петр Андреич, – отвечала Маша, – я не выйду за тебя без благословения твоих родителей. Без их благословения не будет тебе счастия. Покоримся воле божией. Коли найдешь себе суженую, коли полюбишь другую – бог с тобою, Петр Андреич; а я за вас обоих…» Тут она заплакала и ушла от меня; я хотел было войти за нею в комнату, но чувствовал, что был не в состоянии владеть самим собою, и воротился домой.

Я сидел погруженный в глубокую задумчивость, как вдруг Савельич прервал мои размышления. «Вот, сударь, – сказал он, подавая мне исписанный лист бумаги, – посмотри, доносчик ли я на своего барина и стараюсь ли я помутить сына с отцом». Я взял из рук его бумагу: это был ответ Савельича на полученное им письмо. Вот он от слова до слова:

«Государь Андрей Петрович,
отец наш милостивый!

Милостивое писание ваше я получил, в котором изволишь гневаться на меня, раба вашего, что-де стыдно мне не исполнять господских приказаний, – а я, не старый пес, а верный ваш слуга, господских приказаний слушаюсь и усердно вам всегда служил и дожил до седых волос. Я ж про рану Петра Андреича ничего к вам не писал, чтоб не испужать понапрасну, и, слышно, барыня, мать наша Авдотья Васильевна и так с испугу слегла, и за ее здоровье бога буду молить. А Петр Андреич ранен был под правое плечо, в грудь под самую косточку, в глубину на полтора вершка, и лежал он в доме у коменданта, куда принесли мы его с берега, и лечил его здешний цирюльник Степан Парамонов; и теперь Петр Андреич, слава богу, здоров, и про него кроме хорошего нечего и писать. Командиры, слышно, им довольны; а у Василисы Егоровны он как родной сын. А что с ним случилась такая оказия, то быль молодцу не укора: конь и о четырех ногах, да спотыкается. А изволите вы писать, что сошлете меня свиней пасти, и на то ваша боярская воля. За сим кланяюсь рабски.

Верный холоп ваш
Архип Савельев».

Я не мог несколько раз не улыбнуться, читая грамоту[54] доброго старика. Отвечать батюшке я был не в состоянии; а чтоб успокоить матушку, письмо Савельича мне показалось достаточным.

С той поры положение мое переменилось. Марья Ивановна почти со мною не говорила и всячески старалась избегать меня. Дом коменданта стал для меня постыл. Мало-помалу приучился я сидеть один у себя дома. Василиса Егоровна сначала за то мне пеняла; но, видя мое упрямство, оставила меня в покое. С Иваном Кузмичем виделся я только, когда того требовала служба. Со Швабриным встречался редко и неохотно, тем более что замечал в нем скрытую к себе неприязнь, что и утверждало меня в моих подозрениях. Жизнь моя сделалась мне несносна. Я впал в мрачную задумчивость, которую питали одиночество и бездействие. Любовь моя разгоралась в уединении и час от часу становилась мне тягостнее. Я потерял охоту к чтению и словесности. Дух мой упал. Я боялся или сойти с ума, или удариться в распутство. Неожиданные происшествия, имевшие важное влияние на всю мою жизнь, дали вдруг моей душе сильное и благое потрясение.

---

[54] *Грамота* – здесь: письмо.

Глава VI

Пугачевщина

Вы, молодые ребята, послушайте,
Что мы, старые старики, будем сказывати.
Песня

Прежде нежели приступлю к описанию странных происшествий, коим я был свидетель, я должен сказать несколько слов о положении, в котором находилась Оренбургская губерния в конце 1773 года.

Сия обширная и богатая губерния обитаема была множеством полудиких народов, признавших еще недавно владычество российских государей. Их поминутные возмущения, непривычка к законам и гражданской жизни, легкомыслие и жестокость требовали со стороны правительства непрестанного надзора для удержания их в повиновении. Крепости выстроены были в местах, признанных удобными, и заселены по большей части казаками, давнишними обладателями яицких берегов. Но яицкие казаки, долженствовавшие охранять спокойствие и безопасность сего края, с некоторого времени были сами для правительства неспокойными и опасными подданными. В 1772 году произошло возмущение в их главном городке. Причиною тому были строгие меры, предпринятые генерал-майором Траубенбергом, дабы привести войско к должному повиновению. Следствием было варварское убиение Траубенберга, своевольная перемена в управлении и, наконец, усмирение бунта картечью и жестокими наказаниями.

Это случилось несколько времени перед прибытием моим в Белогорскую крепость. Все было уже тихо или казалось таковым; начальство слишком легко поверило мнимому раскаянию лукавых мятежников, которые злобствовали втайне и выжидали удобного случая для возобновления беспорядков.

Обращаюсь к своему рассказу.

Однажды вечером (это было в начале октября 1773 года) сидел я дома один, слушая вой осеннего ветра и смотря в окно на тучи, бегущие мимо луны. Пришли меня звать от имени коменданта. Я тотчас отправился. У коменданта нашел я Швабрина, Ивана Игнатьича и казацкого урядника. В комнате не было ни Василисы Егоровны, ни Марьи Ивановны. Комендант со мною поздоровался с видом озабоченным. Он запер двери, всех усадил, кроме урядника, который стоял у дверей, вынул из кармана бумагу и сказал нам: «Господа офицеры, важная новость! Слушайте, что пишет генерал». Тут он надел очки и прочел следующее:

«Господину коменданту Белогорской крепости
капитану Миронову.
По секрету.
Сим извещаю вас, что убежавший из-под караула донской казак и раскольник[55] *Емельян Пугачев, учиня непростительную дерзость принятием на себя имени покойного императора Петра III, собрал злодейскую шайку, произвел возмущение в яицких селениях и уже взял и разорил несколько крепостей, производя везде грабежи и смертные убийства. Того ради, с получением сего, имеете вы, господин капитан, немедленно принять надлежащие меры к отражению помянутого злодея и самозванца, а буде можно и к совершенному уничтожению оного, если он обратится на крепость, вверенную вашему попечению».*

– Принять надлежащие меры! – сказал комендант, снимая очки и складывая бумагу. – Слышь ты, легко сказать. Злодей-то, видно, силен; а у нас всего сто тридцать человек, не считая казаков, на которых плоха надежда, не в укор буди тебе сказано, Максимыч.

---

[55] Раскольник – лицо, не признающее официальной православной церкви. Раскол – религиозно-общественное движение в России, возникшее в середине XVII века. Суть его состояла в отделении от русской православной церкви части верующих, не признавших церковной реформы патриарха Никона.

(Урядник усмехнулся.) Однако делать нечего, господа офицеры! Будьте исправны, учредите караулы да ночные дозоры; в случае нападения запирайте ворота да выводите солдат. Ты, Максимыч, смотри крепко за своими казаками. Пушку осмотреть да хорошенько вычистить. А пуще всего содержите все это в тайне, чтоб в крепости никто не мог о том узнать преждевременно.

Раздав сии повеления, Иван Кузмич нас распустил. Я вышел вместе со Швабриным, рассуждая о том, что мы слышали. «Как ты думаешь, чем это кончится?» – спросил я его. «Бог знает, – отвечал он, – посмотрим. Важного покамест еще ничего не вижу. Если же...» Тут он задумался и в рассеянии стал насвистывать французскую арию.

Несмотря на все наши предосторожности, весть о появлении Пугачева разнеслась по крепости. Иван Кузмич, хоть и очень уважал свою супругу, но ни за что на свете не открыл бы ей тайны, вверенной ему по службе. Получив письмо от генерала, он довольно искусным образом выпроводил Василису Егоровну, сказав ей, будто бы отец Герасим получил из Оренбурга какие-то чудные известия, которые содержит в великой тайне. Василиса Егоровна тотчас захотела отправиться в гости к попадье и, по совету Ивана Кузмича, взяла с собою и Машу, чтоб ей не было скучно одной.

Иван Кузмич, оставшись полным хозяином, тотчас послал за нами, а Палашку запер в чулан, чтоб она не могла нас подслушать.

Василиса Егоровна возвратилась домой, не успев ничего выведать от попадьи, и узнала, что во время ее отсутствия было у Ивана Кузмича совещание и что Палашка была под замком. Она догадалась, что была обманута мужем, и приступила к нему с допросом. Но Иван Кузмич приготовился к нападению. Он нимало не смутился и бодро отвечал своей любопытной сожительнице: «А слышь ты, матушка, бабы наши вздумали печи топить соломою; а как от того может произойти несчастие, то я и отдал строгий приказ впредь соломою бабам печей не топить, а топить хворостом и валежником». – «А для чего ж было тебе запирать Палашку? – спросила комендантша. – За что бедная девка просидела в чулане, пока мы не воротились?» Иван Кузмич не был приготовлен к таковому вопросу; он запутался и пробормотал что-то очень нескладное. Василиса Егоровна увидела коварство своего мужа; но, зная, что ничего от него не добьется, прекратила свои вопросы и завела речь о соленых огурцах, которые Акулина Памфиловна приготовляла совершенно особенным образом. Во всю ночь Василиса Егоровна не могла заснуть и никак не могла догадаться, что бы такое было в голове ее мужа, о чем бы ей нельзя было знать.

На другой день, возвращаясь от обедни, она увидела Ивана Игнатьича, который вытаскивал из пушки тряпички, камушки, щепки, бабки и сор всякого рода, запиханный в нее ребятишками. «Что бы значили эти военные приготовления? – думала комендантша, – уж не ждут ли нападения от киргизцев? Но неужто Иван Кузмич стал бы от меня таить такие пустяки?» Она кликнула Ивана Игнатьича, с твердым намерением выведать от него тайну, которая мучила ее дамское любопытство.

Василиса Егоровна сделала ему несколько замечаний касательно хозяйства, как судия, начинающий следствие вопросами посторонними, дабы сперва усыпить осторожность ответчика. Потом, помолчав несколько минут, она глубоко вздохнула и сказала, качая головою: «Господи боже мой! Вишь какие новости! Что из этого будет?»

– И, матушка! – отвечал Иван Игнатьич. – Бог милостив: солдат у нас довольно, пороху много, пушку я вычистил. Авось дадим отпор Пугачеву. Господь не выдаст, свинья не съест!

– А что за человек этот Пугачев? – спросила комендантша.

Тут Иван Игнатьич заметил, что проговорился, и закусил язык. Но уже было поздно. Василиса Егоровна принудила его во всем признаться, дав ему слово не рассказывать о том никому.

Василиса Егоровна сдержала свое обещание и никому не сказала ни одного слова, кроме как попадье, и то потому только, что корова ее ходила еще в степи и могла быть захвачена злодеями.

Вскоре все заговорили о Пугачеве. Толки были различны. Комендант послал урядника с поручением разведать хорошенько обо всем по соседним селениям и крепостям. Урядник возвратился через два дня и объявил, что в степи верст за шестьдесят от крепости видел он множество огней и слышал от башкирцев, что идет неведомая сила. Впрочем, не мог он сказать ничего положительного, потому что ехать далее побоялся.

В крепости между казаками заметно стало необыкновенное волнение; во всех улицах они толпились в кучки, тихо разговаривали между собою и расходились, увидя драгуна или гарнизонного солдата. Посланы были к ним лазутчики. Юлай, крещеный калмык, сделал коменданту важное донесение. Показания урядника, по словам Юлая, были ложны: по возвращении своем лукавый казак объявил своим товарищам, что он был у бунтовщиков, представлялся самому их предводителю, который допустил его к своей руке и долго с ним разговаривал. Комендант немедленно посадил урядника под караул, а Юлая назначил на его место. Эта новость принята была казаками с явным неудовольствием. Они громко роптали, и Иван Игнатьич, исполнитель комендантского распоряжения, слышал своими ушами, как они говорили: «Вот ужо тебе будет, гарнизонная крыса!» Комендант думал в тот же день допросить своего арестанта; но урядник бежал из-под караула, вероятно при помощи своих единомышленников.

Новое обстоятельство усилило беспокойство коменданта. Схвачен был башкирец с возмутительными листами.[56] По сему случаю комендант думал опять собрать своих офицеров и для того хотел опять удалить Василису Егоровну под благовидным предлогом. Но как Иван Кузмич был человек самый прямодушный и правдивый, то и не нашел другого способа, кроме как единожды уже им употребленного.

---

[56] *Возмутительные листы* – воззвания, призывающие к бунту, восстанию.

«Слышь ты, Василиса Егоровна, – сказал он ей покашливая. – Отец Герасим получил, говорят, из города...» – «Полно врать, Иван Кузмич, – перервала комендантша, – ты, знать, хочешь собрать совещание да без меня потолковать об Емельяне Пугачеве; да лих,[57] не проведешь!» Иван Кузмич вытаращил глаза. «Ну, матушка, – сказал он, – коли ты уже все знаешь, так, пожалуй, оставайся; мы потолкуем и при тебе». – «То-то, батька мой, – отвечала она, – не тебе бы хитрить; посылай-ка за офицерами».

Мы собрались опять. Иван Кузмич в присутствии жены прочел нам воззвание Пугачева, писанное каким-нибудь полуграмотным казаком. Разбойник объявлял о своем намерении идти на нашу крепость; приглашал казаков и солдат в свою шайку, а командиров увещевал не супротивляться, угрожая казнию в противном случае. Воззвание написано было в грубых, но сильных выражениях и должно было произвести опасное впечатление на умы простых людей.

– Каков мошенник! – воскликнула комендантша. – Что смеет еще нам предлагать! Выдти к нему навстречу и положить к ногам его знамена! Ах он собачий сын! Да разве не знает он, что мы уже сорок лет в службе и всего, слава богу, насмотрелись? Неужто нашлись такие командиры, которые послушались разбойника?

– Кажется, не должно бы, – отвечал Иван Кузмич. – А слышно, злодей завладел уж многими крепостями.

– Видно, он в самом деле силен, – заметил Швабрин.

– А вот сейчас узнаем настоящую его силу, – сказал комендант. – Василиса Егоровна, дай мне ключ от анбара. Иван Игнатьич, приведи-ка башкирца да прикажи Юлаю принести сюда плетей.

– Постой, Иван Кузьмич, – сказала комендантша, вставая с места. – Дай уведу Машу куда-нибудь из дому; а то услышит крик, перепугается. Да и я, правду сказать, не охотница до розыска. Счастливо оставаться.

---

57 *Да лих* (*устар*.) – да нет уж.

Пытка, в старину, так была укоренена в обычаях судопроизводства, что благодетельный указ,[58] уничтоживший оную, долго оставался безо всякого действия. Думали, что собственное признание преступника необходимо было для его полного обличения, – мысль не только неосновательная, но даже и совершенно противная здравому юридическому смыслу: ибо, если отрицание подсудимого не приемлется в доказательство его невинности, то признание его и того менее должно быть доказательством его виновности. Даже и ныне случается мне слышать старых судей, жалеющих об уничтожении варварского обычая. В наше же время никто не сомневался в необходимости пытки, ни судьи, ни подсудимые. Итак, приказание коменданта никого из нас не удивило и не встревожило. Иван Игнатьич отправился за башкирцем, который сидел в анбаре под ключом у комендантши, и через несколько минут невольника привели в переднюю. Комендант велел его к себе представить.

Башкирец с трудом шагнул через порог (он был в колодке) и, сняв высокую свою шапку, остановился у дверей. Я взглянул на него и содрогнулся. Никогда не забуду этого человека. Ему казалось лет за семьдесят. У него не было ни носа, ни ушей. Голова его была выбрита; вместо бороды торчало несколько седых волос; он был малого росту, тощ и сгорблен; но узенькие глаза его сверкали еще огнем. «Эхе! – сказал комендант, узнав, по страшным его приметам, одного из бунтовщиков, наказанных в 1741 году.[59] – Да ты, видно, старый волк, побывал в наших капканах. Ты, знать, не впервой уже бунтуешь, коли у тебя так гладко выстрогана башка. Подойди-ка поближе; говори, кто тебя подослал?»

---

[58] Имеется в виду указ Александра I об отмене пыток, на практике не выполнявшийся.

[59] В 1741 году произошло восстание в Башкирии, которое было жестоко подавлено властью. Многим участникам восстания в наказание обрезали носы и уши.

Старый башкирец молчал и глядел на коменданта с видом совершенного бессмыслия. «Что же ты молчишь? – продолжал Иван Кузмич, – али бельмес по-русски не разумеешь? Юлай, спроси-ка у него по-вашему, кто его подослал в нашу крепость?»

Юлай повторил на татарском языке вопрос Ивана Кузмича. Но башкирец глядел на него с тем же выражением и не отвечал ни слова.

– Якши,[60] – сказал комендант, – ты у меня заговоришь. Ребята! сымите-ка с него дурацкий полосатый халат, да выстрочите ему спину. Смотри ж, Юлай: хорошенько его!

Два инвалида стали башкирца раздевать. Лицо несчастного изобразило беспокойство. Он оглядывался на все стороны, как зверок, пойманный детьми. Когда ж один из инвалидов взял его руки и, положив их себе около шеи, поднял старика на свои плечи, а Юлай взял плеть и замахнулся, тогда башкирец застонал слабым, умоляющим голосом и, кивая головою, открыл рот, в котором вместо языка шевелился короткий обрубок.

Когда вспомню, что это случилось на моем веку и что ныне дожил я до кроткого царствования императора Александра, не могу не дивиться быстрым успехам просвещения и распространению правил человеколюбия. Молодой человек! если записки мои попадутся в твои руки, вспомни, что лучшие и прочнейшие изменения суть те, которые происходят от улучшения нравов, без всяких насильственных потрясений.

Все были поражены. «Ну, – сказал комендант, – видно, нам от него толку не добиться. Юлай, отведи башкирца в анбар. А мы, господа, кой о чем еще потолкуем».

Мы стали рассуждать о нашем положении, как вдруг Василиса Егоровна вошла в комнату, задыхаясь и с видом чрезвычайно встревоженным.

– Что это с тобою сделалось? – спросил изумленный комендант.

---

60 *Якши* (*татарск.*) – хорошо.

– Батюшки, беда! – отвечала Василиса Егоровна. – Нижнеозерная взята сегодня утром. Работник отца Герасима сейчас оттуда воротился. Он видел, как ее брали. Комендант и все офицеры перевешаны. Все солдаты взяты в полон. Того и гляди злодеи будут сюда.

Неожиданная весть сильно меня поразила. Комендант Нижнеозерной крепости, тихий и скромный молодой человек, был мне знаком: месяца за два перед тем проезжал он из Оренбурга с молодой своей женою и останавливался у Ивана Кузмича. Нижнеозерная находилась от нашей крепости верстах в двадцати пяти. С часу на час должно было и нам ожидать нападения Пугачева. Участь Марьи Ивановны живо представилась мне, и сердце у меня так и замерло.

– Послушайте, Иван Кузмич! – сказал я коменданту. – Долг наш защищать крепость до последнего нашего издыхания; об этом и говорить нечего. Но надобно подумать о безопасности женщин. Отправьте их в Оренбург, если дорога еще свободна, или в отдаленную, более надежную крепость, куда злодеи не успели бы достигнуть.

Иван Кузмич оборотился к жене и сказал ей: «А слышь ты, матушка, и в самом деле, не отправить ли вас подале, пока не управимся мы с бунтовщиками?»

– И, пустое! – сказала комендантша. – Где такая крепость, куда бы пули не залетали? Чем Белогорская ненадежна? Слава богу, двадцать второй год в ней проживаем. Видали и башкирцев и киргизцев: авось и от Пугачева отсидимся!

– Ну, матушка, – возразил Иван Кузмич, – оставайся, пожалуй, коли ты на крепость нашу надеешься. Да с Машей-то что нам делать? Хорошо, коли отсидимся или дождемся сикурса;[61] ну, а коли злодеи возьмут крепость?

---

[61] *Сикурс* (*воен., устар.*) – помощь.

– Ну, тогда... – Тут Василиса Егоровна заикнулась и замолчала с видом чрезвычайного волнения.

– Нет, Василиса Егоровна, – продолжал комендант, замечая, что слова его подействовали, может быть, в первый раз в его жизни. – Маше здесь оставаться не гоже. Отправим ее в Оренбург к ее крестной матери: там и войска и пушек довольно, и стена каменная. Да и тебе советовал бы с нею туда же отправиться; даром что ты старуха, а посмотри, что с тобою будет, коли возьмут фортецию приступом.

– Добро, – сказала комендантша, – так и быть, отправим Машу. А меня и во сне не проси: не поеду. Нечего мне под старость лет расставаться с тобою да искать одинокой могилы на чужой сторонке. Вместе жить, вместе и умирать.

– И то дело, – сказал комендант. – Ну, медлить нечего. Ступай готовить Машу в дорогу. Завтра чем свет ее и отправим, да дадим ей и конвой, хоть людей лишних у нас и нет. Да где же Маша?

– У Акулины Памфиловны, – отвечала комендантша. – Ей сделалось дурно, как услышала о взятии Нижнеозерной; боюсь, чтобы не занемогла. Господи владыко, до чего мы дожили!

Василиса Егоровна ушла хлопотать об отъезде дочери. Разговор у коменданта продолжался; но я уже в него не мешался и ничего не слушал. Марья Ивановна явилась к ужину бледная и заплаканная. Мы отужинали молча и встали из-за стола скорее обыкновенного; простясь со всем семейством, мы отправились по домам. Но я нарочно забыл свою шпагу и воротился за нею: я предчувствовал, что застану Марью Ивановну одну. В самом деле, она встретила меня в дверях и вручила мне шпагу. «Прощайте, Петр Андреич! – сказала она мне со слезами. – Меня посылают в Оренбург. Будьте живы и счастливы; может быть, господь приведет нас друг с другом увидеться; если же нет...» Тут она зарыдала. Я обнял ее. «Прощай, ангел мой, – сказал я, – прощай, моя милая, моя желанная! Что бы со мною ни было, верь, что последняя моя мысль и последняя молитва будет о тебе!» Маша рыдала, прильнув к моей груди. Я с жаром ее поцеловал и поспешно вышел из комнаты.

Глава VII

Приступ

Голова моя, головушка,
Голова послуживая!
Послужила моя головушка
Ровно тридцать лет и три года.
Ах, не выслужила головушка
Ни корысти себе, ни радости,
Как ни слова себе доброго
И ни рангу себе высокого;
Только выслужила головушка
Два высокие столбика,
Перекладинку кленовую,
Еще петельку шелковую.
Народная песня

В эту ночь я не спал и не раздевался. Я намерен был отправиться на заре к крепостным воротам, откуда Марья Ивановна должна была выехать, и там проститься с нею в последний раз. Я чувствовал в себе великую перемену: волнение души моей было мне гораздо менее тягостно, нежели то уныние, в котором еще недавно был я погружен. С грустию разлуки сливались во мне и неясные, но сладостные надежды, и нетерпеливое ожидание опасностей, и чувства благородного честолюбия. Ночь прошла незаметно. Я хотел уже выйти из дому, как дверь моя отворилась, и ко мне явился капрал с донесением, что наши казаки ночью выступили из крепости, взяв насильно с собою Юлая, и что около крепости разъезжают неведомые люди. Мысль, что Марья Ивановна не успеет выехать, ужаснула меня; я поспешно дал капралу несколько наставлений и тотчас бросился к коменданту.

Уж рассветало. Я летел по улице, как услышал, что зовут меня. Я остановился. «Куда вы? – сказал Иван Игнатьич, догоняя меня. – Иван Кузмич на валу и послал меня за вами. Пугач пришел». – «Уехала ли Марья Ивановна?» – спросил я с сердечным трепетом. «Не успела, – отвечал Иван Игнатьич, – дорога в Оренбург отрезана; крепость окружена. Плохо, Петр Андреич!»

Мы пошли на вал, возвышение, образованное природой и укрепленное частоколом. Там уже толпились все жители крепости. Гарнизон стоял в ружье. Пушку туда перетащили накануне. Комендант расхаживал перед своим малочисленным строем. Близость опасности одушевляла старого воина бодростию необыкновенной. По степи, не в дальнем расстоянии от крепости, разъезжали человек двадцать верхами. Они, казалося, казаки, но между ими находились и башкирцы, которых легко можно было распознать по их рысьим шапкам и по колчанам. Комендант обошел свое войско, говоря солдатам: «Ну, детушки, постоим сегодня за матушку государыню и докажем всему свету, что мы люди бравые и присяжные!» Солдаты громко изъявили усердие. Швабрин стоял подле меня и пристально глядел на неприятеля. Люди, разъезжающие в степи, заметя движение в крепости, съехались в кучку и стали между собою толковать. Комендант велел Ивану Игнатьичу навести пушку на их толпу и сам приставил фитиль. Ядро зажужжало и пролетело над ними, не сделав никакого вреда. Наездники, рассеясь, тотчас ускакали из виду, и степь опустела.

Тут явилась на валу Василиса Егоровна и с нею Маша, не хотевшая отстать от нее. «Ну, что? – сказала комендантша. – Каково идет баталья? Где же неприятель?» – «Неприятель недалече, – отвечал Иван Кузмич. – Бог даст, все будет ладно. Что, Маша, страшно тебе?» – «Нет, папенька, – отвечала Марья Ивановна, – дома одной страшнее». Тут она взглянула на меня и с усилием улыбнулась. Я невольно стиснул рукоять моей шпаги, вспомня, что накануне получил ее из ее рук, как бы на защиту моей любезной. Сердце мое горело. Я воображал себя ее рыцарем. Я жаждал доказать, что был достоин ее доверенности, и с нетерпением стал ожидать решительной минуты.

В это время из-за высоты, находившейся в полверсте от крепости, показались новые конные толпы, и вскоре степь усеялась множеством людей, вооруженных копьями и сайдаками.[62] Между ими на белом коне ехал человек в красном кафтане, с обнаженной саблею в руке: это был сам Пугачев. Он остановился; его окружили, и, как видно, по его повелению, четыре человека отделились и во весь опор подскакали под самую крепость. Мы в них узнали своих изменников. Один из них держал под шапкою лист бумаги; у другого на копье воткнута была голова Юлая, которую, стряхнув, перекинул он к нам чрез частокол. Голова бедного калмыка упала к ногам коменданта. Изменники кричали: «Не стреляйте: выходите вон к государю. Государь здесь!»

«Вот я вас! – закричал Иван Кузмич. – Ребята! стреляй!» Солдаты наши дали залп. Казак, державший письмо, зашатался и свалился с лошади; другие поскакали назад. Я взглянул на Марью Ивановну. Пораженная видом окровавленной головы Юлая, оглушенная залпом, она казалась без памяти. Комендант подозвал капрала и велел ему взять лист из рук убитого казака. Капрал вышел в поле и возвратился, ведя под уздцы лошадь убитого. Он вручил коменданту письмо. Иван Кузмич прочел его про себя и разорвал потом в клочки. Между тем мятежники, видимо, приготовлялись к действию. Вскоре пули начали свистать около наших ушей, и несколько стрел воткнулись около нас в землю и в частокол. «Василиса Егоровна! – сказал комендант. – Здесь не бабье дело; уведи Машу; видишь: девка ни жива ни мертва».

Василиса Егоровна, присмиревшая под пулями, взглянула на степь, на которой заметно было большое движение; потом оборотилась к мужу и сказала ему: «Иван Кузмич, в животе и смерти бог волен: благослови Машу. Маша, подойди к отцу».

---

62 *Сайдак* – лук с колчаном и стрелами.

Маша, бледная и трепещущая, подошла к Ивану Кузмичу, стала на колени и поклонилась ему в землю. Старый комендант перекрестил ее трижды; потом поднял и, поцеловав, сказал ей изменившимся голосом: «Ну, Маша, будь счастлива. Молись богу: он тебя не оставит. Коли найдется добрый человек, дай бог вам любовь да совет. Живите, как жили мы с Василисой Егоровной. Ну, прощай, Маша. Василиса Егоровна, уведи же ее поскорее». (Маша кинулась ему на шею и зарыдала.) «Поцелуемся ж и мы, – сказала, заплакав, комендантша. – Прощай, мой Иван Кузмич. Отпусти мне, коли в чем я тебе досадила!» – «Прощай, прощай, матушка! – сказал комендант, обняв свою старуху. – Ну, довольно! Ступайте, ступайте домой; да, коли успеешь, надень на Машу сарафан». Комендантша с дочерью удалились. Я глядел вослед Марьи Ивановны; она оглянулась и кивнула мне головой. Тут Иван Кузмич оборотился к нам, и все внимание его устремилось на неприятеля. Мятежники съезжались около своего предводителя и вдруг начали слезать с лошадей. «Теперь стойте крепко, – сказал комендант, – будет приступ…» В эту минуту раздался страшный визг и крики; мятежники бегом бежали к крепости. Пушка наша заряжена была картечью. Комендант подпустил их на самое близкое расстояние и вдруг выпалил опять. Картечь хватила в самую средину толпы. Мятежники отхлынули в обе стороны и попятились. Предводитель их остался один впереди… Он махал саблею и, казалось, с жаром их уговаривал… Крик и визг, умолкнувшие на минуту, тотчас снова возобновились. «Ну, ребята, – сказал комендант, – теперь отворяй ворота, бей в барабан. Ребята! вперед, на вылазку, за мною!»

Комендант, Иван Игнатьич и я мигом очутились за крепостным валом; но обробелый гарнизон не тронулся. «Что ж вы, детушки, стоите? – закричал Иван Кузмич. – Умирать так умирать: дело служивое!» В эту минуту мятежники набежали на нас и ворвались в крепость. Барабан умолк; гарнизон бросил ружья; меня сшибли было с ног, но я встал и вместе с мятежниками вошел в крепость. Комендант, раненный в голову, стоял в кучке злодеев, которые требовали от него ключей. Я бросился было к нему на помощь; несколько дюжих казаков схватили меня и связали кушаками, приговаривая: «Вот ужо вам будет, государевым ослушникам!» Нас потащили по улицам; жители выходили из домов с хлебом и солью. Раздавался колокольный звон. Вдруг закричали в толпе, что государь на площади ожидает пленных и принимает присягу. Народ повалил на площадь; нас погнали туда же.

Пугачев сидел в креслах на крыльце комендантского дома. На нем был красный казацкий кафтан, обшитый галунами. Высокая соболья шапка с золотыми кистями была надвинута на его сверкающие глаза. Лицо его показалось мне знакомо. Казацкие старшины окружали его. Отец Герасим, бледный и дрожащий, стоял у крыльца, с крестом в руках, и, казалось, молча умолял его за предстоящие жертвы. На площади ставили наскоро виселицу. Когда мы приблизились, башкирцы разогнали народ и нас представили Пугачеву. Колокольный звон утих; настала глубокая тишина. «Который комендант?» – спросил самозванец. Наш урядник выступил из толпы и указал на Ивана Кузмича. Пугачев грозно взглянул на старика и сказал ему: «Как ты смел противиться мне, своему государю?» Комендант, изнемогая от раны, собрал последние силы и отвечал твердым голосом: «Ты мне не государь, ты вор и самозванец, слышь ты!» Пугачев мрачно нахмурился и махнул белым платком. Несколько казаков подхватили старого капитана и потащили к виселице. На ее перекладине очутился верхом изувеченный башкирец, которого допрашивали мы накануне. Он держал в руке веревку, и через минуту увидел я бедного Ивана Кузмича, вздернутого в воздух. Тогда привели к Пугачеву Ивана Игнатьича. «Присягай, – сказал ему Пугачев, – государю Петру Федоровичу!» – «Ты нам не государь, – отвечал Иван Игнатьич, повторяя слова своего капитана. – Ты, дядюшка, вор и самозванец!» Пугачев махнул опять платком, и добрый поручик повис подле своего старого начальника.

Очередь была за мною. Я глядел смело на Пугачева, готовясь повторить ответ великодушных моих товарищей. Тогда, к неописанному моему изумлению, увидел я среди мятежных старшин Швабрина, обстриженного в кружок и в казацком кафтане. Он подошел к Пугачеву и сказал ему на ухо несколько слов. «Вешать его!»

– сказал Пугачев, не взглянув уже на меня. Мне накинули на шею петлю. Я стал читать про себя молитву, принося богу искреннее раскаяние во всех моих прегрешениях и моля его о спасении всех близких моему сердцу. Меня притащили под виселицу. «Не бось, не бось», – повторяли мне губители, может быть и вправду желая меня ободрить. Вдруг услышал я крик: «Постойте, окаянные! погодите!..» Палачи остановились. Гляжу: Савельич лежит в ногах у Пугачева. «Отец родной! – говорил бедный дядька. – Что тебе в смерти барского дитяти? Отпусти его; за него тебе выкуп дадут; а для примера и страха ради вели повесить хоть меня старика!» Пугачев дал знак, и меня тотчас развязали и оставили. «Батюшка наш тебя милует», – говорили мне. В эту минуту не могу сказать, чтоб я обрадовался своему избавлению, не скажу, однако ж, чтоб я о нем и сожалел. Чувствования мои были слишком смутны. Меня снова повели к самозванцу и поставили перед ним на колени. Пугачев протянул мне жилистую свою руку. «Целуй руку, целуй руку!» – говорили около меня. Но я предпочел бы самую лютую казнь такому подлому унижению. «Батюшка Петр Андреич! – шептал Савельич, стоя за мною и толкая меня. – Не упрямься! что тебе стоит? плюнь да поцелуй у злод... (тьфу!) поцелуй у него ручку». Я не шевелился. Пугачев опустил руку, сказав с усмешкою: «Его благородие, знать, одурел от радости. Подымите его!» – Меня подняли и оставили на свободе. Я стал смотреть на продолжение ужасной комедии.

Жители начали присягать. Они подходили один за другим, целуя распятие и потом кланяясь самозванцу. Гарнизонные солдаты стояли тут же. Ротный портной, вооруженный тупыми своими ножницами, резал у них косы.[63] Они, отряхиваясь, подходили к руке Пугачева, который объявлял им прощение и принимал в свою шайку. Все это продолжалось около трех часов. Наконец Пугачев встал с кресел и сошел с крыльца в сопровождении своих старшин. Ему

---

[63] Солдаты в XVIII веке носили парики с туго заплетенными косами. Пугачевцы резали косы солдатам в знак освобождения от службы в царской армии.

подвели белого коня, украшенного богатой сбруей. Два казака взяли его под руки и посадили на седло. Он объявлял отцу Герасиму, что будет обедать у него. В эту минуту раздался женский крик. Несколько разбойников вытащили на крыльцо Василису Егоровну, растрепанную и раздетую донага. Один из них успел уже нарядиться в ее душегрейку. Другие таскали перины, сундуки, чайную посуду, белье и всю рухлядь. «Батюшки мои! – кричала бедная старушка. – Отпустите душу на покаяние. Отцы родные, отведите меня к Ивану Кузмичу». Вдруг она взглянула на виселицу и узнала своего мужа. «Злодеи! – закричала она в исступлении. – Что это вы с ним сделали? Свет ты мой, Иван Кузмич, удалая солдатская головушка! не тронули тебя ни штыки прусские, ни пули турецкие; не в честном бою положил ты свой живот, а сгинул от беглого каторжника!» – «Унять старую ведьму!» – сказал Пугачев. Тут молодой казак ударил ее саблею по голове, и она упала мертвая на ступени крыльца. Пугачев уехал; народ бросился за ним.

Глава VIII

Незваный гость

Незваный гость хуже татарина.
Пословица

Площадь опустела. Я все стоял на одном месте и не мог привести в порядок мысли, смущенные столь ужасными впечатлениями.

Неизвестность о судьбе Марьи Ивановны пуще всего меня мучила. Где она? что с нею? успела ли спрятаться? надежно ли ее убежище?.. Полный тревожными мыслями, я вошел в комендантский дом… Все было пусто; стулья, столы, сундуки были переломаны; посуда перебита; все растаскано. Я взбежал по маленькой лестнице, которая вела в светлицу, и в первый раз отроду вошел в комнату Марьи Ивановны. Я увидел ее постелю, перерытую разбойниками; шкаф был разломан и ограблен; лампадка теплилась еще перед опустелым кивотом.[64] Уцелело и зеркальце, висевшее в простенке… Где ж была хозяйка этой смиренной девической кельи? Страшная мысль мелькнула в уме моем: я вообразил ее в руках у разбойников… Сердце мое сжалось… Я горько, горько заплакал и громко произнес имя моей любезной… В эту минуту послышался легкий шум, и из-за шкафа явилась Палаша, бледная и трепещущая.

– Ах, Петр Андреич! – сказала она, сплеснув руками. – Какой денек! какие страсти!..

– А Марья Ивановна? – спросил я нетерпеливо, – что Марья Ивановна?

– Барышня жива, – отвечала Палаша. – Она спрятана у Акулины Памфиловны.

– У попадьи! – вскричал я с ужасом. – Боже мой! да там Пугачев!..

Я бросился вон из комнаты, мигом очутился на улице и опрометью побежал в дом священника, ничего не видя и не чувствуя. Там раздавались крики, хохот и песни… Пугачев пировал с своими товарищами. Палаша прибежала туда же за мною. Я подослал ее вызвать тихонько Акулину Памфиловну. Через минуту попадья вышла ко мне в сени с пустым штофом в руках.

– Ради бога! где Марья Ивановна? – спросил я с неизъяснимым волнением.

– Лежит, моя голубушка, у меня на кровати, там за перегородкою, – отвечала попадья. – Ну, Петр Андреич, чуть было не стряслась беда, да, слава богу, все прошло благополучно: злодей только что уселся обедать, как она, моя бедняжка, очнется да застонет!.. Я так и обмерла. Он услышал: «А кто это у тебя охает,

---

64 *Кивот* (киот) – небольшой шкаф, подставка для ног.

старуха?» Я вору в пояс: «Племянница моя, государь; захворала, лежит, вот уж другая неделя». – «А молода твоя племянница?» – «Молода, государь». – «А покажи-ка мне, старуха, свою племянницу». У меня сердце так и екнуло, да нечего было делать. – «Изволь, государь; только девка-то не сможет встать и придти к твоей милости». – «Ничего, старуха, я и сам пойду погляжу». И ведь пошел окаянный за перегородку; как ты думаешь! ведь отдернул занавес, взглянул ястребиными своими глазами! – и ничего... бог вынес! А веришь ли, я и батька мой так уж и приготовились к мученической смерти. К счастию, она, моя голубушка, не узнала его. Господи владыко, дождались мы праздника! Нечего сказать! бедный Иван Кузмич! кто бы подумал!.. А Василиса-то Егоровна? А Иван-то Игнатьич? Его-то за что?.. Как это вас пощадили? А каков Швабрин, Алексей Иваныч? Ведь остригся в кружок и теперь у нас тут же с ними пирует! Проворен, нечего сказать! А как сказала я про больную племянницу, так он, веришь ли, так взглянул на меня, как бы ножом насквозь; однако не выдал, спасибо ему и за то. – В эту минуту раздались пьяные крики гостей и голос отца Герасима. Гости требовали вина, хозяин кликал сожительницу. Попадья расхлопоталась. – Ступайте себе домой, Петр Андреич, – сказала она, – теперь не до вас; у злодеев попойка идет. Беда, попадетесь под пьяную руку. Прощайте, Петр Андреич. Что будет, то будет; авось бог не оставит.

Попадья ушла. Несколько успокоенный, я отправился к себе на квартиру. Проходя мимо площади, я увидел несколько башкирцев, которые теснились около виселицы и стаскивали сапоги с повешенных; с трудом удержал я порыв негодования, чувствуя бесполезность заступления. По крепости бегали разбойники, грабя офицерские дома. Везде раздавались крики пьянствующих мятежников. Я пришел домой. Савельич встретил меня у порога. «Слава богу! – вскричал он, увидя меня. – Я было думал, что злодеи опять тебя подхватили. Ну, батюшка Петр Андреич! веришь ли? все у нас разграбили, мошенники: платье, белье, вещи, посуду – ничего не оставили. Да что уж! Слава богу, что тебя живого отпустили! А узнал ли ты, сударь, атамана?»

– Нет, не узнал; а кто ж он такой?

– Как, батюшка? Ты и позабыл того пьяницу, который выманил у тебя тулуп на постоялом дворе? Заячий тулупчик совсем новешенький, а он, бестия, его так и распорол, напяливая на себя!

Я изумился. В самом деле сходство Пугачева с моим вожатым было разительно. Я удостоверился, что Пугачев и он были одно и то же лицо, и понял тогда причину пощады, мне оказанной. Я не мог не подивиться странному сцеплению обстоятельств: детский тулуп, подаренный бродяге, избавлял меня от петли, и пьяница, шатавшийся по постоялым дворам, осаждал крепости и потрясал государством!

– Не изволишь ли покушать? – спросил Савельич, неизменный в своих привычках. – Дома ничего нет; пойду пошарю да что-нибудь тебе изготовлю.

Оставшись один, я погрузился в размышления. Что мне было делать? Оставаться в крепости, подвластной злодею, или следовать за его шайкою было неприлично офицеру. Долг требовал, чтобы я явился туда, где служба моя могла еще быть полезна отечеству в настоящих затруднительных обстоятельствах... Но любовь сильно советовала мне оставаться при Марье Ивановне и быть ей защитником и покровителем. Хотя я и предвидел скорую и несомненную перемену в обстоятельствах, но все же не мог не трепетать, воображая опасность ее положения.

Размышления мои были прерваны приходом одного из казаков, который прибежал с объявлением, «что-де великий государь требует тебя к себе». – «Где же он?» – спросил я, готовясь повиноваться.

– В комендантском, – отвечал казак. – После обеда батюшка наш отправился в баню, а теперь отдыхает. Ну, ваше благородие, по всему видно, что персона знатная: за обедом скушать изволил двух жареных поросят, а парится так жарко, что и Тарас Курочкин не вытерпел, отдал веник Фомке Бикбаеву да насилу холодной водой откачался. Нечего сказать: все приемы такие важные... А в бане, слышно, показывал царские свои знаки на грудях: на одной двуглавый орел величиною с пятак, а на другой персона его.

Я не почел нужным оспоривать мнения казака и с ним вместе отправился в комендантский дом, заранее воображая себе свидание с Пугачевым и стараясь предугадать, чем оно кончится. Читатель легко может себе представить, что я не был совершенно хладнокровен.

Начинало смеркаться, когда пришел я к комендантскому дому. Виселица со своими жертвами страшно чернела. Тело бедной комендантши все еще валялось под крыльцом, у которого два казака стояли на карауле. Казак, приведший меня, отправился про меня доложить и, тотчас же воротившись, ввел меня в ту комнату, где накануне так нежно прощался я с Марьей Ивановною.

Необыкновенная картина мне представилась: за столом, накрытым скатертью и установленным штофами и стаканами, Пугачев и человек десять казацких старшин сидели, в шапках и цветных рубашках, разгоряченные вином, с красными рожами и блистающими глазами. Между ими не было ни Швабрина, ни нашего урядника, новобраных изменников. «А, ваше благородие! – сказал Пугачев, увидя меня. – Добро пожаловать; честь и место, милости просим». Собеседники потеснились. Я молча сел на краю стола. Сосед мой, молодой казак, стройный и красивый, налил мне стакан простого вина, до которого я не коснулся. С любопытством стал я рассматривать сборище. Пугачев на первом месте сидел, облокотясь на стол и подпирая черную бороду своим широким кулаком. Черты лица его, правильные и довольно приятные, не изъявляли ничего свирепого. Он часто обращался к человеку лет пятидесяти, называя его то графом, то Тимофеичем, а иногда величая его дядюшкою. Все обходились между собою как товарищи и не оказывали никакого особенного предпочтения своему предводителю. Разговор шел об утреннем приступе, об успехе возмущения и о будущих действиях. Каждый хвастал, предлагал свои мнения и свободно оспоривал Пугачева. И на сем-то странном военном совете решено было идти к Оренбургу: движение дерзкое, и которое чуть было не увенчалось бедственным успехом! Поход был объявлен к завтрашнему дню. «Ну, братцы, – сказал Пугачев, – затянем-ка на сон грядущий мою любимую песенку. Чумаков! начинай!» – Сосед мой затянул тонким голоском заунывную бурлацкую песню, и все подхватили хором:

Не шуми, мати зеленая дубровушка,
Не мешай мне, доброму молодцу, думу думати.
Что заутра мне, доброму молодцу, в допрос идти
Перед грозного судью, самого царя.
Еще станет государь-царь меня спрашивать:
Ты скажи, скажи, детинушка крестьянский сын,
Уж как с кем ты воровал, с кем разбой держал,
Еще много ли с тобой было товарищей?
Я скажу тебе, надежа православный царь,
Всеё правду скажу тебе, всю истину,
Что товарищей у меня было четверо:
Еще первый мой товарищ темная ночь,
А второй мой товарищ булатный нож,
А как третий-то товарищ, то мой добрый конь,
А четвертый мой товарищ, то тугой лук,
Что рассыльщики мои, то калены стрелы.
Что возговорит надежа православный царь:
Исполать[65] *тебе, детинушка крестьянский сын,*
Что умел ты воровать, умел ответ держать!
Я за то тебя, детинушка, пожалую

---

65 *Исполáть* (*устар*.) – хвала, слава.

Середи поля хоромами высокими,
Что двумя ли столбами с перекладиной.

Невозможно рассказать, какое действие произвела на меня эта простонародная песня про виселицу, распеваемая людьми, обреченными виселице. Их грозные лица, стройные голоса, унылое выражение, которое придавали они словам и без того выразительным, – все потрясло меня каким-то пиитическим [66] ужасом.

Гости выпили еще по стакану, встали из-за стола и простились с Пугачевым. Я хотел за ними последовать, но Пугачев сказал мне: «Сиди; я хочу с тобою переговорить». – Мы остались глаз на глаз.

Несколько минут продолжалось обоюдное наше молчание. Пугачев смотрел на меня пристально, изредка прищуривая левый глаз с удивительным выражением плутовства и насмешливости. Наконец он засмеялся, и с такою непритворной веселостию, что и я, глядя на него, стал смеяться, сам не зная чему.

– Что, ваше благородие? – сказал он мне. – Струсил ты, признайся, когда молодцы мои накинули тебе веревку на шею? Я чаю, небо с овчинку показалось… А покачался бы на перекладине, если б не твой слуга. Я тотчас узнал старого хрыча. Ну, думал ли ты, ваше благородие, что человек, который вывел тебя к умету, был сам великий государь? (Тут он взял на себя вид важный и таинственный.) Ты крепко передо мною виноват, – продолжал он, – но я помиловал тебя за твою добродетель, за то, что ты оказал мне услугу, когда принужден я был скрываться от своих недругов. То ли еще увидишь! Так ли еще тебя пожалую, когда получу свое государство! Обещаешься ли служить мне с усердием?

Вопрос мошенника и его дерзость показались мне так забавны, что я не мог не усмехнуться.

---

[66] *Пиитический* (*устар*.) – поэтический.

– Чему ты усмехаешься? – спросил он меня нахмурясь. – Или ты не веришь, что я великий государь? Отвечай прямо.

Я смутился: признать бродягу государем был я не в состоянии: это казалось мне малодушием непростительным. Назвать его в глаза обманщиком – было подвергнуть себя погибели; и то, на что я был готов под виселицею в глазах всего народа и в первом пылу негодования, теперь казалось мне бесполезной хвастливостию. Я колебался. Пугачев мрачно ждал моего ответа. Наконец (и еще ныне с самодовольствием поминаю эту минуту) чувство долга восторжествовало во мне над слабостию человеческою. Я отвечал Пугачеву: «Слушай; скажу тебе всю правду. Рассуди, могу ли я признать в тебе государя? Ты человек смышленый: ты сам увидел бы, что я лукавствую».

– Кто же я таков, по твоему разумению?

– Бог тебя знает; но кто бы ты ни был, ты шутишь опасную шутку.

Пугачев взглянул на меня быстро. «Так ты не веришь, – сказал он, – чтоб я был государь Петр Федорович? Ну, добро. А разве нет удачи удалому? Разве в старину Гришка Отрепьев не царствовал? Думай про меня что хочешь, а от меня не отставай. Какое тебе дело до иного-прочего? Кто ни поп, тот батька. Послужи мне верой и правдою, и я тебя пожалую и в фельдмаршалы и в князья. Как ты думаешь?».

– Нет, – отвечал я с твердостию. – Я природный дворянин; я присягал государыне императрице: тебе служить не могу. Коли ты в самом деле желаешь мне добра, так отпусти меня в Оренбург.

Пугачев задумался. «А коли отпущу, – сказал он, – так обещаешься ли по крайней мере против меня не служить?»

– Как я могу тебе в этом обещаться? – отвечал я. – Сам знаешь, не моя воля: велят идти против тебя – пойду, делать нечего. Ты теперь сам начальник; сам требуешь повиновения от своих. На что это будет похоже, если я от службы откажусь, когда служба моя понадобится? Голова моя в твоей власти: отпустишь меня – спасибо; казнишь – бог тебе судья; а я сказал тебе правду.

Моя искренность поразила Пугачева. «Так и быть, – сказал он, ударя меня по плечу. – Казнить так казнить, миловать так миловать. Ступай себе на все четыре стороны и делай что хочешь. Завтра приходи со мною проститься, а теперь ступай себе спать, и меня уж дрема клонит».

Я оставил Пугачева и вышел на улицу. Ночь была тихая и морозная. Месяц и звезды ярко сияли, освещая площадь и виселицу. В крепости все было спокойно и темно. Только в кабаке светился огонь и раздавались крики запоздалых гуляк. Я взглянул на дом священника. Ставни и ворота были заперты. Казалось, все в нем было тихо.

Я пришел к себе на квартиру и нашел Савельича, горюющего по моем отсутствии. Весть о свободе моей обрадовала его несказанно. «Слава тебе, владыко! – сказал он перекрестившись. – Чем свет оставим крепость и пойдем куда глаза глядят. Я тебе кое-что заготовил; покушай-ка, батюшка, да и почивай себе до утра, как у Христа за пазушкой».

Я последовал его совету и, поужинав с большим аппетитом, заснул на голом полу, утомленный душевно и физически.

Глава IX

Разлука

Сладко было спознаваться
Мне, прекрасная, с тобой;
Грустно, грустно расставаться,
Грустно, будто бы с душой.
Херасков

Рано утром разбудил меня барабан. Я пошел на сборное место. Там строились уже толпы пугачевские около виселицы, где все еще висели вчерашние жертвы. Казаки стояли верхами, солдаты под ружьем. Знамена развевались. Несколько пушек, между коих узнал я и нашу, поставлены были на походные лафеты. Все жители находились тут же, ожидая самозванца. У крыльца комендантского дома казак держал под уздцы прекрасную белую лошадь киргизской породы. Я искал глазами тела комендантши. Оно было отнесено немного в сторону и прикрыто рогожею. Наконец Пугачев вышел из сеней. Народ снял шапки. Пугачев остановился на крыльце и со всеми поздоровался. Один из старшин подал ему мешок с медными деньгами, и он стал их метать пригоршнями. Народ с криком бросился их подбирать, и дело не обошлось без увечья. Пугачева окружили главные из его сообщников. Между ими стоял и Швабрин. Взоры наши встретились; в моем он мог прочесть презрение, и он отворотился с выражением искренней злобы и притворной насмешливости. Пугачев, увидев меня в толпе, кивнул мне головою и подозвал к себе. «Слушай, – сказал он мне. – Ступай сей же час в Оренбург и объяви от меня губернатору и всем генералам, чтоб ожидали меня к себе через неделю. Присоветуй им встретить меня с детской любовию и послушанием; не то не избежать им лютой казни. Счастливый путь, ваше благородие!» Потом обратился он к народу и сказал, указывая на Швабрина: «Вот вам, детушки, новый командир: слушайтесь его во всем, а он отвечает мне за вас и за крепость». С ужасом услышал я сии слова: Швабрин делался начальником крепости; Марья Ивановна оставалась в его власти! Боже, что с нею будет! Пугачев сошел с крыльца. Ему подвели лошадь. Он проворно вскочил в седло, не дождавшись казаков, которые хотели было подсадить его.

В это время из толпы народа, вижу, выступил мой Савельич, подходит к Пугачеву и подает ему лист бумаги. Я не мог придумать, что из того выйдет. «Это что?» – спросил важно Пугачев. «Прочитай, так изволишь увидеть», – отвечал Савельич. Пугачев принял бумагу и долго рассматривал с видом значительным. «Что ты так мудрено пишешь? – сказал он наконец. – Наши светлые очи не могут тут ничего разобрать. Где мой обер-секретарь?»

Молодой малый в капральском мундире проворно подбежал к Пугачеву. «Читай вслух», – сказал самозванец, отдавая ему бумагу. Я чрезвычайно любопытствовал узнать, о чем дядька мой вздумал писать Пугачеву. Обер-секретарь громогласно стал по складам читать следующее:

«Два халата, миткалевый и шелковый полосатый, на шесть рублей».

– Это что значит? – сказал, нахмурясь, Пугачев.

– Прикажи читать далее, – отвечал спокойно Савельич.

Обер-секретарь продолжал:

«Мундир из тонкого зеленого сукна на семь рублей.

Штаны белые суконные на пять рублей.

Двенадцать рубах полотняных голландских с манжетами на десять рублей.

Погребец с чайною посудою на два рубля с полтиною...»

– Что за вранье? – прервал Пугачев. – Какое мне дело до погребцов и до штанов с манжетами?

Савельич крякнул и стал объясняться. «Это, батюшка, изволишь видеть, реестр барскому добру, раскраденному злодеями...»

– Какими злодеями? – спросил грозно Пугачев.

– Виноват: обмолвился, – отвечал Савельич. – Злодеи не злодеи, а твои ребята таки пошарили да порастаскали. Не гневись: конь и о четырех ногах да спотыкается. Прикажи уж дочитать.

– Дочитывай, – сказал Пугачев. Секретарь продолжал:

«Одеяло ситцевое, другое тафтяное на хлопчатой бумаге – четыре рубля.

Шуба лисья, крытая алым ратином, 40 рублей.

Еще заячий тулупчик, пожалованный твоей милости на постоялом дворе, 15 рублей».

– Это что еще! – вскричал Пугачев, сверкнув огненными глазами.

Признаюсь, я перепугался за бедного моего дядьку. Он хотел было пуститься опять в объяснения, но Пугачев его прервал: «Как ты смел лезть ко мне с такими пустяками? – вскричал он, выхватя бумагу из рук секретаря и бросив ее в лицо Савельичу. – Глупый старик! Их обобрали: экая беда? Да ты должен, старый хрыч, вечно бога молить за меня да за моих ребят за то, что ты и с барином-то своим не висите здесь вместе с моими ослушниками... Заячий тулуп! Я-те дам заячий тулуп! Да знаешь ли ты, что я с тебя живого кожу велю содрать на тулупы?»

– Как изволишь, – отвечал Савельич, – а я человек подневольный и за барское добро должен отвечать.

Пугачев был, видно, в припадке великодушия.

Он отворотился и отъехал, не сказав более ни слова. Швабрин и старшины последовали за ним. Шайка выступила из крепости в порядке. Народ пошел провожать Пугачева. Я остался на площади один с Савельичем. Дядька мой держал в руках свой реестр и рассматривал его с видом глубокого сожаления.

Видя мое доброе согласие с Пугачевым, он думал употребить оное в пользу; но мудрое намерение ему не удалось. Я стал было его бранить за неуместное усердие и не мог удержаться от смеха. «Смейся, сударь, – отвечал Савельич, – смейся; а как придется нам сызнова заводиться всем хозяйством, так посмотрим, смешно ли будет».

Я спешил в дом священника увидеться с Марьей Ивановной. Попадья встретила меня с печальным известием. Ночью у Марьи Ивановны открылась сильная горячка. Она лежала без памяти и в бреду. Попадья ввела меня в ее комнату. Я тихо подошел к ее кровати. Перемена в ее лице поразила меня. Больная меня не узнала. Долго стоял я перед нею, не слушая ни отца Герасима, ни доброй жены его, которые, кажется, меня утешали. Мрачные мысли волновали меня. Состояние бедной беззащитной сироты, оставленной посреди злобных мятежников, собственное мое бессилие устрашали меня. Швабрин, Швабрин пуще всего терзал мое воображение. Облеченный властию от самозванца, предводительствуя в крепости, где оставалась несчастная девушка – невинный предмет его ненависти, он мог решиться на все. Что мне было делать? Как подать ей помощь? Как освободить из рук злодея? Оставалось одно средство: я решился тот же час отправиться в Оренбург, дабы торопить освобождение Белогорской крепости и по возможности тому содействовать. Я простился с священником и с Акулиной Памфиловной, с жаром поручая ей ту, которую почитал уже своею женою. Я взял руку бедной девушки и поцеловал ее, орошая слезами. «Прощайте, – говорила мне попадья, провожая меня, – прощайте, Петр Андреич. Авось увидимся в лучшее время. Не забывайте нас и пишите к нам почаще. Бедная Марья Ивановна, кроме вас, не имеет теперь ни утешения, ни покровителя».

Вышед на площадь, я остановился на минуту, взглянул на виселицу, поклонился ей, вышел из крепости и пошел по Оренбургской дороге, сопровождаемый Савельичем, который от меня не отставал.

Я шел, занятый своими размышлениями, как вдруг услышал за собою конский топот. Оглянулся; вижу: из крепости скачет казак, держа башкирскую лошадь в поводья и делая издали мне знаки. Я остановился и вскоре узнал нашего урядника. Он, подскакав, слез с своей лошади и сказал, отдавая мне поводья другой: «Ваше благородие! Отец наш вам жалует лошадь и шубу с своего плеча (к седлу привязан был овчинный тулуп). Да еще, – примолвил, запинаясь, урядник, – жалует он вам… полтину денег… да я растерял ее дорогою; простите великодушно». Савельич посмотрел на него косо и проворчал: «Растерял дорогою! А что же у тебя побрякивает за пазухой? Бессовестный!» – «Что у меня за пазухой-то побрякивает? – возразил урядник, нимало не смутясь. – Бог с тобой, старинушка! Это бренчит уздечка, а не полтина». – «Добро, – сказал я, прерывая спор. – Благодари от меня того, кто тебя прислал; а растерянную полтину постарайся подобрать на возвратном пути и возьми себе на водку». – «Очень благодарен, ваше благородие, – отвечал он, поворачивая свою лошадь, – вечно за вас буду бога молить». При сих словах он поскакал назад, держась одной рукою за пазуху, и через минуту скрылся из виду.

Я надел тулуп и сел верхом, посадив за собою Савельича. «Вот видишь ли, сударь, – сказал старик, – что я недаром подал мошеннику челобитье: вору-то стало совестно, хоть башкирская долговязая кляча да овчинный тулуп не стоят и половины того, что они, мошенники, у нас украли, и того, что ты ему сам изволил пожаловать; да все же пригодится, а с лихой собаки хоть шерсти клок».

Глава X

Осада города

Заняв луга и горы,
С вершины, как орел, бросал на град он взоры.
За станом повелел соорудить раскат,
И в нем перуны скрыв, в нощи привесть под град.
Херасков

Приближаясь к Оренбургу, увидели мы толпу колодников[67] с обритыми головами, с лицами, обезображенными щипцами палача. Они работали около укреплений, под надзором гарнизонных инвалидов. Иные вывозили в тележках сор, наполнявший ров; другие лопатками копали землю; на валу каменщики таскали кирпич и чинили городскую стену. У ворот часовые остановили нас и потребовали наших паспортов. Как скоро сержант услышал, что я еду из Белогорской крепости, то и повел меня прямо в дом генерала.

Я застал его в саду. Он осматривал яблони, обнаженные дыханием осени, и с помощию старого садовника бережно их укутывал теплой соломой. Лицо его изображало спокойствие,

---

67 *Колодник* – арестант, узник в колодках.

здоровье и добродушие. Он мне обрадовался и стал расспрашивать об ужасных происшествиях, коим я был свидетель. Я рассказал ему все. Старик слушал меня со вниманием и между тем отрезывал сухие ветви. «Бедный Миронов! – сказал он, когда кончил я свою печальную повесть. – Жаль его: хороший был офицер. И мадам Миронов добрая была дама и какая майстерица грибы солить! А что Маша, капитанская дочка?» Я отвечал, что она осталась в крепости на руках у попадьи. «Ай, ай, ай! – заметил генерал. – Это плохо, очень плохо. На дисциплину разбойников никак нельзя положиться. Что будет с бедной девушкою?» Я отвечал, что до Белогорской крепости недалеко и что вероятно его превосходительство не замедлит выслать войско для освобождения бедных ее жителей. Генерал покачал головою с видом недоверчивости. «Посмотрим, посмотрим, – сказал он. – Об этом мы еще успеем потолковать. Прошу ко мне пожаловать на чашку чаю: сегодня у меня будет военный совет. Ты можешь нам дать верные сведения о бездельнике Пугачеве и об его войске. Теперь покамест поди отдохни».

Я пошел на квартиру, мне отведенную, где Савельич уже хозяйничал, и с нетерпением стал ожидать назначенного времени. Читатель легко себе представит, что я не преминул явиться на совет, долженствовавший иметь такое влияние на судьбу мою. В назначенный час я уже был у генерала.

Я застал у него одного из городских чиновников, помнится, директора таможни, толстого и румяного старичка в глазетовом[68] кафтане. Он стал расспрашивать меня о судьбе Ивана Кузмича, которого называл кумом, и часто прерывал мою речь дополнительными вопросами и нравоучительными замечаниями, которые, если и не обличали в нем человека сведущего в военном искусстве, то по крайней мере обнаруживали сметливость и природный ум. Между тем собрались и прочие приглашенные. Между ими, кроме самого генерала, не было ни одного военного человека.

---

[68] *Глазет* – узорчатая шелковая ткань.

Когда все уселись и всем разнесли по чашке чаю, генерал изложил весьма ясно и пространно, в чем состояло дело: «Теперь, господа, – продолжал он, – надлежит решить, как нам действовать противу мятежников: *наступательно* или *оборонительно* ? Каждый из оных способов имеет свою выгоду и невыгоду. Действие наступательное представляет более надежды на скорейшее истребление неприятеля; действие оборонительное более верно и безопасно... Итак, начнем собирать голоса по законному порядку, то есть, начиная с младших по чину. Господин прапорщик! – продолжал он, обращаясь ко мне. – Извольте объяснить нам ваше мнение».

Я встал и, в коротких словах описав сперва Пугачева и шайку его, сказал утвердительно, что самозванцу способа не было устоять противу правильного оружия.[69]

Мнение мое было принято чиновниками с явною неблагосклонностию. Они видели в нем опрометчивость и дерзость молодого человека. Поднялся ропот, и я услышал явственно слово «молокосос», произнесенное кем-то вполголоса. Генерал обратился ко мне и сказал с улыбкою: «Господин прапорщик! Первые голоса на военных советах подаются обыкновенно в пользу движений наступательных; это законный порядок. Теперь станем продолжать собирание голосов. Г-н коллежский советник! скажите нам ваше мнение!»

Старичок в глазетовом кафтане поспешно допил третью свою чашку, значительно разбавленную ромом, и отвечал генералу: «Я думаю, ваше превосходительство, что не должно действовать ни наступательно, ни оборонительно».

– Как же так, господин коллежский советник? – возразил изумленный генерал. – Других способов тактика не представляет: движение оборонительное или наступательное...

– Ваше превосходительство, двигайтесь подкупательно.

---

[69] *Правильное оружие* – здесь: регулярные войска.

– Э-хе-хе! мнение ваше весьма благоразумно. Движения подкупательные тактикою допускаются, и мы воспользуемся вашим советом. Можно будет обещать за голову бездельника... рублей семьдесят или даже сто... из секретной суммы...

– И тогда, – прервал таможенный директор, – будь я киргизский баран, а не коллежский советник, если эти воры не выдадут нам своего атамана, скованного по рукам и по ногам.

– Мы еще об этом подумаем и потолкуем, – отвечал генерал. – Однако надлежит во всяком случае предпринять и военные меры. Господа, подайте голоса ваши по законному порядку.

Все мнения оказались противными моему. Все чиновники говорили о ненадежности войск, о неверности удачи, об осторожности и тому подобном. Все полагали, что благоразумнее оставаться под прикрытием пушек, за крепкой каменной стеною, нежели на открытом поле испытывать счастие оружия. Наконец генерал, выслушав все мнения, вытряхнул пепел из трубки и произнес следующую речь:

– Государи мои! должен я вам объявить, что с моей стороны я совершенно с мнением господина прапорщика согласен: ибо мнение сие основано на всех правилах здравой тактики, которая всегда почти наступательные движения оборонительным предпочитает.

Тут он остановился и стал набивать свою трубку. Самолюбие мое торжествовало. Я гордо посмотрел на чиновников, которые между собою перешептывались с видом неудовольствия и беспокойства.

– Но, государи мои, – продолжал он, выпустив, вместе с глубоким вздохом, густую струю табачного дыму, – я не смею взять на себя столь великую ответственность, когда дело идет о безопасности вверенных мне провинций ее императорским величеством, всемилостивейшей моею государыней. Итак, я соглашаюсь с большинством голосов, которое решило, что всего благоразумнее и безопаснее внутри города ожидать осады, а нападения неприятеля силой артиллерии и (буде окажется возможным) вылазками – отражать.

Чиновники в свою очередь насмешливо поглядели на меня. Совет разошелся. Я не мог не сожалеть о слабости почтенного воина, который, наперекор собственному убеждению, решался следовать мнениям людей несведущих и неопытных.

Спустя несколько дней после сего знаменитого совета узнали мы, что Пугачев, верный своему обещанию, приближился к Оренбургу. Я увидел войско мятежников с высоты городской стены. Мне показалось, что число их вдесятеро увеличилось со времени последнего приступа, коему был я свидетель. При них была и артиллерия, взятая Пугачевым в малых крепостях, им уже покоренных. Вспомня решение совета, я предвидел долговременное заключение в стенах оренбургских и чуть не плакал от досады.

Не стану описывать оренбургскую осаду, которая принадлежит истории, а не семейственным запискам. Скажу вкратце, что сия осада по неосторожности местного начальства была гибельна для жителей, которые претерпели голод и всевозможные бедствия. Легко можно себе вообразить, что жизнь в Оренбурге была самая несносная. Все с унынием ожидали решения своей участи; все охали от дороговизны, которая в самом деле была ужасна. Жители привыкли к ядрам, залетавшим на их дворы; даже приступы Пугачева уж не привлекали общего любопытства. Я умирал со скуки. Время шло. Писем из Белогорской крепости я не получал. Все дороги были отрезаны. Разлука с Марьей Ивановной становилась мне нестерпима. Неизвестность о ее судьбе меня мучила. Единственное развлечение мое состояло в наездничестве. По милости Пугачева, я имел добрую лошадь, с которой делился скудной пищею и на которой ежедневно выезжал я за город перестреливаться с пугачевскими наездниками. В этих перестрелках перевес был обыкновенно на стороне злодеев, сытых, пьяных и доброконных. Тощая городовая конница не могла их одолеть. Иногда выходила в поле и наша голодная пехота; но глубина снега мешала ей действовать удачно противу рассеянных наездников. Артиллерия тщетно гремела с высоты вала, а в поле вязла и не двигалась по причине изнурения лошадей. Таков был образ наших военных действий! И вот что оренбургские чиновники называли осторожностию и благоразумием!

Однажды, когда удалось нам как-то рассеять и прогнать довольно густую толпу, наехал я на казака, отставшего от своих товарищей; я готов был уже ударить его своею турецкою саблею, как вдруг он снял шапку и закричал: «Здравствуйте, Петр Андреич! Как вас бог милует?»

Я взглянул и узнал нашего урядника. Я несказанно ему обрадовался. «Здравствуй, Максимыч, – сказал я ему. – Давно ли из Белогорской?»

– Недавно, батюшка Петр Андреич; только вчера воротился. У меня есть к вам письмецо.

– Где ж оно? – вскричал я, весь так и вспыхнув.

– Со мною, – отвечал Максимыч, положив руку за пазуху. – Я обещался Палаше уж как-нибудь да вам доставить. – Тут он подал мне сложенную бумажку и тотчас ускакал. Я развернул ее и с трепетом прочел следующие строки:

«Богу угодно было лишить меня вдруг отца и матери: не имею на земле ни родни, ни покровителей. Прибегаю к вам, зная, что вы всегда желали мне добра и что вы всякому человеку готовы помочь. Молю бога, чтоб это письмо как-нибудь до вас дошло! Максимыч обещал вам его доставить. Палаша слышала также от Максимыча, что вас он часто издали видит на вылазках и что вы совсем себя не бережете и не думаете о тех, которые за вас со слезами бога молят. Я долго была больна; а когда выздоровела, Алексей Иванович, который командует у нас на месте покойного батюшки, принудил отца Герасима выдать меня ему, застращав Пугачевым. Я живу в нашем доме под караулом. Алексей Иванович принуждает меня выйти за него замуж. Он говорит, что спас мне жизнь, потому что прикрыл обман Акулины Памфиловны, которая сказала злодеям, будто бы я ее племянница. А мне легче было бы умереть, нежели сделаться женою такого человека, каков Алексей Иванович. Он

обходится со мною очень жестоко и грозится, коли не одумаюсь и не соглашусь, то привезет меня в лагерь к злодею, и с вами-де то же будет, что с Лизаветой Харловой [70] *. Я просила Алексея Ивановича дать мне подумать. Он согласился ждать еще три дня; а коли через три дня за него не выду, так уж никакой пощады не будет. Батюшка Петр Андреич! вы один у меня покровитель; заступитесь за меня бедную. Упросите генерала и всех командиров прислать к нам поскорее сикурсу да приезжайте сами, если можете. Остаюсь вам покорная бедная сирота*

Марья Миронова».

Прочитав это письмо, я чуть с ума не сошел. Я пустился в город, без милосердия пришпоривая бедного моего коня. Дорогою придумывал я и то и другое для избавления бедной девушки и ничего не мог выдумать. Прискакав в город, я отправился прямо к генералу и опрометью к нему вбежал.

Генерал ходил взад и вперед по комнате, куря свою пенковую трубку. Увидя меня, он остановился. Вероятно, вид мой поразил его; он заботливо осведомился о причине моего поспешного прихода.

– Ваше превосходительство, – сказал я ему, – прибегаю к вам, как к отцу родному; ради бога, не откажите мне в моей просьбе: дело идет о счастии всей моей жизни.

– Что такое, батюшка? – спросил изумленный старик. – Что я могу для тебя сделать? Говори.

– Ваше превосходительство, прикажите взять мне роту солдат и полсотни казаков и пустите меня очистить Белогорскую крепость.

Генерал глядел на меня пристально, полагая, вероятно, что я с ума сошел (в чем почти и не ошибался).

– Как это? Очистить Белогорскую крепость? – сказал он наконец.

---

70 *Лизавета Харлова* – жена коменданта Нижнеозерной крепости, убитая пугачевцами (историческое лицо).

– Ручаюсь вам за успех, – отвечал я с жаром. – Только отпустите меня.

– Нет, молодой человек, – сказал он, качая головою. – На таком великом расстоянии неприятелю легко будет отрезать вас от коммуникации с главным стратегическим пунктом и получить над вами совершенную победу. Пресеченная коммуникация…

Я испугался, увидя его завлеченного в военные рассуждения, и спешил его прервать.

– Дочь капитана Миронова, – сказал я ему, – пишет ко мне письмо: она просит помощи; Швабрин принуждает ее выйти за него замуж.

– Неужто? О, этот Швабрин превеликий Schelm,[71] и если попадется ко мне в руки, то я велю его судить в двадцать четыре часа, и мы расстреляем его на парапете крепости! Но покамест надобно взять терпение…

– Взять терпение! – вскричал я вне себя. – А он между тем женится на Марье Ивановне!..

– О! – возразил генерал. – Это еще не беда: лучше ей быть покамест женою Швабрина: он теперь может оказать ей протекцию; а когда его расстреляем, тогда, бог даст, сыщутся ей и женишки. Миленькие вдовушки в девках не сидят; то есть, хотел я сказать, что вдовушка скорее найдет себе мужа, нежели девица.

– Скорее соглашусь умереть, – сказал я в бешенстве, – нежели уступить ее Швабрину!

– Ба, ба, ба, ба! – сказал старик. – Теперь понимаю: ты, видно, в Марью Ивановну влюблен. О, дело другое! Бедный малый! Но все же я никак не могу дать тебе роту солдат и полсотни казаков. Эта экспедиция была бы неблагоразумна; я не могу взять ее на свою ответственность.

---

[71] Шельма, мошенник (*нем*.).

Я потупил голову; отчаяние мною овладело. Вдруг мысль мелькнула в голове моей: в чем оная состояла, читатель увидит из следующей главы, как говорят старинные романисты.

Глава XI

Мятежная слобода

В ту пору лев был сыт, хоть сроду он свиреп.
«Зачем пожаловать изволил в мой вертеп?» —
Спросил он ласково.
А. Сумароков

Я оставил генерала и поспешил на свою квартиру. Савельич встретил меня с обыкновенным своим увещанием. «Охота тебе, сударь, переведываться с пьяными разбойниками! Боярское ли это дело? Не ровен час: ни за что пропадешь. И добро бы уж ходил ты на турку или на шведа, а то грех и сказать на кого».

Я прервал его речь вопросом: сколько у меня всего-на-все денег? «Будет с тебя, – отвечал он с довольным видом. – Мошенники как там ни шарили, а я все-таки успел утаить». И с этим словом он вынул из кармана длинный вязаный кошелек, полный серебра. «Ну, Савельич, – сказал я ему, – отдай же мне теперь половину; а остальное возьми себе. Я еду в Белогорскую крепость».

– Батюшка Петр Андреич! – сказал добрый дядька дрожащим голосом. – Побойся бога; как тебе пускаться в дорогу в нынешнее время, когда никуда проезду нет от разбойников! Пожалей ты хоть своих родителей, коли сам себя не жалеешь. Куда тебе ехать? Зачем? Погоди маленько: войска придут, переловят мошенников; тогда поезжай себе хоть на все четыре стороны.

Но намерение мое было твердо принято.

– Поздно рассуждать, – отвечал я старику. – Я должен ехать, я не могу не ехать. Не тужи, Савельич: бог милостив; авось увидимся! Смотри же, не совестись и не скупись. Покупай, что тебе будет нужно, хоть втридорога. Деньги эти я тебе дарю. Если через три дня я не ворочусь...

– Что ты это, сударь? – прервал меня Савельич. – Чтоб я тебя пустил одного! Да этого и во сне не проси. Коли ты уж решился ехать, то я хоть пешком да пойду за тобой, а тебя не покину. Чтоб я стал без тебя сидеть за каменной стеною! Да разве я с ума сошел? Воля твоя, сударь, а я от тебя не отстану.

Я знал, что с Савельичем спорить было нечего, и позволил ему приготовляться в дорогу. Через полчаса я сел на своего доброго коня, а Савельич на тощую и хромую клячу, которую даром отдал ему один из городских жителей, не имея более средств кормить ее. Мы приехали к городским воротам; караульные нас пропустили; мы выехали из Оренбурга.

Начинало смеркаться. Путь мой шел мимо Бердской слободы, пристанища пугачевского. Прямая дорога занесена была снегом; но по всей степи видны были конские следы, ежедневно обновляемые. Я ехал крупной рысью. Савельич едва мог следовать за мною издали и кричал мне поминутно: «Потише, сударь, ради бога потише. Проклятая клячонка моя не успевает за твоим долгоногим бесом. Куда спешишь? Добро бы на пир, а то под обух, того и гляди... Петр Андреич... батюшка Петр Андреич!.. Не погуби!.. Господи владыко, пропадет барское дитя!»

Вскоре засверкали бердские огни. Мы подъехали к оврагам, естественным укреплениям слободы. Савельич от меня не отставал, не прерывая жалобных своих молений. Я надеялся объехать слободу благополучно, как вдруг увидел в сумраке прямо перед собой человек пять мужиков, вооруженных дубинами: это был передовой караул пугачевского пристанища. Нас окликали. Не зная пароля, я хотел молча проехать мимо их; но они меня тотчас окружили, и один из них схватил лошадь мою за узду. Я выхватил саблю и ударил мужика по голове; шапка спасла его, однако он зашатался и выпустил из рук узду. Прочие смутились и отбежали; я воспользовался этой минутою, пришпорил лошадь и поскакал.

Темнота приближающейся ночи могла избавить меня от всякой опасности, как вдруг, оглянувшись, увидел я, что Савельича со мною не было. Бедный старик на своей хромой лошади не мог ускакать от разбойников. Что было делать? Подождав его несколько минут и удостоверясь в том, что он задержан, я поворотил лошадь и отправился его выручать.

Подъезжая к оврагу, услышал я издали шум, крики и голос моего Савельича. Я поехал скорее и вскоре очутился между караульными мужиками, остановившими меня несколько минут тому назад. Савельич находился между ими. Они стащили старика с его клячи и готовились вязать. Прибытие мое их обрадовало. Они с криком бросились на меня и мигом стащили с лошади. Один из них, повидимому главный, объявил нам, что он сейчас поведет нас к государю. «А наш батюшка, – прибавил он, – волен приказать: сейчас ли вас повесить, али дождаться свету божия». Я не противился; Савельич последовал моему примеру, и караульные повели нас с торжеством.

Мы перебрались через овраг и вступили в слободу. Во всех избах горели огни. Шум и крики раздавались везде. На улице я встретил множество народу; но никто в темноте нас не заметил и не узнал во мне оренбургского офицера. Нас привели прямо к избе, стоявшей на углу перекрестка. У ворот стояло несколько винных бочек и две пушки. «Вот и дворец, – сказал один из мужиков, – сейчас об вас доложим». Он вошел в избу. Я взглянул на Савельича; старик крестился, читая про себя молитву. Я дожидался долго; наконец мужик воротился и сказал мне: «Ступай: наш батюшка велел впустить офицера».

Я вошел в избу, или во дворец, как называли ее мужики. Она освещена была двумя сальными свечами, а стены оклеены были золотою бумагою; впрочем, лавки, стол, рукомойник на веревочке, полотенце на гвозде, ухват в углу и широкий шесток,[72] уставленный горшками, – все было как в обыкновенной избе. Пугачев сидел под образами, в красном кафтане, в высокой шапке и важно подбочась. Около него стояло несколько из главных его товарищей, с видом притворного подобострастия. Видно было, что весть о прибытии офицера из Оренбурга пробудила в бунтовщиках сильное любопытство и что они приготовились встретить меня с торжеством. Пугачев узнал меня с первого взгляду. Поддельная важность его вдруг исчезла. «А, ваше благородие! – сказал он мне с живостью. – Как поживаешь? Зачем тебя бог принес?» Я отвечал, что ехал по своему делу и что люди его меня остановили. «А по какому делу?» – спросил он меня. Я не знал, что отвечать. Пугачев, полагая, что я не хочу объясняться при свидетелях, обратился к своим товарищам и велел им выйти. Все послушались, кроме двух, которые не тронулись с места. «Говори смело при них, – сказал мне Пугачев, – от них я ничего не таю». Я взглянул наискось на наперсников[73] самозванца. Один из них, щедушный и сгорбленный старичок с седою бородкою, не имел в себе ничего замечательного, кроме голубой ленты,[74] надетой через плечо по серому армяку. Но ввек не забуду его товарища. Он был невысокого росту, дороден и широкоплеч, и показался мне лет сорока пяти. Густая рыжая борода, серые сверкающие глаза, нос без ноздрей и красноватые пятна на лбу и на щеках придавали его рябому широкому лицу выражение неизъяснимое. Он был в красной рубахе, в киргизском халате и в казацких шароварах. Первый (как узнал я после) был беглый капрал Белобородов; второй – Афанасий Соколов (прозванный Хлопушей), ссыльный преступник, три раза бежавший из сибирских рудников. Несмотря на чувства, исключительно меня волновавшие, общество, в

---

[72] *Шесток* – площадка в передней части русской печи.

[73] *Наперсник* (*устар*.) – любимец, человек, пользующийся особым доверием.

[74] Пугачев выдавал своих приближенных за царских вельмож. Голубую ленту через плечо носили награжденные высшим орденом – Андрея Первозванного.

котором я так нечаянно очутился, сильно развлекало мое воображение. Но Пугачев привел меня в себя своим вопросом: «Говори: по какому же делу выехал ты из Оренбурга?»

Странная мысль пришла мне в голову: мне показалось, что провидение, вторично приведшее меня к Пугачеву, подавало мне случай привести в действо мое намерение. Я решился им воспользоваться и, не успев обдумать то, на что решался, отвечал на вопрос Пугачева:

– Я ехал в Белогорскую крепость избавить сироту, которую там обижают.

Глаза у Пугачева засверкали. «Кто из моих людей смеет обижать сироту? – закричал он. – Будь он семи пядень во лбу, а от суда моего не уйдет. Говори: кто виноватый?»

– Швабрин виноватый, – отвечал я. – Он держит в неволе ту девушку, которую ты видел, больную, у попадьи, и насильно хочет на ней жениться.

– Я проучу Швабрина, – сказал грозно Пугачев. – Он узнает, каково у меня своевольничать и обижать народ. Я его повешу.

– Прикажи слово молвить, – сказал Хлопуша хриплым голосом. – Ты поторопился назначить Швабрина в коменданты крепости, а теперь торопишься его вешать. Ты уж оскорбил казаков, посадив дворянина им в начальники; не пугай же дворян, казня их по первому наговору.

– Нечего их ни жалеть, ни жаловать! – сказал старичок в голубой ленте. – Швабрина сказнить не беда; а не худо и господина офицера допросить порядком: зачем изволил пожаловать. Если он тебя государем не признает, так нечего у тебя и управы искать, а коли признает, что же он до сегодняшнего дня сидел в Оренбурге с твоими супостатами? Не прикажешь ли свести его в приказную да запалить там огоньку: мне сдается, что его милость подослан к нам от оренбургских командиров.

Логика старого злодея мне показалась довольно убедительною. Мороз пробежал по всему моему телу при мысли, в чьих руках я находился. Пугачев заметил мое смущение. «Ась, ваше благородие? – сказал он мне подмигивая. – Фельдмаршал мой, кажется, говорит дело. Как ты думаешь?»

Насмешка Пугачева возвратила мне бодрость. Я спокойно отвечал, что я нахожусь в его власти и что он волен поступать со мною, как ему будет угодно.

– Добро, – сказал Пугачев. – Теперь скажи, в каком состоянии ваш город.

– Слава богу, – отвечал я, – все благополучно.

– Благополучно? – повторил Пугачев. – А народ мрет с голоду!

Самозванец говорил правду; но я по долгу присяги стал уверять, что все это пустые слухи и что в Оренбурге довольно всяких запасов.

– Ты видишь, – подхватил старичок, – что он тебя в глаза обманывает. Все беглецы согласно показывают, что в Оренбурге голод и мор, что там едят мертвечину, и то за честь; а его милость уверяет, что всего вдоволь. Коли ты Швабрина хочешь повесить, то уж на той же виселице повесь и этого молодца, чтоб никому не было завидно.

Слова проклятого старика, казалось, поколебали Пугачева. К счастию, Хлопуша стал противоречить своему товарищу.

– Полно, Наумыч, – сказал он ему. – Тебе бы все душить да резать. Что ты за богатырь? Поглядеть, так в чем душа держится. Сам в могилу смотришь, а других губишь. Разве мало крови на твоей совести?

– Да ты что за угодник? – возразил Белобородов. – У тебя-то откуда жалость взялась?

– Конечно, – отвечал Хлопуша, – и я грешен, и эта рука (тут он сжал свой костливый кулак и, засуча рукава, открыл косматую руку), и эта рука повинна в пролитой христианской крови. Но я губил супротивника, а не гостя; на вольном перепутье да в темном лесу, не дома, сидя за печью; кистенем и обухом, а не бабьим наговором.

Старик отворотился и проворчал слова: «Рваные ноздри!»...

– Что ты там шепчешь, старый хрыч? – закричал Хлопуша. – Я тебе дам рваные ноздри; погоди, придет и твое время; бог даст, и ты щипцов понюхаешь... А покамест смотри, чтоб я тебе бородишки не вырвал!

– Господа енаралы! – провозгласил важно Пугачев. – Полно вам ссориться. Не беда, если б и все оренбургские собаки дрыгали ногами под одной перекладиной; беда, если наши кобели меж собою перегрызутся. Ну, помиритесь.

Хлопуша и Белобородов не сказали ни слова и мрачно смотрели друг на друга. Я увидел необходимость переменить разговор, который мог кончиться для меня очень невыгодным образом, и, обратясь к Пугачеву, сказал ему с веселым видом: «Ах! я было и забыл благодарить тебя за лошадь и за тулуп. Без тебя я не добрался бы до города и замерз бы на дороге».

Уловка моя удалась. Пугачев развеселился. «Долг платежом красен, – сказал он, мигая и прищуриваясь. – Расскажи-ка мне теперь, какое тебе дело до той девушки, которую Швабрин обижает? Уж не зазноба ли сердцу молодецкому? а?»

– Она невеста моя, – отвечал я Пугачеву, видя благоприятную перемену погоды и не находя нужды скрывать истину.

– Твоя невеста! – закричал Пугачев. – Что ж ты прежде не сказал? Да мы тебя женим и на свадьбе твоей попируем! – Потом, обращаясь к Белобородову: – Слушай, фельдмаршал! Мы с его благородием старые приятели; сядем-ка да поужинаем; утро вечера мудренее. Завтра посмотрим, что с ним сделаем.

Я рад был отказаться от предлагаемой чести, но делать было нечего. Две молодые казачки, дочери хозяина избы, накрыли стол белой скатертью, принесли хлеба, ухи и несколько штофов с вином и пивом, и я вторично очутился за одною трапезою с Пугачевым и с его страшными товарищами.

Оргия, коей я был невольным свидетелем, продолжалась до глубокой ночи. Наконец хмель начал одолевать собеседников. Пугачев задремал, сидя на своем месте; товарищи его встали и дали мне знак оставить его. Я вышел вместе с ними. По распоряжению Хлопуши, караульный отвел меня в приказную избу, где я нашел и Савельича и где меня оставили с ним взаперти. Дядька был в таком изумлении при виде всего, что происходило, что не сделал мне никакого вопроса. Он улегся в темноте и долго вздыхал и охал; наконец захрапел, а я предался размышлениям, которые во всю ночь ни на одну минуту не дали мне задремать.

Поутру пришли меня звать от имени Пугачева. Я пошел к нему. У ворот его стояла кибитка, запряженная тройкою татарских лошадей. Народ толпился на улице. В сенях встретил я Пугачева: он был одет по-дорожному, в шубе и в киргизской шапке. Вчерашние собеседники окружали его, приняв на себя вид подобострастия, который сильно противуречил всему, чему я был свидетелем накануне. Пугачев весело со мною поздоровался и велел мне садиться с ним в кибитку.

Мы уселись. «В Белогорскую крепость!» – сказал Пугачев широкоплечему татарину, стоя правящему тройкою. Сердце мое сильно забилось. Лошади тронулись, колокольчик загремел, кибитка полетела…

«Стой! стой!» – раздался голос, слишком мне знакомый, – и я увидел Савельича, бежавшего нам навстречу. Пугачев велел остановиться. «Батюшка, Петр Андреич! – кричал дядька. – Не покинь меня на старости лет посреди этих мошен…» – «А, старый хрыч! – сказал ему Пугачев. – Опять бог дал свидеться. Ну, садись на облучок».

– Спасибо, государь, спасибо, отец родной! – говорил Савельич усаживаясь. – Дай бог тебе сто лет здравствовать за то, что меня старика призрил и успокоил. Век за тебя буду бога молить, а о заячьем тулупе и упоминать уж не стану.

Этот заячий тулуп мог, наконец, не на шутку рассердить Пугачева. К счастию, самозванец или не расслыхал, или пренебрег неуместным намеком. Лошади поскакали; народ на улице останавливался и кланялся в пояс. Пугачев кивал головою на обе стороны. Через минуту мы выехали из слободы и помчались по гладкой дороге.

Легко можно себе представить, что чувствовал я в эту минуту. Через несколько часов должен я был увидеться с той, которую почитал уже для меня потерянною. Я воображал себе минуту нашего соединения... Я думал также и о том человеке, в чьих руках находилась моя судьба и который по странному стечению обстоятельств таинственно был со мною связан. Я вспоминал об опрометчивой жестокости, о кровожадных привычках того, кто вызывался быть избавителем моей любезной! Пугачев не знал, что она была дочь капитана Миронова; озлобленный Швабрин мог открыть ему все; Пугачев мог проведать истину и другим образом... Тогда что станется с Марьей Ивановной? Холод пробегал по моему телу, и волоса становились дыбом...

Вдруг Пугачев прервал мои размышления, обратись ко мне с вопросом:

– О чем, ваше благородие, изволил задуматься?

– Как не задуматься, – отвечал я ему. – Я офицер и дворянин; вчера еще дрался противу тебя, а сегодня еду с тобой в одной кибитке, и счастие всей моей жизни зависит от тебя.

– Что ж? – спросил Пугачев. – Страшно тебе?

Я отвечал, что, быв однажды уже им помилован, я надеялся не только на его пощаду, но даже и на помощь.

– И ты прав, ей-богу прав! – сказал самозванец. – Ты видел, что мои ребята смотрели на тебя косо; а старик и сегодня настаивал на том, что ты шпион и что надобно тебя пытать и повесить; но я не согласился, – прибавил он, понизив голос, чтоб Савельич и татарин не могли его услышать, – помня твой стакан вина и заячий тулуп. Ты видишь, что я не такой еще кровопийца, как говорит обо мне ваша братья.

Я вспомнил взятие Белогорской крепости; но не почел нужным его оспоривать и не отвечал ни слова.

– Что говорят обо мне в Оренбурге? – спросил Пугачев, помолчав немного.

– Да говорят, что с тобою сладить трудновато; нечего сказать: дал ты себя знать.

Лицо самозванца изобразило довольное самолюбие. «Да! – сказал он с веселым видом. – Я воюю хоть куда. Знают ли у вас в Оренбурге о сражении под Юзеевой? Сорок енаралов убито, четыре армии взято в полон. Как ты думаешь: прусский король мог ли бы со мною потягаться?»

Хвастливость разбойника показалась мне забавна.

– Сам как ты думаешь? – сказал я ему, – управился ли бы ты с Фридериком?

– С Федор Федоровичем? А как же нет? С вашими енаралами ведь я же управляюсь; а они его бивали. Доселе оружие мое было счастливо. Дай срок, то ли еще будет, как пойду на Москву.

– А ты полагаешь идти на Москву?

Самозванец несколько задумался и сказал вполголоса: «Бог весть. Улица моя тесна; воли мне мало. Ребята мои умничают. Они воры. Мне должно держать ухо востро; при первой неудаче они свою шею выкупят моею головою».

– То-то! – сказал я Пугачеву. – Не лучше ли тебе отстать от них самому, заблаговременно, да прибегнуть к милосердию государыни?

Пугачев горько усмехнулся. «Нет, – отвечал он, – поздно мне каяться. Для меня не будет помилования. Буду продолжать, как начал. Как знать? Авось и удастся! Гришка Отрепьев ведь поцарствовал же над Москвою».

– А знаешь ты, чем он кончил? Его выбросили из окна, зарезали, сожгли, зарядили его пеплом пушку и выпалили!

– Слушай, – сказал Пугачев с каким-то диким вдохновением. – Расскажу тебе сказку, которую в ребячестве мне рассказывала старая калмычка. Однажды орел спрашивал у ворона: скажи, ворон-птица, отчего живешь ты на белом свете триста лет, а я всего-на-все только тридцать три года? – Оттого, батюшка, отвечал ему ворон, что ты пьешь живую кровь, а я питаюсь мертвечиной. Орел подумал: давай попробуем и мы питаться тем же. Хорошо. Полетели орел да ворон. Вот завидели палую лошадь, спустились и сели. Ворон стал клевать да похваливать. Орел клюнул раз, клюнул другой, махнул крылом и сказал ворону: нет, брат ворон, чем триста лет питаться падалью, лучше раз напиться живой кровью, а там что бог даст! – Какова калмыцкая сказка?

– Затейлива, – отвечал я ему. – Но жить убийством и разбоем значит, по мне, клевать мертвечину.

Пугачев посмотрел на меня с удивлением и ничего не отвечал. Оба мы замолчали, погрузясь каждый в свои размышления. Татарин затянул унылую песню; Савельич, дремля, качался на облучке. Кибитка летела по гладкому зимнему пути... Вдруг увидел я деревушку на крутом берегу Яика, с частоколом и с колокольней, – и через четверть часа въехали мы в Белогорскую крепость.

Глава XII

Сирота

Как у нашей у яблонки
Ни верхушки нет, ни отросточек;
Как у нашей у княгинюшки
Ни отца нету, ни матери.
Снарядить-то ее некому,
Благословить-то ее некому.
Свадебная песня

Кибитка подъехала к крыльцу комендантского дома. Народ узнал колокольчик Пугачева и толпою бежал за нами. Швабрин встретил самозванца на крыльце. Он был одет казаком и отрастил себе бороду. Изменник помог Пугачеву вылезть из кибитки, в подлых выражениях изъявляя свою радость и усердие. Увидя меня, он смутился, но вскоре оправился, протянул мне руку, говоря: «И ты наш? Давно бы так!» – Я отворотился от него и ничего не отвечал.

Сердце мое заныло, когда очутились мы в давно знакомой комнате, где на стене висел еще диплом покойного коменданта, как печальная эпитафия[75] прошедшему времени. Пугачев сел на том диване, на котором, бывало, дремал Иван Кузмич, усыпленный ворчанием своей супруги. Швабрин сам поднес ему водки. Пугачев выпил рюмку и сказал ему, указав на меня: «Попотчуй и его благородие». Швабрин подошел ко мне с своим подносом; но я вторично от него отворотился. Он казался сам не свой. При обыкновенной своей сметливости он, конечно, догадался, что Пугачев был им недоволен. Он трусил перед ним, а на меня поглядывал с недоверчивостию. Пугачев осведомился о состоянии крепости, о слухах про неприятельские войска и тому подобном, и вдруг спросил его неожиданно: «Скажи, братец, какую девушку держишь ты у себя под караулом? Покажи-ка мне ее».

Швабрин побледнел, как мертвый. «Государь, – сказал он дрожащим голосом... – Государь, она не под караулом... она больна... она в светлице лежит».

«Веди ж меня к ней», – сказал самозванец, вставая с места. Отговориться было невозможно. Швабрин повел Пугачева в светлицу Марьи Ивановны. Я за ними последовал.

Швабрин остановился на лестнице. «Государь! – сказал он. – Вы властны требовать от меня, что вам угодно; но не прикажите постороннему входить в спальню к жене моей».

Я затрепетал. «Так ты женат!» – сказал я Швабрину, готовяся его растерзать.

– Тише! – прервал меня Пугачев. – Это мое дело. А ты, – продолжал он, обращаясь к Швабрину, – не умничай и не ломайся:

---

[75] *Эпитафия* – надгробная, надмогильная надпись.

жена ли она тебе, или не жена, а я веду к ней кого хочу. Ваше благородие, ступай за мною.

У дверей светлицы Швабрин опять остановился и сказал прерывающимся голосом: «Государь, предупреждаю вас, что она в белой горячке и третий день как бредит без умолку».

– Отворяй! – сказал Пугачев.

Швабрин стал искать у себя в карманах и сказал, что не взял с собою ключа. Пугачев толкнул дверь ногою; замок отскочил; дверь отворилась, и мы вошли.

Я взглянул и обмер. На полу, в крестьянском оборванном платье сидела Марья Ивановна, бледная, худая, с растрепанными волосами. Перед нею стоял кувшин воды, накрытый ломтем хлеба. Увидя меня, она вздрогнула и закричала. Что тогда со мною стало – не помню.

Пугачев посмотрел на Швабрина и сказал с горькой усмешкою: «Хорош у тебя лазарет!» Потом, подошед к Марье Ивановне: «Скажи мне, голубушка, за что твой муж тебя наказывает? в чем ты перед ним провинилась?»

– Мой муж! – повторила она. – Он мне не муж. Я никогда не буду его женою! Я лучше решилась умереть, и умру, если меня не избавят.

Пугачев взглянул грозно на Швабрина: «И ты смел меня обманывать! – сказал он ему. – Знаешь ли, бездельник, чего ты достоин?»

Швабрин упал на колени... В эту минуту презрение заглушило во мне все чувства ненависти и гнева. С омерзением глядел я на дворянина, валяющегося в ногах беглого казака. Пугачев смягчился. «Милую тебя на сей раз, – сказал он Швабрину, – но знай, что при первой вине тебе припомнится и эта». Потом обратился к Марье Ивановне и сказал ей ласково: «Выходи, красная девица; дарую тебе волю. Я государь».

Марья Ивановна быстро взглянула на него и догадалась, что перед нею убийца ее родителей. Она закрыла лицо обеими руками и упала без чувств. Я кинулся к ней, но в эту минуту очень смело в комнату втерлась моя старинная знакомая Палаша и стала ухаживать за своею барышнею. Пугачев вышел из светлицы, и мы трое сошли в гостиную.

– Что, ваше благородие? – сказал смеясь Пугачев. – Выручили красную девицу! Как думаешь, не послать ли за попом, да не заставить ли его обвенчать племянницу? Пожалуй, я буду посаженым отцом, Швабрин дружкою;[76] закутим, запьем – и ворота запрем!

Чего я опасался, то и случилось. Швабрин, услыша предложение Пугачева, вышел из себя. «Государь! – закричал он в исступлении. – Я виноват, я вам солгал; но и Гринев вас обманывает. Эта девушка не племянница здешнего попа: она дочь Ивана Миронова, который казнен при взятии здешней крепости».

Пугачев устремил на меня огненные свои глаза. «Это что еще?» – спросил он меня с недоумением.

– Швабрин сказал тебе правду, – отвечал я с твердостию.

– Ты мне этого не сказал, – заметил Пугачев, у коего лицо омрачилось.

– Сам ты рассуди, – отвечал я ему, – можно ли было при твоих людях объявить, что дочь Миронова жива. Да они бы ее загрызли. Ничто ее бы не спасло!

– И то правда, – сказал, смеясь, Пугачев. – Мои пьяницы не пощадили бы бедную девушку. Хорошо сделала кумушка-попадья, что обманула их.

– Слушай, – продолжал я, видя его доброе расположение. – Как тебя назвать не знаю, да и знать не хочу... Но бог видит, что жизнию моей рад бы я заплатить тебе за то, что ты для меня сделал. Только не требуй того, что противно чести моей и христианской совести. Ты мой благодетель. Доверши как начал: отпусти меня с бедною сиротою, куда нам бог путь укажет. А мы, где бы ты ни был и

---

76 *Дру́жка* – распорядитель на свадьбе.

что бы с тобою ни случилось, каждый день будем бога молить о спасении грешной твоей души…

Казалось, суровая душа Пугачева была тронута. «Ин быть по-твоему! – сказал он. – Казнить так казнить, жаловать так жаловать: таков мой обычай. Возьми себе свою красавицу; вези ее, куда хочешь, и дай вам бог любовь да совет!»

Тут он оборотился к Швабрину и велел выдать мне пропуск во все заставы и крепости, подвластные ему. Швабрин, совсем уничтоженный, стоял как остолбенелый. Пугачев отправился осматривать крепость. Швабрин его сопровождал; а я остался под предлогом приготовлений к отъезду.

Я побежал в светлицу. Двери были заперты. Я постучался. «Кто там?» – спросила Палаша. Я назвался. Милый голосок Марьи Ивановны раздался из-за дверей. «Погодите, Петр Андреич. Я переодеваюсь. Ступайте к Акулине Памфиловне; я сейчас туда же буду».

Я повиновался и пошел в дом отца Герасима. И он и попадья выбежали ко мне навстречу. Савельич их уже предупредил. «Здравствуйте, Петр Андреич, – говорила попадья. – Привел бог опять увидеться. Как поживаете? А мы-то про вас каждый день поминали. А Марья-то Ивановна всего натерпелась без вас, моя голубушка!.. Да скажите, мой отец, как это вы с Пугачевым-то поладили? Как он это вас не укокошил? Добро, спасибо злодею и за то». – «Полно, старуха, – прервал отец Герасим. – Не все то ври, что знаешь. Несть спасения во многом глаголании. [77] Батюшка Петр Андреич! войдите, милости просим. Давно, давно не видались».

Попадья стала угощать меня чем бог послал. А между тем говорила без умолку. Она рассказала мне, каким образом Швабрин принудил их выдать ему Марью Ивановну; как Марья Ивановна плакала и не хотела с ними расстаться; как Марья Ивановна имела с нею всегдашние сношения через Палашку (девку бойкую, которая и

---

[77] Многословие не дает спасения (*старослав* .).

урядника заставляет плясать по своей дудке); как она присоветовала Марье Ивановне написать ко мне письмо и прочее. Я в свою очередь рассказал ей вкратце свою историю. Поп и попадья крестились, услыша, что Пугачеву известен их обман. «С нами сила крестная! – говорила Акулина Памфиловна. – Промчи бог тучу мимо. Ай-да Алексей Иваныч; нечего сказать: хорош гусь!» – В самую эту минуту дверь отворилась, и Марья Ивановна вошла с улыбкою на бледном лице. Она оставила свое крестьянское платье и одета была по-прежнему просто и мило.

Я схватил ее руку и долго не мог вымолвить ни одного слова. Мы оба молчали от полноты сердца. Хозяева наши почувствовали, что нам было не до них, и оставили нас. Мы остались одни. Все было забыто. Мы говорили и не могли наговориться. Марья Ивановна рассказала мне все, что с нею ни случилось с самого взятия крепости; описала мне весь ужас ее положения, все испытания, которым подвергал ее гнусный Швабрин. Мы вспомнили и прежнее счастливое время… Оба мы плакали… Наконец я стал объяснять ей мои предположения. Оставаться ей в крепости, подвластной Пугачеву и управляемой Швабриным, было невозможно. Нельзя было думать и об Оренбурге, претерпевающем все бедствия осады. У ней не было на свете ни одного родного человека. Я предложил ей ехать в деревню к моим родителям. Она сначала колебалась: известное ей неблагорасположение отца моего ее пугало. Я ее успокоил. Я знал, что отец почтет за счастие и вменит себе в обязанность принять дочь заслуженного воина, погибшего за отечество. «Милая Марья Ивановна! – сказал я наконец. – Я почитаю тебя своею женою. Чудные обстоятельства соединили нас неразрывно: ничто на свете не может нас разлучить». Марья Ивановна выслушала меня просто, без притворной застенчивости, без затейливых отговорок. Она чувствовала, что судьба ее соединена была с моею. Но она повторила, что не иначе будет моею женою, как с согласия моих родителей. Я ей и не противуречил. Мы поцеловались горячо, искренно – и таким образом все было между нами решено.

Через час урядник принес мне пропуск, подписанный каракульками Пугачева, и позвал меня к нему от его имени. Я нашел его готового пуститься в дорогу. Не могу изъяснить то, что я чувствовал, расставаясь с этим ужасным человеком, извергом, злодеем для всех, кроме одного меня. Зачем не сказать истины? В эту минуту сильное сочувствие влекло меня к нему. Я пламенно желал вырвать его из среды злодеев, которыми он предводительствовал, и спасти его голову, пока еще было время. Швабрин и народ, толпящийся около нас, помешали мне высказать все, чем исполнено было мое сердце.

Мы расстались дружески. Пугачев, увидя в толпе Акулину Памфиловну, погрозил пальцем и мигнул значительно; потом сел в кибитку, велел ехать в Берду, и когда лошади тронулись, то он еще раз высунулся из кибитки и закричал мне: «Прощай, ваше благородие! Авось увидимся когда-нибудь». – Мы точно с ним увиделись, но в каких обстоятельствах!..

Пугачев уехал. Я долго смотрел на белую степь, по которой неслась его тройка. Народ разошелся. Швабрин скрылся. Я воротился в дом священника. Все было готово к нашему отъезду; я не хотел более медлить. Добро наше все было уложено в старую комендантскую повозку. Ямщики мигом заложили лошадей. Марья Ивановна пошла проститься с могилами своих родителей, похороненных за церковью. Я хотел ее проводить, но она просила меня оставить ее одну. Через несколько минут она воротилась, обливаясь молча тихими слезами. Повозка была подана. Отец Герасим и жена его вышли на крыльцо. Мы сели в кибитку втроем: Марья Ивановна с Палашей и я. Савельич забрался на облучок. «Прощай, Марья Ивановна, моя голубушка! прощайте, Петр Андреич, сокол наш ясный! – говорила добрая попадья. – Счастливый путь, и дай бог вам обоим счастия!» Мы поехали. У окошка комендантского дома я увидел стоящего Швабрина. Лицо его изображало мрачную злобу. Я не хотел торжествовать над уничтоженным врагом и обратил глаза в другую сторону. Наконец мы выехали из крепостных ворот и навек оставили Белогорскую крепость.

Глава XIII

Арест

Не гневайтесь, сударь: по долгу моему
Я должен сей же час отправить вас в тюрьму.
– Извольте, я готов; но я в такой надежде,
Что дело объяснить дозволите мне прежде.
Княжнин

Соединенный так нечаянно с милой девушкою, о которой еще утром я так мучительно беспокоился, я не верил самому себе и воображал, что все со мною случившееся было пустое сновидение. Марья Ивановна глядела с задумчивостию то на меня, то на дорогу, и, казалось, не успела еще опомниться и прийти в себя. Мы молчали. Сердца наши слишком были утомлены. Неприметным образом часа через два очутились мы в ближней крепости, также подвластной Пугачеву. Здесь мы переменили лошадей. По скорости, с каковой их запрягали, по торопливой услужливости брадатого казака, поставленного Пугачевым в коменданты, я увидел, что, благодаря болтливости ямщика, нас привезшего, меня принимали как придворного временщика.[78]

Мы отправились далее. Стало смеркаться. Мы приблизились к городку, где, по словам бородатого коменданта, находился сильный отряд, идущий на соединение к самозванцу. Мы были остановлены караульными. На вопрос: кто едет? – ямщик отвечал громогласно: «Государев кум со своею хозяюшкою». Вдруг толпа гусаров окружила

---

[78] *Временщик* – человек, достигший большой власти вследствие близости к царю или царице.

нас с ужасною бранью. «Выходи, бесов кум! – сказал мне усастый вахмистр.[79] – Вот ужо тебе будет баня, и с твоею хозяюшкою!»

Я вышел из кибитки и требовал, чтоб отвели меня к их начальнику. Увидя офицера, солдаты прекратили брань. Вахмистр повел меня к майору. Савельич от меня не отставал, поговаривая про себя: «Вот тебе и государев кум! Из огня да в полымя... Господи владыко! чем это все кончится?» Кибитка шагом поехала за нами.

Через пять минут мы пришли к домику, ярко освещенному. Вахмистр оставил меня при карауле и пошел обо мне доложить. Он тотчас же воротился, объявив мне, что его высокоблагородию некогда меня принять, а что он велел отвести меня в острог, а хозяюшку к себе привести.

– Что это значит? – закричал я в бешенстве. – Да разве он с ума сошел?

– Не могу знать, ваше благородие, – отвечал вахмистр. – Только его высокоблагородие приказал ваше благородие отвести в острог, а ее благородие приказано привести к его высокоблагородию, ваше благородие!

Я бросился на крыльцо. Караульные не думали меня удерживать, и я прямо вбежал в комнату, где человек шесть гусарских офицеров играли в банк.[80] Майор метал. Каково было мое изумление, когда, взглянув на него, узнал я Ивана Ивановича Зурина, некогда обыгравшего меня в симбирском трактире!

– Возможно ли? – вскричал я. – Иван Иваныч! ты ли?

– Ба, ба, ба, Петр Андреич! Какими судьбами? Откуда ты? Здорово, брат. Не хочешь ли поставить карточку?

– Благодарен. Прикажи-ка лучше отвести мне квартиру.

– Какую тебе квартиру? Оставайся у меня.

---

79 *Вахмистр* – унтер-офицер в кавалерии.

80 *Банк* – карточная азартная игра.

– Не могу: я не один.

– Ну, подавай сюда и товарища.

– Я не с товарищем; я… с дамою.

– С дамою! Где же ты ее подцепил? Эге, брат! (При сих словах Зурин засвистел так выразительно, что все захохотали, а я совершенно смутился.)

– Ну, – продолжал Зурин, – так и быть. Будет тебе квартира. А жаль… Мы бы попировали по-старинному… Гей! малый! Да что ж сюда не ведут кумушку-то Пугачева? или она упрямится? Сказать ей, чтоб она не боялась: барин-де прекрасный; ничем не обидит, да хорошенько ее в шею.

– Что ты это? – сказал я Зурину. – Какая кумушка Пугачева? Это дочь покойного капитана Миронова. Я вывез ее из плена и теперь провожаю до деревни батюшкиной, где и оставлю ее.

– Как! Так это о тебе мне сейчас докладывали? Помилуй! что ж это значит?

– После все расскажу. А теперь, ради бога, успокой бедную девушку, которую гусары твои перепугали.

Зурин тотчас распорядился. Он сам вышел на улицу извиняться перед Марьей Ивановной в невольном недоразумении и приказал вахмистру отвести ей лучшую квартиру в городе. Я остался ночевать у него.

Мы отужинали, и, когда остались вдвоем, я рассказал ему свои похождения. Зурин слушал меня с большим вниманием. Когда я кончил, он покачал головою и сказал: «Все это, брат, хорошо; одно нехорошо; зачем тебя черт несет жениться? Я, честный офицер, не захочу тебя обманывать: поверь же ты мне, что женитьба блажь. Ну, куда тебе возиться с женою да нянчиться с ребятишками? Эй, плюнь. Послушайся меня: развяжись ты с капитанскою дочкой. Дорога в Симбирск мною очищена и безопасна. Отправь ее завтра ж одну к родителям твоим: а сам оставайся у меня в отряде. В Оренбург возвращаться тебе незачем. Попадешься опять в руки бунтовщикам, так вряд ли от них еще раз отделаешься. Таким образом любовная дурь пройдет сама собою, и все будет ладно».

Хотя я не совсем был с ним согласен, однако ж чувствовал, что долг чести требовал моего присутствия в войске императрицы. Я решился последовать совету Зурина: отправить Марью Ивановну в деревню и остаться в его отряде.

Савельич явился меня раздевать; я объявил ему, чтоб на другой же день готов он был ехать в дорогу с Марьей Ивановной. Он было заупрямился. «Что ты, сударь? Как же я тебя-то покину? Кто за тобою будет ходить? Что скажут родители твои?»

Зная упрямство дядьки моего, я вознамерился убедить его лаской и искренностию. «Друг ты мой, Архип Савельич! – сказал я ему. – Не откажи, будь мне благодетелем; в прислуге здесь я нуждаться не стану, а не буду спокоен, если Марья Ивановна поедет в дорогу без тебя. Служа ей, служишь ты и мне, потому что я твердо решился, как скоро обстоятельства дозволят, жениться на ней».

Тут Савельич сплеснул руками с видом изумления неописанного. «Жениться! – повторил он. – Дитя хочет жениться! А что скажет батюшка, а матушка-то что подумает?»

– Согласятся, верно согласятся, – отвечал я, – когда узнают Марью Ивановну. Я надеюсь и на тебя. Батюшка и матушка тебе верят: ты будешь за нас ходатаем, не так ли?

Старик был тронут. «Ох, батюшка ты мой Петр Андреич! – отвечал он. – Хоть раненько задумал ты жениться, да зато Марья Ивановна такая добрая барышня, что грех и пропустить оказию. Ин быть по-твоему! Провожу ее, ангела божия, и рабски буду доносить твоим родителям, что такой невесте не надобно и приданого».

Я благодарил Савельича и лег спать в одной комнате с Зуриным. Разгоряченный и взволнованный, я разболтался. Зурин сначала со мною разговаривал охотно; но мало-помалу слова его стали реже и бессвязнее; наконец, вместо ответа на какой-то запрос, он захрапел и присвистнул. Я замолчал и вскоре последовал его примеру.

На другой день утром пришел я к Марье Ивановне. Я сообщил ей свои предположения. Она признала их благоразумие и тотчас со мною согласилась. Отряд Зурина должен был выступить из города в тот же день. Нечего было медлить. Я тут же расстался с Марьей Ивановной, поручив ее Савельичу и дав ей письмо к моим родителям. Марья Ивановна заплакала. «Прощайте, Петр Андреич! – сказала она тихим голосом. – Придется ли нам увидаться, или нет, бог один это знает; но век не забуду вас; до могилы ты один останешься в моем сердце». Я ничего не мог отвечать. Люди нас окружали. Я не хотел при них предаваться чувствам, которые меня волновали. Наконец она уехала. Я возвратился к Зурину, грустен и молчалив. Он хотел меня развеселить; я думал себя рассеять: мы провели день шумно и буйно и вечером выступили в поход.

Это было в конце февраля. Зима, затруднявшая военные распоряжения, проходила, и наши генералы готовились к дружному содействию. Пугачев все еще стоял под Оренбургом. Между тем около его отряды соединялись и со всех сторон приближались к злодейскому гнезду. Бунтующие деревни при виде наших войск приходили в повиновение; шайки разбойников везде бежали от нас, и все предвещало скорое и благополучное окончание.

Вскоре князь Голицын, под крепостию Татищевой, разбил Пугачева, рассеял его толпы, освободил Оренбург и, казалось, нанес бунту последний и решительный удар. Зурин был в то время отряжен противу шайки мятежных башкирцев, которые рассеялись прежде, нежели мы их увидали. Весна осадила нас в татарской деревушке. Речки разлились, и дороги стали непроходимы. Мы утешались в нашем бездействии мыслию о скором прекращении скучной и мелочной войны с разбойниками и дикарями.

Но Пугачев не был пойман. Он явился на сибирских заводах, собрал там новые шайки и опять начал злодействовать. Слух о его успехах снова распространился. Мы узнали о разорении сибирских крепостей. Вскоре весть о взятии Казани и о походе самозванца на Москву встревожила начальников войск, беспечно дремавших в надежде на бессилие презренного бунтовщика. Зурин получил повеление переправиться через Волгу.

Не стану описывать нашего похода и окончания войны. Скажу коротко, что бедствие доходило до крайности. Мы проходили через селения, разоренные бунтовщиками, и поневоле отбирали у бедных жителей то, что успели они спасти. Правление было повсюду прекращено: помещики укрывались по лесам. Шайки разбойников злодействовали повсюду; начальники отдельных отрядов самовластно наказывали и миловали; состояние всего обширного края, где свирепствовал пожар, было ужасно… Не приведи бог видеть русский бунт, бессмысленный и беспощадный!

Пугачев бежал, преследуемый Иваном Ивановичем Михельсоном.[81] Вскоре узнали мы о совершенном его разбитии. Наконец Зурин получил известие о поимке самозванца, а вместе с тем и повеление остановиться. Война была кончена. Наконец мне можно было ехать к моим родителям! Мысль их обнять, увидеть Марью Ивановну, от которой не имел я никакого известия, одушевляла меня восторгом. Я прыгал как ребенок. Зурин смеялся и говорил, пожимая плечами: «Нет, тебе не сдобровать! Женишься – ни за что пропадешь!»

Но между тем странное чувство отравляло мою радость: мысль о злодее, обрызганном кровию стольких невинных жертв, и о казни, его ожидающей, тревожила меня поневоле: «Емеля, Емеля! – думал я с досадою, – зачем не наткнулся ты на штык или не подвернулся под картечь? Лучше ничего не мог бы ты придумать». Что прикажете делать? Мысль о нем неразлучна была во мне с мыслию о пощаде, данной мне им в одну из ужасных минут его жизни, и об избавлении моей невесты из рук гнусного Швабрина.

Зурин дал мне отпуск. Через несколько дней должен я был опять очутиться посреди моего семейства, увидеть опять мою Марью Ивановну… Вдруг неожиданная гроза меня поразила.

---

81 *Михельсон И. И.* (1740–1807) – один из усмирителей Пугачевского восстания.

В день, назначенный для выезда, в самую ту минуту, когда готовился я пуститься в дорогу, Зурин вошел ко мне в избу, держа в руках бумагу, с видом чрезвычайно озабоченным. Что-то кольнуло меня в сердце. Я испугался, сам не зная чего. Он выслал моего денщика и объявил, что имеет до меня дело. «Что такое?» – спросил я с беспокойством. «Маленькая неприятность, – отвечал он, подавая мне бумагу. – Прочитай, что сейчас я получил». Я стал ее читать: это был секретный приказ ко всем отдельным начальникам арестовать меня, где бы ни попался, и немедленно отправить под караулом в Казань в Следственную комиссию, учрежденную по делу Пугачева. Бумага чуть не выпала из моих рук. «Делать нечего! – сказал Зурин. – Долг мой повиноваться приказу. Вероятно, слух о твоих дружеских путешествиях с Пугачевым как-нибудь да дошел до правительства. Надеюсь, что дело не будет иметь никаких последствий и что ты оправдаешься перед комиссией. Не унывай и отправляйся». Совесть моя была чиста; я суда не боялся; но мысль отсрочить минуту сладкого свидания, может быть, на несколько еще месяцев – устрашала меня. Тележка была готова. Зурин дружески со мною простился. Меня посадили в тележку. Со мною сели два гусара с саблями наголо, и я поехал по большой дороге.

Глава XIV

Суд

Мирская молва —
Морская волна.
Пословица

Я был уверен, что виною всему было самовольное мое отсутствие из Оренбурга. Я легко мог оправдаться: наездничество не только никогда не было запрещено, но еще всеми силами было ободряемо. Я мог быть обвинен в излишней запальчивости, а не в ослушании. Но приятельские сношения мои с Пугачевым могли быть доказаны множеством свидетелей и должны были казаться по крайней мере весьма подозрительными. Во всю дорогу размышлял я о допросах, меня ожидающих, обдумывал свои ответы и решился перед судом объявить сущую правду, полагая сей способ оправдания самым простым, а вместе и самым надежным.

Я приехал в Казань, опустошенную и погорелую. По улицам, наместо домов, лежали груды углей и торчали закоптелые стены без крыш и окон. Таков был след, оставленный Пугачевым! Меня привезли в крепость, уцелевшую посереди сгоревшего города. Гусары сдали меня караульному офицеру. Он велел кликнуть кузнеца. Надели мне на ноги цепь и заковали ее наглухо. Потом отвели меня в тюрьму и оставили одного в тесной и темной конурке, с одними голыми стенами и с окошечком, загороженным железною решеткою.

Таковое начало не предвещало мне ничего доброго. Однако ж я не терял ни бодрости, ни надежды. Я прибегнул к утешению всех скорбящих и, впервые вкусив сладость молитвы, излиянной из чистого, но растерзанного сердца, спокойно заснул, не заботясь о том, что со мною будет.

На другой день тюремный сторож меня разбудил, с объявлением, что меня требуют в комиссию. Два солдата повели меня через двор в комендантский дом, остановились в передней и впустили одного во внутренние комнаты.

Я вошел в залу довольно обширную. За столом, покрытым бумагами, сидели два человека: пожилой генерал, виду строгого и холодного, и молодой гвардейский капитан, лет двадцати осьми, очень приятной наружности, ловкий и свободный в обращении. У окошка за особым столом сидел секретарь с пером за ухом, наклонясь над бумагою, готовый записывать мои показания. Начался допрос. Меня спросили о моем имени и звании. Генерал осведомился, не сын ли я Андрея Петровича Гринева? И на ответ мой возразил сурово: «Жаль, что такой почтенный человек имеет такого недостойного сына!» Я спокойно отвечал, что каковы бы ни были обвинения, тяготеющие на мне, я надеюсь их рассеять чистосердечным объяснением истины. Уверенность моя ему не понравилась. «Ты, брат, востер, – сказал он мне нахмурясь, – но видали мы и не таких!»

Тогда молодой человек спросил меня: по какому случаю и в какое время вошел я в службу к Пугачеву и по каким поручениям был я им употреблен?

Я отвечал с негодованием, что я, как офицер и дворянин, ни в какую службу к Пугачеву вступать и никаких поручений от него принять не мог.

– Каким же образом, – возразил мой допросчик, – дворянин и офицер один пощажен самозванцем, между тем как все его товарищи злодейски умерщвлены? Каким образом этот самый офицер и дворянин дружески пирует с бунтовщиками, принимает от главного злодея подарки, шубу, лошадь и полтину денег? Отчего произошла такая странная дружба и на чем она основана, если не на измене или по крайней мере на гнусном и преступном малодушии?

Я был глубоко оскорблен словами гвардейского офицера и с жаром начал свое оправдание. Я рассказал, как началось мое знакомство с Пугачевым в степи, во время бурана; как при взятии Белогорской крепости он меня узнал и пощадил. Я сказал, что тулуп и лошадь, правда, не посовестился я принять от самозванца; но что Белогорскую крепость защищал я противу злодея до последней крайности. Наконец я сослался и на моего генерала, который мог засвидетельствовать мое усердие во время бедственной оренбургской осады.

Строгий старик взял со стола открытое письмо и стал читать его вслух:

> *«На запрос вашего превосходительства касательно прапорщика Гринева, якобы замешанного в нынешнем смятении и вошедшего в сношения с злодеем, службою недозволенные и долгу присяги противные, объяснить имею честь: оный прапорщик Гринев находился на службе в Оренбурге от начала октября прошлого 1773 года до 24 февраля нынешнего года, в которое число он*

из города отлучился и с той поры уже в команду мою не являлся. А слышно от перебежчиков, что он был у Пугачева в слободе и с ним вместе ездил в Белогорскую крепость, в коей прежде находился он на службе; что касается до его поведения, то я могу...» Тут он прервал свое чтение и сказал мне сурово: «Что ты теперь скажешь себе в оправдание?»

Я хотел было продолжать, как начал, и объяснить мою связь с Марьей Ивановной так же искренно, как и все прочее. Но вдруг почувствовал непреодолимое отвращение. Мне пришло в голову, что если назову ее, то комиссия потребует ее к ответу; и мысль впутать имя ее между гнусными изветами[82] злодеев и ее самую привести на очную с ними ставку – эта ужасная мысль так меня поразила, что я замялся и спутался.

Судьи мои, начинавшие, казалось, выслушивать ответы мои с некоторою благосклонностию, были снова предубеждены противу меня при виде моего смущения. Гвардейский офицер потребовал, чтоб меня поставили на очную ставку с главным доносителем. Генерал велел кликнуть *вчерашнего злодея* . Я с живостию обратился к дверям, ожидая появления своего обвинителя. Через несколько минут загремели цепи, двери отворились, и вошел – Швабрин. Я изумился его перемене. Он был ужасно худ и бледен. Волоса его, недавно черные как смоль, совершенно поседели; длинная борода была всклокочена. Он повторил обвинения свои слабым, но смелым голосом. По его словам, я отряжен был от Пугачева в Оренбург шпионом; ежедневно выезжал на перестрелки, дабы передавать письменные известия о всем, что делалось в городе; что, наконец, явно передался самозванцу, разъезжал с ним из крепости в крепость, стараясь всячески губить своих товарищей-изменников, дабы занимать их места и пользоваться наградами, раздаваемыми от самозванца. Я выслушал его молча и был доволен одним: имя Марьи Ивановны не было произнесено гнусным злодеем, оттого ли, что

---

82 *Извет* (*устар* .) – донос, клевета.

самолюбие его страдало при мысли о той, которая отвергла его с презрением; оттого ли, что в сердце его таилась искра того же чувства, которое и меня заставляло молчать, – как бы то ни было, имя дочери белогорского коменданта не было произнесено в присутствии комиссии. Я утвердился еще более в моем намерении, и когда судьи спросили: чем могу опровергнуть показания Швабрина, я отвечал, что держусь первого своего объяснения и ничего другого в оправдание себе сказать не могу. Генерал велел нас вывести. Мы вышли вместе. Я спокойно взглянул на Швабрина, но не сказал ему ни слова. Он усмехнулся злобной усмешкою и, приподняв свои цепи, опередил меня и ускорил свои шаги. Меня опять отвели в тюрьму и с тех пор уже к допросу не требовали.

Я не был свидетелем всему, о чем остается мне уведомить читателя; но я так часто слыхал о том рассказы, что малейшие подробности врезались в мою память и что мне кажется, будто бы я тут же невидимо присутствовал.

Марья Ивановна принята была моими родителями с тем искренним радушием, которое отличало людей старого века. Они видели благодать божию в том, что имели случай приютить и обласкать бедную сироту. Вскоре они к ней искренно привязались, потому что нельзя было ее узнать и не полюбить. Моя любовь уже не казалась батюшке пустою блажью; а матушка только того и желала, чтоб ее Петруша женился на милой капитанской дочке.

Слух о моем аресте поразил все мое семейство. Марья Ивановна так просто рассказала моим родителям о странном знакомстве моем с Пугачевым, что оно не только не беспокоило их, но еще и заставляло часто смеяться от чистого сердца. Батюшка не хотел верить, чтобы я мог быть замешан в гнусном бунте, коего цель была ниспровержение престола и истребление дворянского рода. Он строго допросил Савельича. Дядька не утаил, что барин бывал в гостях у Емельки Пугачева и что-де злодей его таки жаловал; но клялся, что ни о какой измене он не слыхивал. Старики успокоились и с нетерпением стали ждать благоприятных вестей. Марья Ивановна сильно была встревожена, но молчала, ибо в высшей степени была одарена скромностию и осторожностию.

Прошло несколько недель... Вдруг батюшка получает из Петербурга письмо от нашего родственника князя Б**. Князь писал ему обо мне. После обыкновенного приступа,[83] он объявлял ему, что подозрения насчет участия моего в замыслах бунтовщиков, к несчастию, оказались слишком основательными, что примерная казнь должна была бы меня постигнуть, но что государыня, из уважения к заслугам и преклонным летам отца, решилась помиловать преступного сына и, избавляя его от позорной казни, повелела только сослать в отдаленный край Сибири на вечное поселение.

Сей неожиданный удар едва не убил отца моего. Он лишился обыкновенной своей твердости, и горесть его (обыкновенно немая) изливалась в горьких жалобах. «Как! – повторял он, выходя из себя. – Сын мой участвовал в замыслах Пугачева! Боже праведный, до чего я дожил! Государыня избавляет его от казни! От этого разве мне легче? Не казнь страшна: пращур[84] мой умер на лобном месте,[85] отстаивая то, что почитал святынею своей совести; отец мой пострадал вместе с Волынским и Хрущевым. [86] Но дворянину изменить своей присяге, соединиться с разбойниками, с убийцами, с беглыми холопьями!.. Стыд и срам нашему роду!..» Испуганная его отчаянием матушка не смела при нем плакать и старалась возвратить ему бодрость, говоря о неверности молвы, о шаткости людского мнения. Отец мой был неутешен.

---

83 *Приступ* – здесь: вступление.

84 *Пращур* – предок.

85 *Лобное место* – возвышение на Красной площади, где иногда казнили государственных преступников.

86 *Волынский А. П., Хрущев А. Ф.* – видные государственные деятели XVIII века, сторонники ограничения царской власти; казнены за государственную «измену».

Марья Ивановна мучилась более всех. Будучи уверена, что я мог оправдаться, когда бы только захотел, она догадывалась об истине и почитала себя виновницею моего несчастия. Она скрывала от всех свои слезы и страдания и между тем непрестанно думала о средствах, как бы меня спасти.

Однажды вечером батюшка сидел на диване, перевертывая листы Придворного календаря; но мысли его были далеко, и чтение не производило над ним обыкновенного своего действия. Он насвистывал старинный марш. Матушка молча вязала шерстяную фуфайку, и слезы изредка капали на ее работу. Вдруг Марья Ивановна, тут же сидевшая за работой, объявила, что необходимость ее заставляет ехать в Петербург и что она просит дать ей способ отправиться. Матушка очень огорчилась. «Зачем тебе в Петербург? – сказала она. – Неужто, Марья Ивановна, хочешь и ты нас покинуть?» Марья Ивановна отвечала, что вся будущая судьба ее зависит от этого путешествия, что она едет искать покровительства и помощи у сильных людей, как дочь человека, пострадавшего за свою верность.

Отец мой потупил голову: всякое слово, напоминающее мнимое преступление сына, было ему тягостно и казалось колким упреком. «Поезжай, матушка! – сказал он ей со вздохом. – Мы твоему счастию помехи сделать не хотим. Дай бог тебе в женихи доброго человека, не ошельмованного изменника». Он встал и вышел из комнаты.

Марья Ивановна, оставшись наедине с матушкою, отчасти объяснила ей свои предположения. Матушка со слезами обняла ее и молила бога о благополучном конце замышленного дела. Марью Ивановну снарядили, и через несколько дней она отправилась в дорогу с верной Палашей и с верным Савельичем, который, насильственно разлученный со мною, утешался по крайней мере мыслию, что служит нареченной моей невесте.

Марья Ивановна благополучно прибыла в Софию и, узнав на почтовом дворе, что Двор находился в то время в Царском Селе, решилась тут остановиться. Ей отвели уголок за перегородкой. Жена смотрителя тотчас с нею разговорилась, объявила, что она племянница придворного истопника, и посвятила ее во все таинства придворной жизни. Она рассказала, в котором часу государыня обыкновенно просыпалась, кушала кофей, прогуливалась; какие вельможи находились в то время при ней; что изволила она вчерашний день говорить у себя за столом, кого принимала вечером, – словом, разговор Анны Власьевны стоил нескольких страниц исторических записок и был бы драгоценен для потомства. Марья Ивановна слушала ее со вниманием. Они пошли в сад. Анна Власьевна рассказала историю каждой аллеи и каждого мостика, и, нагулявшись, они возвратились на станцию очень довольные друг другом.

На другой день рано утром Марья Ивановна проснулась, оделась и тихонько пошла в сад. Утро было прекрасное, солнце освещало вершины лип, пожелтевших уже под свежим дыханием осени. Широкое озеро сияло неподвижно. Проснувшиеся лебеди важно выплывали из-под кустов, осеняющих берег. Марья Ивановна пошла около прекрасного луга, где только что поставлен был памятник в честь недавних побед графа Петра Александровича Румянцева. Вдруг белая собачка английской породы залаяла и побежала ей навстречу. Марья Ивановна испугалась и остановилась. В эту самую минуту раздался приятный женский голос: «Не бойтесь, она не укусит». И Марья Ивановна увидела даму, сидевшую на скамейке противу памятника. Марья Ивановна села на другом конце скамейки. Дама пристально на нее смотрела; а Марья Ивановна, с своей стороны бросив несколько косвенных взглядов, успела рассмотреть ее с ног до головы. Она была в белом утреннем платье, в ночном чепце и в душегрейке. Ей казалось лет сорок. Лицо ее, полное и румяное, выражало важность и спокойствие, а голубые глаза и легкая улыбка имели прелесть неизъяснимую. Дама первая перервала молчание.

– Вы, верно, не здешние? – сказала она.

– Точно так-с: я вчера только приехала из провинции.

– Вы приехали с вашими родными?

– Никак нет-с. Я приехала одна.

– Одна! Но вы так еще молоды.

– У меня нет ни отца, ни матери.

– Вы здесь, конечно, по каким-нибудь делам?

– Точно так-с. Я приехала подать просьбу государыне.

– Вы сирота: вероятно, вы жалуетесь на несправедливость и обиду?

– Никак нет-с. Я приехала просить милости, а не правосудия.

– Позвольте спросить, кто вы таковы?

– Я дочь капитана Миронова.

– Капитана Миронова! того самого, что был комендантом в одной из оренбургских крепостей?

– Точно так-с.

Дама, казалось, была тронута. «Извините меня, – сказала она голосом еще более ласковым, – если я вмешиваюсь в ваши дела; но я бываю при дворе; изъясните мне, в чем состоит ваша просьба, и, может быть, мне удастся вам помочь».

Марья Ивановна встала и почтительно ее благодарила. Все в неизвестной даме невольно привлекало сердце и внушало доверенность. Марья Ивановна вынула из кармана сложенную бумагу и подала ее незнакомой своей покровительнице, которая стала читать ее про себя.

Сначала она читала с видом внимательным и благосклонным, но вдруг лицо ее переменилось, – и Марья Ивановна, следовавшая глазами за всеми ее движениями, испугалась строгому выражению этого лица, за минуту столь приятному и спокойному.

– Вы просите за Гринева? – сказала дама с холодным видом. – Императрица не может его простить. Он пристал к самозванцу не из невежества и легковерия, но как безнравственный и вредный негодяй.

– Ах, неправда! – вскрикнула Марья Ивановна.

– Как неправда! – возразила дама, вся вспыхнув.

– Неправда, ей-богу, неправда! Я знаю все, я все вам расскажу. Он для одной меня подвергался всему, что постигло его. И если он не оправдался перед судом, то разве потому только, что не хотел запутать меня. – Тут она с жаром рассказала все, что уже известно моему читателю.

Дама выслушала ее со вниманием. «Где вы остановились?» – спросила она потом; и услыша, что у Анны Власьевны, примолвила с улыбкою: «А! знаю. Прощайте, не говорите никому о нашей встрече. Я надеюсь, что вы недолго будете ждать ответа на ваше письмо».

С этим словом она встала и вошла в крытую аллею, а Марья Ивановна возвратилась к Анне Власьевне, исполненная радостной надежды.

Хозяйка побранила ее за раннюю осеннюю прогулку, вредную, по ее словам, для здоровья молодой девушки. Она принесла самовар и за чашкою чая только было принялась за бесконечные рассказы о дворе, как вдруг придворная карета остановилась у крыльца, и камер-лакей [87] вошел с объявлением, что государыня изволит к себе приглашать девицу Миронову.

Анна Власьевна изумилась и расхлопоталась. «Ахти, господи! – закричала она. – Государыня требует вас ко двору. Как же это она про вас узнала? Да как же вы, матушка, представитесь к императрице? Вы, я чай, и ступить по-придворному не умеете... Не проводить ли мне вас? Все-таки я вас хоть в чем-нибудь да могу предостеречь. И как же вам ехать в дорожном платье? Не послать ли к повивальной бабушке за ее желтым роброном? [88]» Камер-лакей объявил, что государыне угодно было, чтоб Марья Ивановна ехала одна и в том, в чем ее застанут. Делать было нечего: Марья Ивановна села в карету и поехала во дворец, сопровождаемая советами и благословениями Анны Власьевны.

Марья Ивановна предчувствовала решение нашей судьбы; сердце ее сильно билось и замирало. Чрез несколько минут карета

---

87 *Камер-лакей* – придворный слуга.

88 *Роброн* (*устар*.) – широкое женское платье.

остановилась у дворца. Марья Ивановна с трепетом пошла по лестнице. Двери перед нею отворились настежь. Она прошла длинный ряд пустых, великолепных комнат; камер-лакей указывал дорогу. Наконец, подошед к запертым дверям, он объявил, что сейчас об ней доложит, и оставил ее одну.

Мысль увидеть императрицу лицом к лицу так устрашала ее, что она с трудом могла держаться на ногах. Через минуту двери отворились, и она вошла в уборную государыни.

Императрица сидела за своим туалетом. Несколько придворных окружали ее и почтительно пропустили Марью Ивановну. Государыня ласково к ней обратилась, и Марья Ивановна узнала в ней ту даму, с которой так откровенно изъяснялась она несколько минут тому назад. Государыня подозвала ее и сказала с улыбкою: «Я рада, что могла сдержать вам свое слово и исполнить вашу просьбу. Дело ваше кончено. Я убеждена в невинности вашего жениха. Вот письмо, которое сами потрудитесь отвезти к будущему свекру».

Марья Ивановна приняла письмо дрожащею рукою и, заплакав, упала к ногам императрицы, которая подняла ее и поцеловала. Государыня разговорилась с нею. «Знаю, что вы не богаты, – сказала она, – но я в долгу перед дочерью капитана Миронова. Не беспокойтесь о будущем. Я беру на себя устроить ваше состояние».

Обласкав бедную сироту, государыня ее отпустила. Марья Ивановна уехала в той же придворной карете. Анна Власьевна, нетерпеливо ожидавшая ее возвращения, осыпала ее вопросами, на которые Марья Ивановна отвечала кое-как. Анна Власьевна хотя и была недовольна ее беспамятством, но приписала оное провинциальной застенчивости и извинила великодушно. В тот же день Марья Ивановна, не полюбопытствовав взглянуть на Петербург, обратно поехала в деревню…

Здесь прекращаются записки Петра Андреевича Гринева. Из семейственных преданий известно, что он был освобожден от заключения в конце 1774 года, по именному повелению; что он присутствовал при казни Пугачева, который узнал его в толпе и кивнул ему головою, которая через минуту, мертвая и окровавленная, показана была народу. Вскоре потом Петр Андреевич женился на Марье Ивановне. Потомство их благоденствует в Симбирской губернии. В тридцати верстах от *** находится село, принадлежащее десятерым помещикам. В одном из барских флигелей показывают собственноручное письмо Екатерины II за стеклом и в рамке. Оно писано к отцу Петра Андреевича и содержит оправдание его сына и похвалы уму и сердцу дочери капитана Миронова. Рукопись Петра Андреевича Гринева доставлена была нам от одного из его внуков, который узнал, что мы заняты были трудом, относящимся ко временам, описанным его дедом. Мы решились, с разрешения родственников, издать ее особо, приискав к каждой главе приличный эпиграф и дозволив себе переменить некоторые собственные имена.

ОГЛАВЛЕНИЕ

www.ingramcontent.com/pod-product-compliance
Lightning Source LLC
Chambersburg PA
CBHW070614310726
48982CB00001B/79
9781763713680